嬌妻至上 4 完

東堂桂 著

風文創 521

目錄

第九十四章

若說榮嬌恢復女兒身，最驚訝的莫過於阿金。得知公子要娶池家大小姐，而池家大小姐就是小樓公子的消息時，他只覺得有種要自戳雙目的衝動。

小樓公子居然是個姑娘，他竟然沒有發現！

別人沒發現倒罷了，他阿金怎麼可能沒察覺？明明公子有各種異常的舉動，明明小樓公子長得唇紅齒白像小相公似的，他居然沒往這上頭想？

向來自認除了公子之外，天下第二聰明的阿金，備受打擊之餘，一時做了傻事——為了掩飾自己眼拙，居然說了句不怪自己，只怪某人天生男相、平板一條，這才走了眼。

聽了阿金的自辯，榮嬌一笑而過，沒上心，因為相識之初她還沒發育，確實是平板一條；至於天生男相，這只能說明她的化妝技術高明到連阿金都騙過了。

可某人卻不像她這般大度，玄朗聽了極不樂意，不說自己眼拙，居然敢詆毀他的小樓，簡直是不能忍受，差點將阿金虐成狗。

最後看在他與榮嬌相熟的分上，玄朗給了他一個機會，讓他留在府中，協助總管打理成親的一應事務，特別是照顧好榮嬌，不要讓牛鬼蛇神打擾到她。

阿金也是拚了，不過兩日工夫就獲得了欒嬤嬤的好感，且不說他與綠殳、聞刀本就交情不錯，榮嬌對他亦沒有半分不滿，哪裡會跟他過不去？

有了阿金的殷勤，加上玄朗的吩咐與重視，榮嬌在英王府的日子過得甚是舒服，若是每日不會被欒嬤嬤追著繡嫁妝給玄朗就更好了。

至於外邊遞進來要拜見她的帖子，有玄朗的命令在，根本不可能遞到她眼前；當然她也懶得應酬，那些人是抱著看戲之心才想來見她的。

被拒於門外的，也包括池府。

池萬林登門，是王府長吏接待，態度恭敬，告知王爺不在府中，王妃病弱不能見客，他只得悻悻而歸；再派池榮珍前往探疾，亦被擋在門外，無奈下他想到康氏，孝大過天，母親登門，池榮嬌再無理由拒絕。

「姑娘，您真要見夫人？」欒嬤嬤面帶不安，總覺得康氏來意不善。

「不見說不過去。」榮嬌譏諷輕笑。「畢竟是母親嘛，不就算準了這個才來的嗎？」

她想見就讓她見，至於見面之後，康氏會說什麼，聽不聽就看自己了。

先前池榮珍來過，今日對外託稱養病的康氏在鄒氏陪同下拖著病體前來，一聽就是池萬林的主意，不見面哪知他們想幹什麼？

玄朗雖吩咐過誰來也不能見王妃，但康氏不是其他人，阿金聽門房來報，有心直接拒絕，又擔心池夫人如同池榮珍一樣，也是個不要臉面的，當場鬧將開來。池府丟不丟人他不管，卻怕丟了王爺與王妃的臉面。

無可奈何讓人到內宅給榮嬌通報，見與不見，請她定奪。

以康氏對她一向的態度，居然會到英王府來看她，榮嬌不會認為她是因為自己要做王妃了，特地來示好的——康氏不會對她趨炎附勢，她對自己的怨恨，絕不會因為她高嫁而改變。

一個素來不是慈母，一個也懶得陪她演戲，康氏對榮嬌滿心怨毒，榮嬌對她亦無孺慕之情，既然是在自己的場子，她也懶得沒病裝病。

康氏與鄒氏進了府裡，坐著小轎在英王府裡走了好半天，充分見識了王府的氣派，了解了皇室風範和英王素雅的品味。

一路上，引領的嬤嬤盡職盡責地介紹，道是王府分為中東西三路，因為中路的嘉樂堂是成親要用的新房，正在裝修，不方便過去，她們現在走的是東路，景緻小巧清雅，不如中路氣派……

鄒氏看罷多時，不由暗自後悔，早知這個病秧子小姑有這般造化，當日應該主動示好。池榮興與她兄妹關係親近與否，與自己這個做大嫂的有何干係？男人靠不上、婆婆惡毒，若早與池榮嬌搞好關係，關鍵時還能求她幫襯一二。

榮嬌暫住在東路的正院清樂堂，康氏婆媳兩人在院門前下了小轎，榮嬌帶人在院門前迎接——不單純是為了做樣子，不看別人，單衝康氏對池榮厚的情分，榮嬌願意心平氣和地將她當作別人家的長輩，給予應有的尊敬。

康氏與鄒氏下了小轎，只見院門臺階處，一群丫鬟、婆子眾星捧月般地簇擁著一位粉衣少女；青絲如墨，梳著少女髻，簪著蓮子米大的東珠珠花，膚色瑩澤如玉、眉眼精緻如畫，沈靜如水、溫婉動人。她身上有一種柔軟而恬靜的獨特氣質，那雙黑白分明的雙眸通透清澈，只是微微彎起看過來，就能感受到來自她的善意與友好。

康氏與鄒氏愣住，心裡不約而同升起的念頭是：這是誰？好標緻！好氣派！

康氏的目光定定地落在榮嬌身上，帶著思量與審視。

鄒氏的反應更快些，馬上意識到面前的人正是小姑子池榮嬌，難掩滿面驚訝。怪不得傳言英王看上了池大小姐的美色，這、這就是那個丫頭嗎？記憶裡，她似乎從未仔細看過榮嬌的模樣。

「母親一向安好？」

榮嬌見康氏愣在那裡，不知為何，但她也無意拉著玄朗的大旗給康氏下馬威，畢竟在外人眼裡，她是自己的生母。

她下臺階，上前幾步，柳腰輕擺，給康氏見禮。

康氏直到她施禮講話，方才確認這就是自己口中的小喪門星。她面無表情，不言不語，上下打量著榮嬌。

空氣一時凝滯。

王府的嬤嬤早得阿金吩咐，知曉池夫人不慈，見她任由榮嬌行禮，明為探疾，卻冷著臉沒有好態度，遂輕笑道：「池夫人好福氣，王妃聽您來了特意迎出院門，平素王爺吩咐，王妃需要靜養，任何人不能打擾。」

嬤嬤的意思明顯，是在暗指榮嬌厚待康氏，連王爺的吩咐都破例了。

康氏卻不理這遞上來的梯子，冷冷掃了嬤嬤一眼，皮笑肉不笑地道：「那倒是我的榮幸了，王府的規矩還真別具一格，母親來了，做女兒的不說迎到二門便罷，給母親見禮居然也值得說道，莫非還要我受寵若驚地還禮不成？」

「池夫人說笑了，這不是在自己家裡頭嗎？王妃雖是親王妃，見了皇后都無須跪拜，在您面前終歸還是小輩不是？若是擱在外頭，天地君親師，禮不可廢。」

管事嬤嬤知曉康氏的底細，看不慣她的做派。都說虎毒不食子，這位池夫人倒好，連親生女兒都要編排，立馬回敬；比起康氏的簡單粗暴，嬤嬤的這番話可謂綿裡藏針，道行高多了，就差指著康氏的鼻子問她算老幾了。

若非按關係來看她們是母女，王妃會給她見禮？親王妃見皇后也無須行大禮的；於公，倒是康氏應該給王妃行禮的，王妃自降身分做小伏低，她倒是為老不尊，沒個當娘親的樣子。

「妳倒是好規矩，既知是在家裡頭，主子講話，有妳個奴才插嘴的分？」

康氏一見榮嬌就沒好心情，尤其見她活得滋潤，氣色好、眉眼俏，不見半點有病的模樣，穿著打扮也貴氣，越發覺得憋悶噁心。

本就憋著惡氣，聽王府一個奴才也敢明裡暗裡諷刺，頓時火大，自恃是榮嬌的長輩教訓一、兩個奴才，雖說有些不妥當，也不算大事。

康氏面色陰沈，語氣不善，儼然一副盛氣凌人的口吻。

眾人面面相覷，偷偷瞟向榮嬌波瀾不驚的秀麗面孔。

英王府素來地位超然，有頭有臉的管事出去走動，代表的可是英王臉面，即便是到了皇子府，亦會客客氣氣賣三分面子，哪曾被人如此教訓的？

管事嬤嬤面色一僵，卻笑了笑，施禮道：「池夫人教訓得是，是我冒犯了。」

榮嬌本來似笑非笑地立在一旁，見她居然如此蠻不講理，在英王府依舊肆無忌憚，面色微沈，眼底的笑容冷成碎冰，衝著管事嬤嬤微微一笑，欠身道：「嬤嬤受委屈了，我替母親給妳賠罪了。」

管事嬤嬤急忙還禮，連道不敢。

榮嬌脊背挺直站在那裡，依舊是一副乖巧謙遜的模樣，衝康氏淡然道：「母親有所不知，嬤嬤乃四品女官，不是賣身的奴才，且服侍王爺多年，情若親人；母親雖為我的長輩，卻不好教王府中人規矩。」

康氏是個暴脾氣，素來待榮嬌非打即罵，囂張慣了，抬手就想揮巴掌。

榮嬌看出她的意圖，卻無意制止，心底不由冷笑，康氏還真是不改秉性。

她靜靜站在康氏面前，唇邊含著一抹淡笑，溫婉清新，柔韌堅定，明明在笑，目光卻散發著無邊威勢。康氏在她的氣勢之下，臉紅一陣、青一陣，揚起的巴掌最終輕落在自己的前襟，順勢撫了撫胸口，王府終究不是自己家，當著眾人面，不能動手。

遂壓了火氣，厲聲道：「沒規矩的是妳！做長輩的來了這麼久，還堵在門口，連進屋落坐上杯清茶都沒有嗎？」

榮嬌暗嘆，伸手示意，請康氏與鄒氏進屋。

看在兩位哥哥的分上，她真的想與康氏和平相處，不用講母女親情，不必親密，哪怕能像普通長輩，見面客氣，若能心平氣和最好，若不能，彼此當作不相識，也好，大家井水不犯河水，各自安好。

可看康氏這架式，並不想如她所願，身在王府還是這般地囂張蠻橫，這般行事，定是來興師問罪的。

榮嬌無奈苦笑，她倒不介意撕破臉皮，反正玄朗也知曉內情，不會說她不孝，可是一想到兩位哥哥，特別是小哥池榮厚，她就猶豫了。

且看康氏的來意吧，但凡不要太過分，她不妨為了兩位哥哥退讓一步。

顯然康氏並不想如榮嬌所願，她對榮嬌偏執般的輕視與敵意已深入骨髓，在她眼裡，可沒有什麼英王妃，只有任由自己揉圓搓扁的小賤人。

進了屋，不用人請，旁若無人地自動坐到上首位置。榮嬌與欒嬤嬤等人見慣她的做派，也不在意，倒是王府的僕婦，對康氏的行為甚是不喜——雖說她是王妃的親娘，可這是王府，她這般不把王妃當回事，打的是王爺的臉面。

康氏呷了口熱茶。「都下去吧！」她想問池榮嬌的事情，當著下人恐怕不方便。

可沒人理會，一干人等，該站在哪兒的還在哪兒，彷彿沒聽到康氏說話。

這是王府，她有何資格發號施令，哪個理她？

「這般沒規矩？欒嬤嬤?!」

康氏也知道自己支使不動王府的人，直接拿欒嬤嬤開刀。

欒嬤嬤上前做了個福禮，卻沒退下去，她是姑娘的人，是二少送給姑娘的，與康氏沒有關係。

「妳們先下去吧，嬤嬤妳也是。」

榮嬌正襟危坐，唇邊掛著一抹若有若無的笑，康氏還是老樣子，換了地方都不曉得收斂一二，看來這大半年的修身養性，並無效果。

有了榮嬌發話，眾人魚貫而出。

康氏看了一眼坐在一旁沒反應的鄒氏，一抬下巴。

「還有妳。」

鄒氏愣怔，她也要出去？

「有妳在場不方便。」

康氏對鄒氏的怨恨也不少，雖然她放印子錢的事情是楊賤人捅出去的，但坐收漁利的是鄒氏，若說她是無辜的，誰信？

鄒氏做了大半年的管家大奶奶，早就不是以往康氏面前那個唯唯諾諾的小媳婦，康氏毫不留情地直言，像一巴掌打在她臉上，頓時火辣辣的。

想起康氏加諸在自己身上的陰毒，新仇舊恨，鄒氏強捺著心中的羞怒，衝榮嬌笑了笑道：「大妹妹，我一路進來看王府景緻甚好，不知可否請欒嬤嬤領我欣賞一番？」

「她才來不久，不熟悉，還是由王府的嬤嬤引路吧！」

榮嬌笑容清淺，彷彿沒察覺到婆媳倆的波濤洶湧，也無意為鄒氏圓場，對於這個勢利的大少奶奶，如果可以，不想與她多有交集。

鄒氏看似一團和氣，妹妹長、妹妹短的，若她真有心，遠了不說，就這大半年，池府由她管家，卻沒有往城南莊子送過一次東西、派人探望過一次，現在來親近，不嫌太晚了嗎？況且她還藏著小心思，叫欒嬤嬤陪著賞景是假，打探消息是真吧？

鄒氏強穩住心神，勉強扯出一絲笑意。「那就煩勞了。」

鄒氏一出去，康氏正眼都沒看榮嬌，陰著臉問道：「妳怎麼認識英王的？」

「不知道。」榮嬌從容淡定。

聽在康氏耳中，毫無疑問是敷衍，目光如淬毒般冷笑。「王爺為何請旨賜婚？」

「王爺說看我順眼。」榮嬌淡笑。「王爺的心思，我哪能知曉？」

康氏不屑。

「別以為妳勾引到王爺，就長了翅膀敢反了天。」

「池夫人慎言，這勾引之類的話，還是少說，別失了池府的臉面。」榮嬌唇邊的笑意淡了，語氣涼涼。「況且，妳這般詆毀王爺，是篤定他聽了不會見怪？還是池副尚書派妳來鬧事的？」

「妳——小賤人！當初就不應該生下妳！」

康氏被拿住軟肋，不敢繼續誰勾引誰的話題，只得低聲咒罵。

「如果妳來是要說這個的，請回吧，這句話說了成千上萬遍，妳說得不煩，我卻聽得煩了。」

「攀上了高枝了不得了？忤逆不孝，鬧開了誰也護不了妳！」

「不勞連番提醒，池夫人是生了我不假，不過，這些年妳多次下黑手奪我性命，真算起來，生恩早還，倒是池夫人賺了。」這番話榮嬌是笑著說的，語氣輕柔，如同母女倆在話家常。「京兆衙門的大門想來妳是知道的，好走不送。」

與她糾纏，真是浪費時間，敗壞心情！

第九十五章

榮嬌當然不會跟康氏回池府，即便康氏搬出池榮勇、池榮厚，榮嬌也未曾就範。

康氏簡直要氣死了，以往的池榮嬌是小弱雞，挨罵只會低頭抹眼淚，現在攀上高枝，搖身變成了茅廁裡的石頭，又臭又硬，不管自己說什麼，她都有對應。

她尚有理智，不會在英王府向榮嬌動手，一頓罵卻是免不了的，酣暢淋漓盡情地宣洩，將自己這大半年被禁足的怨恨與憋悶借題發揮。

榮嬌靜坐不語，不冷不熱看她鬧騰，只覺得她好笑又可憐，真是瘋魔了。

怎麼會有這般偏執的人呢？真是奇妙，二哥、小哥哥那般光風霽月，居然是這樣一個人生出來的。

榮嬌喝了口熱茶，如蔥的玉指拈起葡萄，慢悠悠放進嘴裡，半點也沒有因為康氏的歇斯底里影響到心情。

康氏不是沒心計的蠢婦，只是習慣性作踐榮嬌，惡語相向已成常態，等她發洩夠了自己的情緒，從榮嬌的冷淡中明白自己白跑了一趟，氣呼呼地離開。

康氏前腳剛走，後腳阿金就讓人備了禮品，大張旗鼓地送到池府去，道是王爺與王妃孝敬池家長輩的——諸如此類的造勢手段，要多少有多少。

玄朗回府聽說了，臉色微沈。往日恩怨就罷了，居然還敢上門來欺負小樓，是不是真以為他心慈手軟、脾氣好？

若不是顧忌著將康氏名聲弄壞了，為母不慈，雖幫榮嬌出了惡氣，對池榮勇、池榮厚卻有不好的影響，不然，他豈能容康氏那種女人興風作浪？便將這筆帳記到了池萬林身上，若非他有意，康氏怎麼可能跑出來？

於是新官上任的池副尚書在公事上處處受掣肘，事事不順，一時焦頭爛額，也沒多餘的精力再盯著榮嬌。

池府不來生事，玄朗與榮嬌當然直接無視，關起門來過自己的甜蜜小日子。

阿金除了管新房裝修外，還查到了銷聲匿跡的哥佬幫漏網之魚——竟然是五皇子。

怎麼會是五皇子？那個低調的五皇子？

「有什麼不可能？」

玄朗清淺的眸光中劃過一絲了然。生為皇子，又哪裡會真正簡單、恬淡無欲？即便開始沒有野心，也會被各種各樣的原因逼出野心。

是身不由己也好，心繫寶座也罷，總之人人都有諸多面具，擺在人前的，素來都不是真的，而是想給人看的那張。

「這也忒……」

果然是龍生龍，鳳生鳳，老鼠生的兒子會打洞。皇家的血脈不同於常人，看似無甚追求的五皇子，背地裡還有這般深沈籌謀。

「真是想不開。」阿金搖頭，那把椅子就那麼好，不要命也要搶？

連五皇子這樣的，母族不顯，生母地位不高，朝中並無多少助力的，竟然也肖想那個位置？看哥佬幫成立的時間，那時先太子還活著呢，五皇子才多大年紀就開始布局，在最出其不意的地方發展自己的勢力。

「你可別小看我這個五皇姪。」聽了阿金不甚在意的語氣，玄朗點到即止，提醒了一句。「想想他平素的行事。」

五皇子平日可低調了，不是假裝，是真的不顯眼，提起皇子們，論誰也不會先提到五皇子，但是……誰也不會數漏了他。

阿金神情一凜。是呀，五皇子太平淡、太正常了，可稱之為老實，說好聽是謹慎守成，說難聽是膽小、沒魄力，不結黨營私，不爭權奪利，也不乘機邀功，分內的差事盡心盡力。凡他經手的差事，雖會有小差錯，卻從無大過，偶爾還會有精彩之舉，在諸皇子中，不是醒目的那個，也不是完全被忽略的那個。

真論起來，受寵皇子們有的，他也沒少，卻從未遭到嫉恨，即便是那幾個覬覦大寶之位的，也都想當然地將他忽略了。

一個讓人感覺不到威脅的人，卻從未真正吃過大虧，該得的一點也沒少得，這份心機，即使生母不得寵，也未必沒有一爭之力。

「生母不得寵？」玄朗嘴角勾起一抹嘲諷的輕笑。「想想聖上的起居錄……」

五皇子的生母麗妃，原先位分是美人，生了兒子後，母以子貴，提為嬪位，再然後，五皇子偶然辦差得力，聖上將其母升為妃位。

麗妃入宮二十餘年，一直是安分守己，她不是最受寵的那個，任何一個時期在聖上寵愛的後宮女人名單裡，都沒有她，卻也不是受冷落的那一個。這麼多年，半月、二十天的，聖上總會去麗妃那裡，倒也不都是要她侍寢，有時只是白天抽空去坐坐，不會讓後宮的女人們嫉恨。

可關鍵就在這兒，後宮不缺姿色過人的鶯鶯燕燕，麗妃算不得最美的，年紀也大了，為何能在二十多年間不曾真正受冷落？

阿金經他提醒，恍然大悟，這母子兩人竟都是深藏不露的高人。

可惜，這份心機沒用到好地方。奪嫡確實各憑謀略，手段狠辣在所難免，可像五皇子這樣扶持江湖幫派，掠奪無辜良民，做無本的人口買賣，卻是過了。

且不止這一樁，為斂財無所不用其極，行事之狠毒無底線，連阿金見慣大場面都要倒吸一口涼氣。那可都是無辜的人命，僅僅因為五皇子要奪嫡，需要銀財，無數人在不知不覺間丟了身家性命，卻不知自己之所以會招惹禍事，皆因銀子之故。

「難怪池大將軍選中他。」阿金感嘆。

玄朗沈默片刻，修長的指尖輕叩了叩紫檀木的桌面。「動手吧！」

太過傷天害理、使手段、耍心機，想要那個位置，可以理解，但遊戲不是這樣玩的，該守的規則，還是要守。

大樑城每天都有熱鬧事。天子腳下嘛，出什麼樣的新鮮事都算正常，前天有家飯館被封，訛客不成，掌櫃、小二惱羞成怒，與客人鬥毆，險出鬧出人命；昨天有兩家妓院半夜起火，房子燒了個乾淨，所幸客人有傷無死，倒是老鴇與龜公因為搶撿財物，被困火場燒死。妓院之事最是容易被市井傳播，今天地下錢莊被衙門抄了老窩的事，倒是沒引起多少關注，雖然放印子錢傷天害理，不是好東西，卻不如窯姐兒們身無寸縷地從火場中跑出來的話題更香豔，不消說還有赤身裸體、露著白肉的嫖客……

外頭傳得熱鬧，英王府裡卻不受閒言影響，歲月靜好。

始作俑者阿金向玄朗彙報進展，目前掌握的所屬五皇子的產業，均以各種原因破壞剷除了。

「手腳乾淨？」玄朗暫時不想與五皇子打照面，不是懼他，只是大婚在即，不想影響心情。

「沒問題。」

阿金沒有小覷五皇子的手下，只是沒想到看似烏合之眾，真有功夫不錯的，又有股下三濫的狠勁，剛打照面時，一個不防備，竟讓對方得手，傷了兩個己方的人。

「起風了，別掉以輕心。」

玄朗意味深長地說道，聖上龍體時好時壞，朝堂局勢詭譎，皇子們的心都活泛了，私底下的交鋒，有來有往，五皇子吃了這個暗虧，未必不會猜到他的身上，他可不想在大婚前沾上晦氣。

「是。」

外頭的紛擾，榮嬌一概不知。

她正笑靨如花，眉眼彎彎地注視著面前的人，看他眉飛色舞，繪聲繪色地講述著自己一路的見聞，說到高興處，樂不可支地手舞足蹈，笑容燦爛，帥氣逼人。

榮嬌始終笑著，心神為他所牽引，不時追問：「後來呢？然後呢？」興致盎然，連玄朗進屋站了好一會兒，她都沒有發現，眼裡、心裡只有面前這個滔滔不絕的男子——真好，小哥哥回來了。

玄朗看著那兩個笑咪咪、旁若無人的兄妹，一個說得熱火朝天，一個聽得眉開眼笑，屋子裡洋溢著濃濃的親情，任誰看了也會道一聲兄妹情深。

他看了好一會兒，開頭是欣賞那小人兒含笑愛嬌的模樣，然後是想看這對兄妹何時能發現自己的存在，結果等了很久，玄朗知道自己若不主動出聲，恐怕等到地老天荒，他倆也未必會看到自己。

隨著時間拉長，他的心情也從一開始的欣慰愉悅到羨慕失落，繼而是無法忽略的嫉妒。那一刻，他忽然意識到自己強烈的獨占慾，他希望小樓含笑的眼中只有自己，沒有別人。

他知道這種情緒不對，榮厚是小樓的親哥哥，自幼親厚，遠遊歸來，多日未見，急於敘舊，他能理解。

只是，他被忽視得越久，嫉妒與獨占的滋味就越多，最後，玄朗覺得自己想等他倆發現，是自找虐的行為，乾脆加入進去，率先出聲道：「說得這麼熱鬧？」

榮嬌與榮厚同時收聲，含笑望過來，見玄朗已邁步過來，一身玄色錦袍，暗繡著銀絲花紋，低調而華貴，姿態清雅，幽黑的長眸看過來，彷彿整個世界都在他的眼中，心神俱被他俘獲。

「你回來了？忙完了？」

榮嬌小臉微紅，嘴角的笑意更溫暖了幾分，聲音軟軟甜甜，尾音揚起，透著股撒嬌的味道。

「嗯，聽說榮厚來，我就早早回來了。」

榮嬌只一句你回來了，足以撫慰他半天的吃味。他面帶微笑，看向榮嬌的眼眸毫不掩飾心底的濃情密意，他先回答完榮嬌的問題，然後衝池榮厚拱手。「一路辛苦，多謝了。」

一聲多謝態度誠懇真摯，向來傲嬌的池榮厚這回也認真地回禮。「應該的。」

當然是應該的，他的妹妹要嫁了，做哥哥的趕回來送嫁，理當如此，不需要由妹妹要嫁的那個男人來道謝——好吧，他還是沒辦法稱玄朗為妹婿，總覺得終自己一生也喊不出一聲妹夫。

池榮厚估計自己也別想等到玄朗叫出三舅兄了。唉，他就這麼一個妹妹，早就不止一次幻想著妹妹嫁人，自己做舅兄的感覺，誰知妹妹要嫁的人竟是……有得就有失，總之，他這一輩子都別想被人追著叫舅兄，偶爾逞逞舅兄的威風了。

「小哥哥？」

池榮厚神色變幻，榮嬌喊了他一聲，見他沒反應，不自覺地瞪了玄朗一眼。都怪他，小哥哥剛才講得正熱鬧，他一回來小哥哥就走神了。

玄朗好冤枉，哪裡知道池榮厚神不守舍的原因，只覺得小樓這一眼的瀲灩風情，瞪得他心都酥成一片，只想將人兒揉進懷裡，好好疼愛一番。

又一次覺得成親的日子選得有些遠了，早知道榮厚現在趕回來，他何苦還要多等些時日？溫香軟玉在懷，只能看不能摸的滋味，真是又甜蜜、又痛苦的折磨。

玄朗一向以為自己是沒有那方面慾望的，活了二十幾年，他沒沾過女色，對那種事也不曾有過好奇。

不是有意排斥，只是單純地不喜歡，沒有需要，就如同有人偏食，不喜某些食物一樣，女人之於他，就是不喜歡、不願意動箸的那道菜。

不喜歡就不動了，這不是他需要達成的目的，即使不喜也要去做。他不喜歡戰爭與殺人，但為了達成目標，他還是主動請纓上了戰場，一場戰爭下來，得名又得利。

而女人，對他既無益處又不喜，要來做甚？

原來，之所以不喜歡，是因為沒有遇見命中的那個人；遇上了、找到了，慾望就會自發地被釋放出來，無須刻意，無須學習。

有了榮嬌後，他才發現自己正如所有陷入愛河的凡夫俗子一樣，面對自己的心上人，有著同樣的貪慾，拉握了小手之後，想摟摟抱抱；抱到了之後想親吻，嚐她櫻桃小口的甜美滋味；再然後，接近她的時候，全身都在喧囂著、沸騰著，咆哮著想要更多——偏偏還沒有成親，偏偏她還小，即便成了親，怕也是要再等上大半年的。

玄朗以前以為所謂慾火中燒，是形容色中餓鬼的，這檔事有什麼不能控制的？任何一種所謂上癮，都只是自身意志太弱，太輕易原諒自己的藉口，如今方知自己武斷了。小樓就有那種魔力，只是輕飄飄一個小眼神或是不經意間的微笑，都能喚醒他心底蟄伏的野獸，將他折磨得欲生欲死、熱血焚燒。

小樓就是他的情劫，終生難解。

「哦，沒什麼。」

池榮厚的恍惚只在一瞬間，即刻回神，他看了看榮嬌道：「我今天就不多留了，一回來行李沒解，就來看妳了，還要回府去看看。」

他實在太擔心妹妹，玄朗與榮嬌的婚訊來得突然，他雖然事先已有準備，仍有太多驚疑，所以隨先生回都城後，稍加洗漱，就匆匆忙忙趕來英王府見妹妹。

他遠行而歸，按理應該先回府給長輩們問安之後，再來探望榮嬌的。

榮嬌嘟嘟嘴，雖然很想留他用飯，也知他說得有道理，若是強行硬留，反倒令小哥哥為難了，於是順著他的話道：「那你明天再來看我？我還有很多事沒有問你呢！」

池榮厚假裝不耐煩。

「還有什麼沒問的？我在路上吃飯喝水的事，妳都查問幾遍了，還要問什麼？倒是妳的事情，問妳總是支支吾吾，沒句老實話。」

為何不待及笄就要成親？多簡單的問題，她硬是沒給句準確的回話，只說是玄朗年紀不小了，既然已經訂下了，早拜堂、晚拜堂也無關緊要，她早些安定下來，哥哥們也能更放心些。

「反正我早晚得嫁，難得有玄朗這樣的傻瓜願意接手，當然要抓緊，防止節外生枝啊！」

滎嬌這番話看似有理，池滎厚卻不是十分相信，或許還是問問玄朗更可靠些。

第九十六章

池榮厚又閒話了幾句，起身要走，回先生那裡取了禮物後回府。

「給妳的東西還在箱籠裡，等整理後再拿來。」

行李還沒解，給嬌嬌的東西很多，幾乎是一路走、一路買，看到好玩的、有趣的、適合的，總想著嬌嬌會喜歡，就會挑選一份，惹得先生還拿他打趣，笑曰要多雇輛馬車給他載禮物。

榮嬌將哥哥送到院門外，剩下的路程由玄朗送池榮厚出府。

兩人行至前院，池榮厚見僕從離得遠，左右前後無人，遂壓低聲音問玄朗提前成親的原因。

所謂池大小姐體弱多病，英王急於成親沖喜，這樣的藉口外人聽聽就罷了，榮嬌的身體如何，他最清楚不過。嬌嬌看似柔弱，一拳能將身體健康的壯漢打個半死，又哪裡會病弱到要沖喜的程度？

真實理由，玄朗無法言說，只好託辭是自己等不及，年紀一把，難得遇上心儀之人，自然是想要快點娶回家中，他如此笑著打趣自己。

他這樣抬高榮嬌，表明自己對榮嬌的勢在必得與強烈渴慕，池榮厚的心裡自然是驕傲的，不過，這個答案顯然不能令他完全滿意。

「嬌嬌畢竟還太小，現在成親，總歸不大好。」

池榮厚板起面孔，壓下心底的困窘，認真談論這個自己不大擅長的話題——按說這事應由家裡長輩來提，由媒人轉述是最好，可是沒辦法，二哥不在，父母指望不上，他倆的親事又沒有媒人，若是他將自己的要求提到禮部，由禮部轉述，且不說禮部是否能將他的話當成正經要求來對待，就是可以，說不定還會引起一番是非。

這種事向來是男女雙方私底下討論的，哪能大張旗鼓呢？何況明面上看，確實是池府高攀了英王，若池府再提出不近情理的要求，更有不識抬舉之嫌。

倒不如他與玄朗私下說說，成就成，不成，他再想別的辦法。

「嬌嬌尚未及笄，現在不適合生兒育女，我希望你們先成親，等她及笄後再圓房。」

在玄朗眼裡，池榮厚自己還是個少年呢，卻站在英王府二門前，挺直了尚顯稚嫩的身軀，盡可能做出老成持重的樣子，談論著成親圓房這種私密問題。他向來明朗的臉上是難得的認真與鄭重，只有泛紅的耳尖暴露了內心並不如表現出來的安之若素。

「我會的。」

玄朗神色鄭重。他雖然很想，卻也知道池榮厚所言非虛，小樓的身體與年紀均不適合孕育子嗣，他原先的打算也是要等她的問題徹底解決後，再考慮兒女後代。

甚至，他已經找出安全又避孕的方式，既不影響魚水之歡又不會對小樓的身體有損傷，論起對小樓的重視，他絕不亞於池榮厚。

只是，面對池榮厚的要求，不管他私底下如何計劃的，絕對不可能在這個時候否決池榮厚的要求。

玄朗立即毫不猶豫地答應妻子娘家哥哥的要求，至於以後要不要吃肉還是先喝湯，只要不鬧出人命，別人哪裡會知道他們夫妻的房中事？

榮厚畢竟是哥哥，與妹妹再親密也不會問她這個，何況他自己還未成親，最多是對孌嬤嬤旁敲側擊一番。

將來的事情雖然誰也無法保證，至少在這一刻，玄朗的應允取悅了擔心的哥哥，池榮厚臉上綻出如釋重負的笑容。「行，有你這句話，我就放心了。」

二哥說得對，他們這些做親哥哥的，沒有辦法給妹妹一輩子幸福，妹妹長大了，就會嫁給別人，她的幸福與快樂，全部與那個娶她的男人息息相關，哥哥們再好、再疼她，也沒有辦法取代她的夫婿。

不管他是英王還是玄朗，至少現在看來，他對嬌嬌是真心的，這就夠了。人心易老，一輩子太長，誰也不保證感情就一定不會變，但他願意給出承諾，縱使將來真有變故，情如煙花，消失在夜幕天際中，至少該給的尊重與責任都還在，這樣的結局也不會太差。

「……去福林寺還願？」榮嬌訝異地望著小哥哥。

她沒聽錯吧？康氏要帶著她去還願？

「是，嬌嬌……妳、妳可以吧？」

池榮厚目露期盼，又陪著兩分緊張與小心。這些年母親怎麼對待嬌嬌的，他在一旁看得一清二楚，說傷透了心毫不為過，因此母親先表示了善意，妹妹不一定會接受。

與康氏去還願？榮嬌還真不想去，不是她以小人之心忖度康氏，前次還氣勢洶洶、不見悔改之意的人，幾天之後就化身為慈母，著實無法不懷疑其不懷好意。

對上池榮厚飽含希冀的眼神，拒絕的話就難以出口，罷了，看在小哥哥的面子上，就當是陪小哥哥的母親走一趟好了。

榮嬌點頭。「行，哪天去？」

上香還願的日子是康氏挑選的，據說與當年她去許願的那一天日子相同。

玄朗有些不贊成，榮嬌以養病的名義提前住在英王府已引人非議，她平日深居簡出、不出府門倒罷了，若是可以去上香，豈不是自己戳破了養病之說？

他個人不在意名聲，卻不希望榮嬌被人議論。

何況福林寺遠在西南郊，聲名不顯，香火冷清，不知康氏當初怎麼會選這種地方許願。她向來待榮嬌不好，上次見面還惡語相向，突然一個大轉變，怎麼看都透著詭異。

他有心不讓榮嬌去，礙著池榮厚，卻不好強行阻攔。榮嬌明白他的意思，她自己也不認為康氏會有所改變，不過權當是為了小哥哥。

見她心裡有數，玄朗只好允了，回頭叮囑池榮厚照應好榮嬌。

礙著池榮厚的面子，他不好直說，又怕池榮厚沒領悟隱晦的暗示，只好反覆提醒好幾次。

玄朗的憂慮並不是空穴來風，池三少確實沒有領會他反覆提醒的意思，對於上香還願之舉，他看到的只有母親的示好，不會想到無事獻殷勤，非奸即盜——畢竟那不是別人，是他的親娘與親妹子。

於是準妹夫的叮囑就顯得有些多餘，惹得池榮厚路上得空就打趣榮嬌，道是玄朗看起來溫文爾雅，不像傳言中的戰神倒罷了，竟囉嗦得像個老媽子。

榮嬌笑得一臉幸福，解釋他是關心則亂，在別的事情上並不是這樣子的。

大樑城的西南郊是一片不高的丘陵，福林寺就座落在其中一道山嶺上，山不高，寺不大，平素香火並不鼎盛。

池榮厚不關心這個，一路上表現得極為興奮，笑語不斷，策馬在榮嬌與康氏的馬車間來回奔波，一會兒與妹妹開開玩笑，一會兒陪母親說說話，難行的沙土路也被他踏出鮮車怒馬的風情。

這是第一次同時陪母親與妹妹出行，樂觀的池榮厚彷彿已經看到，有了這一次的經驗，在不久的將來，母親與妹妹總有一天會前嫌盡釋，母女把手言歡。

康氏似乎真有意示好，雖不像尋常母女般親近，但比上次見面要好了許多，沒有惡言惡語，還問候了她的身體，詢問嫁衣準備，雖然笑容有些僵硬，總歸是破天荒。

榮嬌心裡怪怪的，搞不清康氏到底在演哪一齣；可眼睛騙不了人，康氏的語氣、神態看似和氣，眼神裡暗藏的恨意一點沒少，就是不知她這般努力營造太平景象，所為哪般。

隨行的欒嬤嬤趁池榮厚去了前頭康氏的馬車，小聲提醒榮嬌多加注意。「夫人或許在謀算什麼。」

習慣了康氏一向的作風，忽然換了風格，讓人有些措手不及，不如像以往那般不假辭色，來得讓人放心。

榮嬌點頭。「大家都警覺點，也別做得太明顯，讓三少爺感覺不好，外鬆內緊即可。」福林寺距城較遠，不能當天往返，按照計劃，今天到寺後先休息，下午在寺裡隨便走走，晚飯用素齋，宿一夜，明天一大早上了頭炷香，再乘車返回城裡。

此時已是初秋，天高氣爽，空氣清爽，出城後平闊的曠野時有金風吹過，風起處，遠山的輪廓被勾勒得纖毫畢現，滿山遍野大塊、大塊的墨綠色已經開始夾雜著淺淡的黃色。

在明麗的秋陽照耀下，一切彷彿發著光，空氣透明而潔淨，映襯著人的心情也不由自主地欣喜雀躍起來。

拋開康氏的目的不談，這真是一次很不錯的出遊。榮嬌笑盈盈地望著車外美麗的風景，默默讚賞康氏的提議。

到了福林寺，早就得了信的方丈與知客迎出來，一番見禮後，一行人先到偏院客房休息。

福林寺平素香火不旺，只有一座待客留宿的院落，康氏住了正屋，榮嬌住了廂房，池榮厚不方便與女眷同住，選了最近的一間僧房將就。

稍加洗漱，用了齋飯後，康氏道乏，由人服侍著回屋歇息，榮嬌兄妹倆並無睡意，結伴在寺廟周邊賞景。

凡是寺廟，周邊的自然景緻往往不會差到哪裡，福林寺亦然，雖沒有聞名的景觀，單是寺廟周圍的山泉溪流與青石，亦頗為宜人。

聽引路的僧人介紹溪流小橋旁的涼亭觀月最好，池榮厚聽了大感興趣，十四的月亮雖稍嫌不足，風情卻更好，於是與榮嬌約定用完晚飯後再來賞月。

難得與小哥哥出來一次，榮嬌應下，體諒他用完飯後要陪康氏說話，遂直接約在小亭處，誰早到誰等著。

晚餐是寺裡用心準備的素齋，母子三人一起用的，有池榮厚的笑臉與努力熱場，康氏與榮嬌都賣他面子，氣氛還算平和。

散場時，康氏難得叮囑了榮嬌幾句，道是夜裡涼，別著了寒，這樣的好意，榮嬌自是笑納。話說她挺佩服康氏的忍耐力，對著討厭的自己居然能和顏悅色撐過一頓飯，真難為她了，明明眼底的厭惡與不耐煩已經要滿溢了……

那是厭惡，沁入骨髓、已成本能的厭惡。

榮嬌有時以局外人的立場來看，著實找不到康氏對親生女兒的厭惡從何而來，諸如因為自己出生才讓楊姨娘進門的這些不成理由的理由，會使一個母親如此厭惡自己的孩子？榮嬌不解。

若將康氏當作陌生人來看，她能養出二哥、小哥哥這樣的兒子，不應該是心術不正、陰狠毒辣之人，可她偏偏就是了。

恨她嗎？榮嬌仔細想想，也是不恨的，或許怨氣曾有一些，可現在也早就消散了。

她只是不喜歡與康氏周旋，倒寧願她能乾脆點，有什麼目的與謀求，直截了當，能給的，看在哥哥們的面上，她都會給，不能給的，也絕不會拖泥帶水。

可惜，康氏偏要迂迴。

月色如水，在視線所及之處灑下點點清輝。

榮嬌在小橋邊的亭子裡看月亮一點點升高，說好要來賞月的小哥哥卻遲遲不見蹤影。

已是初秋，山裡夜風有著明顯的涼意，等待的時間過得最慢，榮嬌再好的耐心也消磨得差不多了。

「去看看，三少爺是不是還在陪夫人，不用驚動旁人，看了情況就回來。」

若是小哥哥與康氏還有得聊，她就不等了，反正月亮隨時都能看，大晚上的吹著小涼風，剛開始是涼爽，吹久了還真有點不好受。

榮嬌裹緊了披風，有些意興闌珊。

派去探聽情況的下人回來，道是三少爺屋裡沒人，應該在陪夫人說話。

抬頭望望已近中天的月亮，她起身，讓人收拾亭子裡的東西。「不早了，回去歇著吧！」

心底多少是有些失落的，回到客院時，正房裡燈光昏黃，透著暖意，隱現人影晃動，榮嬌只是掃了一眼，此時此刻，她若過去，實在是煞風景。

忽然就想起了玄朗，若是他在就好了。原先不明白情動的滋味，不知道想念一個人，原來是甜蜜又快樂的折磨。

自從兩人有了婚約之後，這是第一次分隔兩處，山裡的夜晚異常冷寂……她眸光流轉，浮起淡淡的水光，心裡有些難受。

同一個院落，一邊是燈火幽幽天倫之樂，幾丈之遙的她卻在燈下形隻影單，莫名就覺得委屈與心酸。

嗯，她被玄朗慣壞了，變得嬌氣又矯情。榮嬌心裡想著，居然為這點慣常的小事傷感，真是越活越回去了！

還好過了明天就回去了，被玄朗寵得一點委屈也受不得，她還是早點回家，回到他身邊吧！

夜裡山風呼嘯，吹得林木發出嗚咽的怪叫，被子似乎也有些陰寒。榮嬌認床，似睡非睡卻又如作夢般地迷糊著，頂著發青的眼圈早早醒來。

夜裡沒睡好，榮嬌懨懨的，沒心情去給康氏請安，亦不想自討沒趣，一個人用完了早膳，待要派人去問上香之事，忽然有下人過來回稟，康氏那邊出了大狀況。

康氏不見了！

池府的僕婦抹著頭上的汗，急切中帶著些許質疑。「夫人昨晚不是與您歇在一處嗎？」

榮嬌頓覺好笑。「夫人怎會與我歇在一處？」

康氏有多厭惡她，府裡誰不知道？視她為晦氣之源，避之唯恐不及，又怎會與她歇在一處？

「夫人昨晚到過您這裡……」僕婦可能也意識到自己的猜測好笑，不由聲音弱了幾分，小聲囁嚅道：「夫人說找您有事。」

那時夜已經很深了，夫人說不用跟著，就在隔壁廂房，僕婦們也沒在意，聽從她的吩咐。

等了一會兒沒見人回來，僕婦們困頓得很，回去睡了。康氏不當家，又被關了大半年，下人們素來勢利，表面恭敬，內裡服侍卻不怎麼上心。

起先她們以為康氏沒醒，沒進去察看，等過了時辰，發現內室沒有人，以為康氏昨晚沒回來，直接歇在滎嬌這裡了。

小哥哥呢？他居然也是一夜未歸——

原本在康氏的要求下，他昨晚在偏殿抄經，準備供到佛前，可抄寫的經文與筆墨紙硯都在，屋子裡卻不見人影。

換言之，康氏與池滎厚離奇地失蹤了。

第九十七章

玄朗快馬加鞭趕到時，榮嬌已經仔細將僕婦挨個兒詢問探查了一遍。怎麼看，事情都有些古怪，卻又說不出哪裡不對勁……正思忖著，一道熟悉的身影如風般飄了進來，她剛站起身來，一雙大手已經落在她纖細的肩頭上。「小樓，怎麼樣？」

聲音焦灼嘶啞，星眸緊鎖著面前嬌小的人兒，上下打量著。

剛接到福林寺出事報信的那一瞬間，他的腦裡一片空白，下意識以為是她出了意外，定神後才知是池榮厚與康氏不見了，她沒事，好端端的。

即便如此，他還是心急如焚，直奔福林寺而來。天知道在沒有見到她之前，他有多焦灼、多後悔，自責自己的大意，不應該因為有池榮厚在，就沒陪她過來。

玄朗擔心了一路，直到親眼見到人，確認安全無虞，心才算真正安穩下來。

「我沒事。」榮嬌精緻的小臉泛起溫暖的笑意，小手輕輕拽了拽他的衣袖。「你來得真快。」

「沒事就好。」玄朗眼底緊繃的神色變得溫和。「不用擔心，有我在。」

他壓下想將她擁入懷中的衝動，輕輕拍了拍她的肩頭，戀戀不捨地鬆開——欒嬤嬤就在旁邊，小樓臉皮又薄。

「小哥哥不見了。」

榮嬌感覺肩頭一輕，見他稍微離開了自己一點，這才意識到自己只顧著情急，都不曾給他遞茶，抬頭細看，他風塵僕僕，額角還殘存著依稀的汗漬。

「先喝點水。」說著，順手將桌上自己之前喝的半盞殘茶遞給他，玄朗接過，一口喝完，動作豪放卻不失優雅，還真有些渴了。

「具體情況如何？」

失蹤的人裡有池榮厚，就知道她定會擔憂。

「還沒有頭緒，你先擦擦臉——」

說話間，欒嬤嬤已讓人打了乾淨的水來，榮嬌浸濕面巾，擰乾了遞過去，讓他擦擦臉上的浮塵。

聽完了榮嬌轉述服侍康氏的僕婦們的口供，玄朗若有所思。「其他人呢？榮厚的隨從是哪個，他怎麼說？」

「小哥哥沒帶他貼身的長隨。」榮嬌面露疑惑，小哥哥說留他們幾個在城裡辦別的事，暫時走不開，福林寺不遠，他又不是不能自理，況且還有其他下人。「帶的是府裡的僕從，也算家生子，不是小哥哥院裡的。」

榮嬌皺著小眉頭，將下人的話大致複述了一遍。

「小哥哥若是陪她聊天把我忘了就罷了，可他是在偏殿抄經，不會不派人通知我的。」

難道小哥哥昨天晚上就不見了？榮嬌皺眉。若說小哥哥被康氏拉住，東拉西扯閒聊，把她忘了……嗯，這其實也不可能，從小到大，類似的事情幾乎從未發生過，更何況他打算在偏殿抄一晚上的經文，還能不派人去通知她？

若不是小哥哥忘了，就是在那之前，他就出了意外。

但是，什麼人能無聲無息地帶走小哥哥，不驚動任何人？

她去察看過偏殿，屋裡沒有半分凌亂，紙是攤開的，上面寫了一半的經文，書面乾淨，字跡剛勁，最後一個字的筆劃收得完整漂亮；毛筆擱在筆架上，亂中有序，完全是寫到途中，因為累了或有別的事情臨時停下，停筆的那一刻，是從容自然的，沒有半分被打斷的倉促。

玄朗打量著偏殿。殿內空曠，擺設簡單，桌椅位置正常，現場沒有任何異常……以池榮厚的身手，能拿下他的大有人在，但能在瞬間制住又令其不能示警甚至無一絲掙扎之力的，不多。

除非他事前就著了道——

天空中有幾朵白雲，漫不經心地飄來飄去。

有細細的光線垂照在青磚地面，繪出一道道粗細不一的金線。

玄朗撫著茶盅，眸中閃過疑惑，綜合所有的線索，他的腦中已經有了大致的推測，不過，到底哪裡不對呢？

康氏與池榮厚是有意識、能自理的成年人，沒有自己走丟的可能，一定是被人擄走的；能在不同地點將兩個活人毫無聲息地帶走，不像是臨時起意，一定是有預謀的。凡事都有動機和目的，費盡心機安排綁架，便必有所圖。

是池萬林得罪了人？

不對，康氏住在正房，僕婦說小樓回來時她還沒回房，所以誤以為她在廂房留宿；而小樓回來時並沒有見到她，因此她是在廂房被擄走的，如果對方是有預謀的，必然是直奔著目標而去——

廂房！住在廂房的是小樓，不是康氏！

玄朗的眸光倏然閃過幽暗銳利的光芒，難道對方原來的目標是小樓，康氏是被牽連的？

康氏一反常態要來上香還願，臨時起意要池榮厚在偏殿抄經文，又親自到廂房找嬌嬌，然後池榮厚與康氏齊齊不見了蹤影……

將一條條線索串連，真相彷彿是被點燃了引信的爆竹，炸了出來。

目標是廂房裡的人，對方要的是小樓！

「小樓，池夫人知道妳與榮厚約了賞月嗎？」

康氏夜裡出現在小樓的房間，是巧合？還是要探看虛實？

「應該不知道吧！」榮嬌搖頭。「不知小哥哥說沒說。」

「還有誰知道你們約在小亭見面？」

池榮厚原本陪康氏聊天，然後被她臨時起意差去抄經，而素來看嬌嬌不順眼的康氏又突然去找嬌嬌，怎麼哪裡都有康氏的影子？。

「隨口說的，當時身邊就我和小哥哥還有欒嬷嬷，其他人跟在後頭，可能聽不到。」

榮嬌清眸中浮起淺淡的疑惑，這與小哥哥失蹤有關係嗎？

「沒事，多問問，或許能發現線索。」玄朗清俊的臉上帶著一抹笑意。「不要擔心，會盡快找到的，他不會有事。」

若這個局的目標是嬌嬌，那麼最終目的一定是衝著他來的，池榮厚不會有事。

「我知道。」榮嬌點頭。「不管是何人所為，必是有所求，現在還沒來信，小哥哥暫時應該是安全的；只怕……」嬌美的小臉上是無法掩飾的擔憂與驚慌。「若是在這之前能找到人最好，我怕遲則生變。」

一般而言，綁匪不會無緣無故擄了人卻不提任何要求，但不怕一萬，就怕萬一，如今兩人下落不明，誰知下一秒會發生什麼？萬一對方沒要小哥哥的命，卻送來了一截指頭或半隻耳朵什麼的，可怎麼辦？

腦中塞滿了以前聽過的擄人傳言，即便相信玄朗一定會找回小哥哥，榮嬌的心也沒法安穩。活著，不等於就毫髮無損，小哥哥那麼愛俊的一個人，萬一缺了點什麼或被毀容了，可怎麼辦？

玄朗聽著她在一旁自言自語，雙手合十，清眸微閉，長長的睫毛半垂著，在白嫩的小臉上繪出兩道優美的墨線，緊抿的粉唇與用力貼在一起的掌心，無不顯示她的虔誠。

他不由心疼，彷彿有隻小手拿針輕輕戳他的心尖，一開始不是很痛，接著卻細細密密地痛癢成一片；若是……這件事真是衝她和他來的，若真與池萬林有關，甚至更惡劣地懷疑，連池榮厚都在無意中不自覺地做了幫凶，她會多傷心？

她那麼聰明，卻沒往康氏有意設局方面猜測，是對康氏還有期待吧？不論康氏怎樣待她，在她的心裡，總歸不曾將她當作真正的惡人。

也是，哪個孩子會對父母連一絲期待都沒有呢？只是接受了現狀而已，並不等於她徹底絕望，即便是康氏對她不好，她也會希望康氏是好人。

就連他，想得再明白，看得再通透，不也在所謂的「父皇」病重時有過小小的心軟，不忍他死去，出手醫治，多延續了些時日嗎？何況是善良心軟的嬌嬌。

「相信我，不會有事的。」幽深的長眸帶著些許的疼惜與愛意，靜靜的視線如無形的擁抱，溫柔地擁著心愛的女孩。「別想太多，乖……用了餐飯，我們就回家。」

出事的是康氏與池榮厚，嬌嬌不會將嫌疑往康氏與池萬林身上想，不代表他不會。

「派人去池府送信，還有這些池府的下人，一併送過去。」

至於要不要封口，讓池萬林自己看著辦，也正好看看他與這件事有沒有關係。

找不到人，他先扔塊石頭下去，看能砸出些什麼來。

池府前院書房。

「夫人與三少爺不見了?!」

池萬林一臉驚詫，黑眸極快地閃過一絲晦澀。

怎麼會是他倆？繼而突然想到了什麼似的，急切地問：「大小姐呢？大小姐可還安好？」

說好的不是這樣啊，帶走康氏有什麼用？為什麼要帶走康氏？那是他的夫人。

「大小姐沒事，只是受了不小的驚嚇，突然病發，英王殿下趕過去，已經將大小姐接回府了。殿下說他不在現場，也有探查，暫時沒有線索，他已派人多方尋找。另外，殿下問您是否有什麼仇家，會為了報復您惡意綁架家人。」跟進福林寺的池府家僕一五一十地轉述玄朗的話。「殿下說，現場沒有線索，怕是蓄謀做案，若有懷疑目標，更能容易找人，晚了的話，恐生變故……」

池萬林臉色煞白，腿一軟，又跌坐回椅子。怎麼回事？不是說好了抓池榮嬌嗎？康氏與厚兒在英王面前能有什麼分量？

「蠢貨！」一道飽含著怒火的男中音。「眼都是瞎的嗎？讓你們去抓大姑娘，你們弄個老婆子回來做什麼?! 成事不足，敗事有餘的蠢材就是你所說的高手?!」

坐在另一邊的青衣男子面露尷尬。「抱歉，失誤了，一時失手。」

「失誤？說得輕巧，我要的人你沒弄來，弄兩個不要的來吃白飯嗎?!」先前罵人的男子長了張清秀的臉，顯然火氣未消，語氣依舊滿含嘲諷與不滿。「沒有金剛鑽，就不要攬瓷器活，是誰信誓旦旦保管手到擒來的？」

媽的，廢物，連個人都能抓錯！

「你還沒完了？」青衣男子賠了半天的不是，見對方不依不饒，也有了幾分火氣。「沒錯，是要大小姐，可你別忘了，是誰說目標在廂房的？廂房裡除了這個半老徐娘，就沒有第二個主子，抓錯了，是情報給得不對。人都已經帶出來了，難道還再送回去嗎？分量不夠，兩個加一塊兒，總有點用吧？」

不是說一個也行，兩個也要，總之是一男一女，不管年紀大小？

人質這種東西，數量能等於分量嗎？丈母娘與老婆能一樣嗎？

「你懂個屁。」

「嘖嘖，高手呀，你們都是高手，這棋，往下還真不好走了……」

一旁，錦衣男子好似被窗外的風景所吸引，看了半天，頭也沒回地發出一聲輕嘆，語氣自然親切，話意似真似假。

「屬下有罪，請王爺責罰。」

此言一出，屋裡幾個男子齊齊地跪下請罪。

「罪是有，責罰暫記下……」依舊親切的語氣。「大龍做不成，多少要取幾個子兒吧，不然豈不是白費了半天功夫？好歹跟王叔收點利息。」

他輕笑了聲。「能讓他急一急也好，你們說，他對池家大小姐有幾分看重？」

這句問話似乎並不指望別人來回答，微頓之後，他自行接著說下去。「王叔那人，不是女色能誘惑的，何況池萬林病懨懨的女兒？他自己都說庶女比嫡女好看多了。」

想到池二小姐的姿色，錦衣人搖搖頭。所謂姿色上佳不過如此，大小姐還不如二小姐，勉強算半個美人吧……難道王叔喜歡病弱的美人？

「不知道池榮厚這個所謂的三舅子，在他眼裡值多少？嗯，這次的貨真是為難，價碼不好開……要多了，不值；要少了，虧本。算了，漫天要價，坐地還錢，將原先的要求減半報過去。」

先探探，反正不會撕票，能讓他著急一把，也是極有意義的……

「有小哥哥的消息嗎？」

玄朗剛進院子，榮嬌就提著裙子飛奔出來。

「還沒有。」他搖頭，有些事還在清查，暫時不要告訴她，若是情況屬實，就瞞到底，永遠不要讓她知曉真相。

「阿金在查，不會很久，榮厚不會出事的，我保證。」

那張如花般嬌嫩的小臉上，笑容不自覺地淡了幾分，眼裡是不容錯失的低落。「嗯，我知道……就是，忍不住會擔心。」

她相信玄朗會救回小哥哥，但心沒法控制，她相信小哥哥不會有性命之憂，但一日沒見到人，還是會擔心，會有各種不好的猜測。

拉起她嫩白的小手，放在自己掌中，不輕不重地揉握了兩下，男人清俊的臉上是濃濃的寵溺，語氣十分地溫和與篤定。「不用擔心，我說不會有事，就一定不會有事。」

「你又不是神仙。」細白的小手指撓著他的掌心，女孩臉上的隱憂如殘雪猶存，軟軟的聲音微微顫抖著。「玄朗，我怕……」

她真怕，小哥哥與康氏失蹤這件事，前世沒有發生過。

在她的心裡，小哥哥英年早逝猶如一塊隱形的巨石，一直都在，之前與王豐禮解除婚約之後，她以為這件事過去了，小哥哥這一劫避開了，結果突然發生擄人之事……那，會不會命運便將此劫安排在此處？

「不怕。」嬌軟惶恐的嗓音，聽得玄朗心都疼了，手臂一用力，將人擁在了懷裡，輕撫著她的後背。「不會有事的……不是為了要命，不過是要借人質談條件。不用怕，安排了許多人手在找，會有消息的。」

不要讓他知道這真是一齣自導自演的醜劇，否則就衝小樓的這分傷心勁，他也絕不會輕饒了始作俑者。

「是池萬林的仇家嗎？」過了好一會兒，埋在胸口的小腦袋悶聲悶氣問道。

玄朗微頓。「或許是。」

雖然他已猜測出十之八九，但要確認，還要看對方提的條件，若是超出池萬林的能力範圍，便是衝著他來的。

或許是？那就有可能不是？

事關池榮厚，榮嬌雖關心則亂，腦子不如平素冷靜，不過稍加思索，還是想到了另一種可能。

「或許是受我連累。」玄朗一語道破。「所以，他們都不會有事，最多一、兩日就會有消息……妳別擔心，我會解決的。」

第九十八章

幕後之人的耐心比玄朗預想的要差一些，次日下午，就等來對方贖人的條件。

果不其然，對方是衝著他而來，不多不少三個條件，每一件都超出池萬林的能力；而這三個條件提得滴水不漏，一時竟無法從中找到關於幕後人身分的線索。

「金匯票號退出都城，兩顆雪絨丸，重審白乘飛的案子……」

榮嬌仔細看著小紙條上的內容。這三件事風馬牛不相及，他為何要玄朗做這些？何況，這三件事，任何一件都不是輕易能辦到的。

金匯票號是大夏三大銀莊之一，要其五日內退出都城，人家為什麼要聽？

雪絨丸，傳說中能起死回生的仙丹聖藥，據說先皇原本已仙逝，服了一顆雪絨丸後又多活了不少時日，皇宮大內都沒有的東西，居然一開口就要兩顆？

還有白乘飛的案子，大理寺已經定案，要讓玄朗提重審？

「他們為什麼會要你做這些？」

榮嬌不懂，雖然玄朗的神色沒有半分改變，彷彿這不是棘手的難題。

「可、可能覺得殿下手眼通天……」阿金苦笑，幕後這廝還真是歹毒又謹慎，居然一點馬腳也沒露。

「信是怎麼送來的？」玄朗不動聲色，沈思了片刻，問道。

「用信鴿，來時已經服過毒藥，是普通信鴿，沒有線索。」

阿金明白他的意思，對方極為小心，手法老道，就連這勒索條件也開得，嘖嘖，高明。

「是個聰明人。」玄朗清淺的嗓音帶著一抹輕諷的笑意。「不過，還不夠。」

榮嬌心裡一沈，玄朗原先說一旦收到歹徒開的條件就可能有線索，如今憑這三個條件，能縮小範圍，找出嫌犯嗎？

「很難。」此事既然已被她知曉，且池榮厚還在對方手裡，玄朗沒多隱瞞，見她不懂，遂耐心講解。「這三個條件，除去雪絨丸，涉及商、政兩界，能牽涉進來、有嫌疑、有能力、有動機的太多了，短時間內無法一一探查。」

榮嬌知道但凡有可能，玄朗必是竭盡全力的，還是緊張地握起了拳頭。「這些……有關聯嗎？」

玄朗原先的計劃她清楚，一邊加派人手，以福林寺為中心向外搜查，一邊在城裡撒網收買消息，同時以靜制動，等待對方提出條件，根據其內容來判斷嫌疑人。

「別著急，我大致有些決斷了。」

榮嬌愁悶的小臉頓時神采煥發。「好厲害。」亮晶晶的大眼睛滿是欣喜仰慕與驕傲。

「就知道你是天下最聰明的。」

可是，她居然笨得一點也沒看出來。

「小樓最聰明了，妳看不出來，是不如我了解時局與背景。」

被自己心愛的女孩直白地誇讚，饒是玄朗素來不形於色，眼底也浮現一層淺淺的喜悅，連聲音也低沈了兩分。「妳想想，對方提條件時，會考慮什麼前提？」

榮嬌轉了轉眼珠。「他的目的？他想要的？」

能幹出擄人這種事來，不是報仇就是圖利，既開出條件，顯然不為仇；但這話說了像沒說……她慚愧，誰沒事會綁人來玩不成？當然是有目的！

「對。」玄朗卻讚許地點頭。「既然是想要的，其中提的一定有他的判斷與考慮，比如妳想吃紅豆糕，會找我還是找嬤嬤？」

榮嬌一頭霧水，這是什麼跟什麼？不是正在討論綁匪求索的三個條件，與這個有關係嗎？

玄朗眼底是溫和的笑，望著她，神態平靜，沒有絲毫的催促。

阿金在一旁暗笑，殿下現在還拿王妃當弟弟啊，逮著機會就提點，這些是男人的事，就算王妃弄明白這其中的道理，也沒什麼用啊！

「當然找嬤嬤啊，你又不會做。」

算了，她想不通，感覺自己像個傻瓜似的，一點頭緒也沒有，實話脫口而出，還是向他求解吧！

「嗯……然後呢？」

玄朗的笑容還是那般淺淡溫和，目光帶著期待。

「啊！我知道了。」榮嬌忽然明白了他的意有所指。「因為嬤嬤會做，做得好吃，而你不會。」

玄朗神色微凝，什麼叫他不會？

「如果妳想吃我做的，我會跟嬤嬤學。」不就是紅豆糕嗎？有什麼難？他不是不想做，而是覺得在飲食上，她更習慣嬤嬤的服侍。

阿金暗笑。殿下要向欒嬤嬤學做紅豆糕？若不是氣氛不對，他會憋不住笑出聲來。

「誰要你做了……」榮嬌臉一紅，小聲嘀咕，衝他翻了個小小的白眼。「他提這樣的條件，是認定你有能力做到。」

按照正常人的想法，要讓對方做事情，不管是幫忙還是強迫，事情能夠完成，前提一定是相信對方具備辦成的能力，否則不是為難別人，而是為難自己。

綁匪提出的三個條件看似毫不相干，涉及又廣，卻有一個共同點，那就是他認為玄朗有能力做到；至於他是否接受，願不願意為被綁的人質付出這樣的代價，則是另一個問題。

「我不懂。」就算玄朗有這個能力，與鎖定幕後主嫌有什麼關係呢？

「大有關係，能讓金匯票號五日內退出都城，又能調動大量資金，不會引發動盪的，只有金匯票號的大老闆才能做到。」玄朗將利害關係講給榮嬌聽。「還有白乘飛之案，白乘飛原是東宮先太子詹事，先太子薨，繼續留在東宮輔佐皇太孫，因被舉報賣官貪污受賄而收監，從他身上挖出的涉案官員有數十人之多，重審不是為其正名，應該是想撈人出來。我推測白乘飛已在暗中另投他人，部分涉案官員應是他新主子的人，大理寺已經定案，要推翻此案重審其他人，不好向聖上開口。至於雪絨丸，知道它的人有，但清楚那與我有關的，沒有幾個。」

嗯，如此算下來，同時滿足這幾個條件的，沒多少人。

「可是，他會不會沒這麼多目的，想要的只有一件，其他都是在胡亂開條件呢？」

榮嬌不懂這些彎彎繞繞，不代表她沒有自己的想法，都能喪心病狂地擄人了，未必就是正常人，或許心理扭曲到就是故意刁難呢？

「言之有理，是有這種可能。」

隨時隨地稱讚他的心上人已經成了玄朗的習慣，話音剛落，榮嬌的小臉微紅，眼裡閃過愉悅的光芒。

她還不是太笨吧？

阿金在旁聽了，幾乎要傷心地抹眼淚。嗚嗚，殿下太差別對待了，平日裡想從他嘴裡聽到句「好」多麼不容易，小樓……哦，王妃就說了句幾乎人人都能想到的白目話，居然也能得到殿下的讚賞，太沒天理了。

「我和阿金再商量，妳對情況不熟悉，累了半天了，先回去休息，好不好？」

接下來的事情，玄朗不想讓榮嬌參與，有些真相，不必讓她知曉。

「好。」

確如玄朗所說，她對朝野了解不多，他還要為她解釋，浪費時間，耽誤正事，小哥哥還在壞人手上，儘早救出才是，反正事情的進展，玄朗隨時都會告訴她。

榮嬌起身離去前，看著玄朗，認真說道：「我想小哥哥回來，但不是要拿你的安危來換，你不能有事。」

玄朗向來懶理朝事，處處避嫌，頂著戰神英親王之名，原本就樹大招風，小哥哥雖必定要救的，但玄朗也不能有失。

他說幕後之人是衝著他來的，如此不管他願不願意，勢必都要順著對方的步調走，因為她不能不管小哥哥，不能讓小哥哥死。

「我知道的。」

聽了她的話，玄朗的心像裹了糖，又軟綿、又甜蜜，礙著阿金在場，不好做太親暱的動作，只好勾起一抹溫暖的笑，摸了摸她的頭頂。「放心，我不會有事，榮厚也不會有事。」

在小樓心中，自己已經與她哥哥分量相等了嗎？

「殿下，不會真是他吧？」

待榮嬌走後，玄朗的神色瞬間變冷，嘴角的笑意消失，阿金的神情也越發嚴肅。

「池萬林那邊，有何動靜？」玄朗譏諷輕笑。

別告訴他這真是一場苦肉計。

「看似很著急，找人很積極。您吩咐過別聲張，他沒有大張旗鼓地找，消息也沒外洩，對外仍宣稱康氏在養病，池三少在讀書，每日上朝、下朝，行蹤與常日無異。」

「重點盯梢五皇子府，派出府裡眼線，再仔細搜索西南郊一帶，看看是否在那幾日出現過生面孔或是異常的動靜……」

晚上擄人，又是衝他來的，未必會在天明前運到城裡，多半會藏匿在某個地方；若是有內鬼的協助，做案之後更不會費盡周折地再回到城裡，找安全的地方藏起來，軟禁幾日，事過再放回來。

「明天先讓金匯票號動起來，穩穩對方的心。」

收了信，不能沒反應，風吹草動，才能看到草根下臥什麼；他動了，才能引對方再動。

「我明日進宮，岳母與舅兄都出了事，做臣弟的束手無策，得找皇兄求援才對。」

玄朗微笑，薄薄的長眸幽芒閃現，既然想玩，他奉陪到底！

又是一天。

榮嬌靜靜望著緩緩落下的夕陽，焦灼與擔憂比鋪了半邊天空的晚霞還要濃烈，那種火燒火燎的感覺，從心尖一路蔓延到喉嚨、眼底。

不知道小哥哥現在好不好，何時能平安回來……還有康氏，希望她不會有事，一把年紀了，還受這般驚嚇。

玄朗已經盡全力在找，也正在履行對方要求的條件；金匯票號每天排隊拿票兌銀子的人排成長龍——擺明是向幕後人發出妥協的訊息。

他每天都會抽時間來陪她，說些輕鬆的話題，她懂，他是在用自己的方式寬慰她，他說會平安地找回她的哥哥，她相信的。

可是，她想要的，從來都不是賠上他去換回小哥哥。

空閒的時間裡，榮嬌將福林寺的事情反覆想了無數遍，越想越覺得事有蹊蹺。玄朗說對方是衝他來的，被綁架的便應該是她……

若是一場戲，康氏有出演的動機，小哥哥絕對沒有，不管何時，她相信小哥哥絕對不會用這種卑劣的手段算計自己。

她琢磨半天，康氏大有嫌疑，她為什麼突然想到要自己陪同出遊還願呢？

小哥哥不會害她，小哥哥也不會害康氏，但是康氏會利用小哥哥來對付她，確切地說，對付玄朗嗎？

榮嬌覺得自己腦子裡塞了一團團亂麻，胡亂糾纏著，扎得又痛又癢，不時閃過一、兩個看似可解的結，待要理清，卻又抓不到重點。

小哥哥，為何會無聲無息地被人擄走？是被下藥？

榮嬌想起去百草城時，自己在客棧的遭遇；可即便下藥，多少也會有掙扎的痕跡吧，以小哥哥的性子，斷不會乖乖束手就擒。

她也仔細看過福林寺偏殿，沒有一絲清理的痕跡，筆墨紙硯的擺放位置，都是小哥哥素來的習慣，小哥哥離開時是自由的——擱在架上的筆洗過了，這是小哥哥不為人知的小習慣，除非人不離開，擱筆後接著繼續寫，否則他必會將筆放筆洗裡用清水洗過再放回去的。

這說明，小哥哥是自己離開偏殿的。

康氏讓他在偏殿抄經文，他為何要離開？

兩日後，英王府客房。

空氣裡混著淡淡的藥味與安神香的味道，池榮厚靜靜地躺在枕頭上，臉色蒼白，俊眉緊饜，睡得極不安穩。

細微的腳步聲，輕如微風吹過樹葉，是欒嬤嬤壓得很低的嗓音。「姑娘，嬤嬤拿了些吃的過來……三少爺怎麼樣了？」

「還沒醒。」是榮嬌軟糯的聲音。「春大夫說最快要明天早晨。」

「那就好，春大夫醫術高明，加上有玄公子在，不會有事的，三少爺福大命大，一定沒有大礙的，嬤嬤守著，您先用些餐飯，可好？」

從三少爺救回來後，姑娘就親自守在這裡，茶飯不思，這樣下去可怎麼成？別三少爺沒醒過來，姑娘先累病了。

「嬤嬤，我吃不下。」

榮嬌眼睛澀澀的，卻沒有眼淚流出來，心裡悶悶的，說不出的壓抑。

「那就喝點湯，好不好？」

溫柔低沈的聲音含著寵溺疼惜。

是玄朗，他的腳步輕得沒有一絲聲響。

「你回來啦？」

榮嬌起身。先前兵荒馬亂時，他一直都在，不過還有些要善後的事情須他處理，才暫時離開去了前院書房。

欒嬤嬤上前見禮，極有眼色地讓人又拿了一副碗筷。「沙參烏雞湯，燉了兩個時辰，姑娘，殿下也一直忙著沒來得及用飯——」

雞湯很燙，熱氣熏得榮嬌的眼睛浮起一層濛濛的霧氣。欒嬤嬤精心燉煮的湯，味道很鮮美，她卻有些食不知味，在玄朗的哄勸下勉強用了大半碗，再也嚥不下了。

「玄朗，我難受……」

欒嬤嬤收拾了碗筷下去，榮嬌眼底的霧氣更濃了。

「嗯。」玄朗小心翼翼地將她抱在膝上，將她的腦袋按向自己的胸口，企圖藉著自己的溫暖消除她心底的不安與難過。

「嬌嬌，妳還有我，要是難受，想哭就哭，乖……」

他的聲音低柔，如無波無瀾的大海，充滿無邊的溫暖與撫慰。

誰也沒想到會有那種意外發生。

康氏死了，為了替榮厚擋刀，死在關住兩人的牢房門前。

他們已經逃出了被囚的地牢，玄朗派去救援的人也趕到了，馬上就能獲救，不幸卻在最後一刻發生。

那一刀是刺向池榮厚的，若是沒有康氏……死的或許是榮厚。

第九十九章

康氏在危急的那一刻，擋在了池榮厚的身前，那柄原本刺向池榮厚要害處的刀，正中她的胸口，讓她當場斃命。

毫不猶豫替兒子擋刀，為兒子而死，這樣的母愛令人動容。

可是，他的小樓呢？

知曉真相的玄朗為小樓心疼，康氏能為救兒子而死，對嬌嬌為何卻是那般殘忍？她臨死前拉著池榮厚說對不起，對不起讓他遭受這番無妄之災，她所有的內疚與悔恨，居然沒有一點是給榮嬌的。

發生的一切，若沒有她與池萬林的謀劃，又怎麼會發生？可她直到臨死前，還將所有的罪責怪在榮嬌身上，要池榮厚答應她，從此遠離池榮嬌那個小喪門星……

她將所有的事情，甚至自己的死都遷怒到榮嬌身上，卻不想，若沒有她瘋狂的偏執及冷血，又怎麼會有這樁陰差陽錯的失蹤？一個做母親的，瘋狂到這種程度，玄朗都不知該如何評論其善惡了。

同樣是親生的骨肉，能為兒子死，也能一次次送女兒死。

小小的抽泣聲如幼獸的呻吟，胸口傳來一股濕熱感，榮嬌趴在他懷裡，臉貼著他的胸膛，眼淚如開了閘的河渠，成串地滑落，淚珠如打在玄朗的心尖上，熱熱的，燙燙的。

「小哥哥他、他會不會怨恨我？」

康氏死了，臨死前居然要小哥哥轉告二哥，以後不許再見她。

都說人之將死，其言也善，康氏該有多恨她，至死都視她如眼中釘，不除不快？

榮嬌以為自己早就不在意、不在乎了，康氏之於她，早就是不能共處的陌生人，但聽到這一切時，以為已成死灰的心居然還是會痛。

她做錯了什麼，讓康氏對她懷抱如此深沈的仇恨，臨死都不能釋懷？

她以後還能怎麼神態自若地面對小哥哥？

「不會的……」玄朗一下一下輕撫著她的後背，低頭吻著她的眉心。「不會的，妳是他們最愛的妹妹，不會因此改變，榮厚與榮勇都是明理的，不會遷怒到妳身上……」

何況還有他在，若是池榮勇與池榮厚真因康氏的死不能釋懷，腦子抽了怪罪到嬌嬌身上，他不介意讓他倆知道他講理的能力。

還有，挑起事端的五皇子，玄朗也不打算放過他。

五皇子為試探榮嬌在他心中的分量，試圖借池家拉攏他，又想借他之手從白乘飛案中救出自己人，授意池萬林夫妻導演這場綁架案；結果榮嬌與池榮厚臨時邀約到亭中賞月未歸，房中無人，康氏支開兒子之後太過心急，居然隻身到榮嬌房中探查虛實，卻被誤認為人質擄走。

池榮厚奉母命在偏殿抄經，惦記著與榮嬌的約定，中途離開，打算陪妹妹賞月之後再通宵抄經；途中遇到母親被人劫持，出於對自己實力的自信，他想無聲無息拿下賊人救母，沒想到康氏為了防他壞事，事前在茶中下了微量的軟筋散，使池榮厚正常行動無礙，與人過招卻體力不支，母子因此雙雙被擒。

原先他不想真正計較，池萬林雖是幕後士使者之一，但畢竟他們沒有成功，苦主成了康氏與池三，都是他們自家人，榮嬌跟著擔驚受怕卻沒受傷害，看在她與池三的分上，不輕不重教訓一下就夠了。

畢竟池萬林是榮嬌的親生父親，真相大白，未必是她與榮厚所願，現在嘛……他不管了，總之榮嬌不能痛苦難過，誰讓她難受，他要百倍討回！

康氏臨死都還詛咒他的小樓，簡直讓玄朗不能忍。

阿金派回的手下也是個沒腦子的，回話時不知道遮掩，早知康氏如此變態，他就不會叫上小樓一起聽，話就這樣直截了當地說出來，讓他瞞也無法瞞。

玄朗也生自己的氣，為何要小樓一起在書房等信，早知與晚知有何區別？

「小哥哥，感覺如何？」

「好多了。」

類似的對答，每天都會有幾次，之後便是短暫的相對無語。

池榮厚醒來已幾日了，只是身體還太虛弱，春大夫說他年輕底子好，英王府又不缺上好的藥材，將養些日子就會沒事。

但氣氛沈默而微妙，親近依舊，情誼依然，只是突然就有種劫後餘生，不知所措，以及無形的侷促。

哥哥還是那個好哥哥，妹妹也還是那個好妹妹，兄妹感情沒有任何變化，似乎只是一下子不知該怎麼相處，哥哥不知道應該說什麼，妹妹也不知道能對哥哥講什麼。

像這樣，問問身體情況，然後一個或躺著歇息、或倚靠床頭閉目養神，一個坐在床前，素手執冊，靜靜陪伴。

以往那些說不完、笑不夠的親密，都被病體需要靜養這無懈可擊的藉口掩蓋了起來。

那天在池榮厚的病床前，榮嬌在玄朗懷裡默默地流了大半個下午的眼淚，覺得身體裡的水都化成淚流了出來，所有與康氏有關的愛恨情仇，似乎也跟著消失了。

她沒想過要康氏死，雖然在她與康氏之間，康氏這個做母親的，除了是生下她的母親之外，沒有付出過一絲一毫的母愛，在她重生之初一度想改善彼此的關係，是康氏的殘忍無情，斷了機會。

等榮嬌明白修復關係是不可能的奢望後，不再做無謂的期待，只想退守在安全之處，不再為生母所傷，井水不犯河水，各自安好；偏偏事與願違，樹欲靜而風不止，康氏三番五次地使手段，她也小小地做了反擊。

這次的事情，對方是衝玄朗來的，而玄朗是因為她才與池家有了關係，換言之，若沒有她，池府是不可能被人盯上，也不會有這次擄人，不會有康氏的死。

玄朗沒有告訴她全部實情，在榮嬌的認知裡，並不知道池萬林與其投靠的五皇子是幕後主使者，康氏是關鍵幫凶，原本擄人的目標是她，只是陰差陽錯之下，康氏與池榮厚頂了缺。

她一直以為，對方是衝著玄朗而來，目標是她，康氏是無辜被牽連，又為了救池榮厚而死。

活人永遠比不過死人，縱使康氏算計過她千百次，卻沒有真正得逞過，她活得好好的，康氏卻已經死了。

康氏對池榮厚的疼愛，榮嬌知之最深。康氏與她淡薄如水，與小哥哥卻是母子情深，她幾乎要鼓足全部的勇氣才能面對池榮厚，自責與愧疚壓得她無從開口。

或許小哥哥現在看到她，就會想起康氏，想起她的死因，她如今就是小哥哥心上的一根刺……

池榮厚卻是另一種心情。

他的確無法若無其事地面對榮嬌，無法裝作什麼也沒有發生過，繼續做他的好哥哥。悲痛、愧疚、悔恨、自責，各種複雜的情緒糾結在一起，令他五內如焚，只好借著傷病暫時逃避。

只不過與榮嬌猜想的不同，他無法面對的是康氏，卻不是因為康氏之死。

他過不去的，是自己心裡的坎。

池榮厚不是蠢笨之人，有些事他沒有多想，只因為對方是自己親人，不會無緣無故地懷疑自己最親的人，甚至有時便因此忽略了昭然若揭的事實，不相信自己的親人會如此不堪。

康氏的行為、突然興起的福林寺之行、寺中母親心血來潮令他抄經書的異常之舉、母親給他喝的那杯提神茶、自己與綁匪過招時的力不從心……起初被囚時，母親神色自若，與看守者講話時的盛氣凌人，求索華衣美食時的理所當然，到後來的氣急敗壞、意有所指的謾罵等等事，如今細想，處處疑點，以他的聰明與透澈，不難猜出事情真相，但他萬萬沒有想到，真相是如此殘酷。

虎毒不食子，父親與母親，他們在做什麼?!

嬌嬌是個女孩，清白名聲是何等的重要，就算玄朗愛重她，不在乎這些，做父母的，竟能眼都不眨地將親女兒推出去做籌碼，那是親生的女兒啊！

瘋了！簡直是瘋了！

偏偏他竟沒有立場指責，因為母親是為救他而死。

縱然她有千錯萬錯，死前還不知悔改，偏執地認定嬌嬌是剋星，可他又如何能忘記母親滿身是血，在自己懷中嚥氣的臨終之景？

池榮厚覺得自己要瘋了，甚至陷入了偏執：若是他沒有促成福林寺之行，若是他在福林寺偏殿沒有喝母親泡的茶，若是他看到母親被挾持時，能及時出聲呼救，驚動寺裡的其他人，事情會不會完全不同？

若是他能躲開刺來的刀，不需要母親以命來換，也不會是眼下這般情形。

他想跟妹妹道歉，對妹妹坦承自己的過失，眼前卻總是浮現出母親渾身是血的模樣，咬牙切齒地要自己答應從此遠離榮嬌……

若是他不心存天真，以為母親總有接受妹妹的一天，縱使不相往來，也好過如今的生死相隔。

池榮厚就這樣煎熬著自己，找不到救贖。

他無言，榮嬌也無語，兄妹不約而同地沈默，看得玄朗暗中嘆氣，心疼榮嬌，對池榮厚也有一分憐惜。

這場風波，一開始就是秘而不宣的，除了少數的知情人之外，外界並不知曉。

池夫人康氏的去世令人有些意外，卻也在情理之中，畢竟她都足不出戶養了大半年的病，秋日主殺，換季時節最難將養，一個不慎，病重不癒，也是合乎常理的。

因高堂尚在，康氏的喪事辦得較為低調；而池二少榮勇遠在邊境，軍務在身，未能回來奔喪，出殯當日，扶靈柩的是池大少與池三少。

人生三大慘事，莫過於少年喪父、中年喪妻、晚年喪子，占了三慘之一的池萬林，在康氏喪事之後就病倒了，幾日後上書告退病養。

與他的告病相比，眾人更關注的是英王的婚事能否如期舉行。

池夫人康氏病逝，池大小姐喪母，是要依舊例守孝三年，還是會趁熱孝在身，即刻完婚？

為康氏守孝三年？

康氏已死，人死恩怨清，他不會再追究，但若要為她守孝三年，不可能。

嬌嬌的隱患懸而未決，他不能為康氏耽誤大事。

早在池榮厚甫一救出，昏迷不醒之時，他就緊急傳書給在百草城的池榮勇。在他眼裡，池榮勇更明理，說話分量更重，對榮厚與榮嬌的影響更大，況且出了這樣的事，池榮勇有必要在第一時間了解實情。

得到康氏的死訊時，玄朗也有片刻意外。康氏再不好，也是池家兄弟的親娘，何況她只是對榮嬌不好，對兩兄弟而言可是十足的親娘，為孩子能捨生忘死，這是護犢子護到不要命哪；如今她死了，再多的不是也隨之煙消雲散，剩下的全是好了。

雖然是親娘要害妹妹，現在妹妹好端端的，母親卻死了，這筆親情帳，怎麼算得清？

康氏的死成了橫亙在榮嬌與哥哥們之間的心結，就算將來有他陪伴，估計她這輩子都不能釋懷。

還有，婚期絕對不能延後，提前還差不多。

玄朗安排好一切，幫池府料理喪事的同時，也努力加快成親的準備，那邊康氏入土為安，這廂他就要迎娶新娘。

池榮勇一如既往，回信寥寥幾語，意思有二，一是嬌嬌是無辜的，嬌嬌永遠是他們的好妹妹，二是即刻成親，儘早不儘晚。

玄朗一拿到信就去找池榮厚了，之前知道他死了親娘又沒臉見妹妹，心情不好，所以給他時間，不過男子漢大丈夫，有幾日的緩衝期就夠了，還真打算沈溺在傷痛裡不準備出來？

玄朗親自出馬，一番推心置腹，自然卓有成效，至於心底的傷痛要多久能消除，這個他不管，他不能不讓人家思念自己的親娘，只要池榮厚與榮嬌的相處恢復自然就好。

池榮厚經過玄朗的開解，心裡的巨石鬆動了幾分——本就不是嬌嬌的錯，自始至終，她都是無辜受傷害的那一個。

「小哥哥，身體怎麼樣？」榮嬌每天早中晚來三次，每次都是這樣的問候。

「很好，很快就沒事了。」池榮厚第一次露出笑容，儘管那笑容極淺極淡，如燕子的尾巴劃過水面。「春大夫說我恢復得很快……放心，哥哥一定會快點恢復，揹妳上花轎。」

熱孝裡成親的事，玄朗與她商量過，玄朗想將親事訂在熱孝十日的最後一天，亦即五日後，但榮嬌還沒答應，只說要再想想。

「因為她想從兩位哥哥的嘴裡聽到同意，她想自己的親事，能得到哥哥們的祝福。」

池榮厚想起玄朗所言，心裡再次酸楚——這個傻丫頭啊！

「什麼？小哥哥你……」

榮嬌吃驚，眼睛瞪得大大的。小哥哥，他、他原諒她了？

「我什麼？妳真當小哥哥是紙糊的？一點小傷養了這麼多天，還揹不動妳？」池榮厚一臉嫌棄，眼底卻泛著淡淡水光。「玄朗會不會照顧人啊？還是王府的伙食不好？有欒嬤嬤跟著，妳怎麼還瘦成一把骨頭，再不趁著這幾天長點肉，揹妳都嫌不舒服。」

池榮厚向來有本事把人損得體無完膚，卻又氣又笑，無法真正動怒。

「小哥哥……」

榮嬌淚眼婆娑地望著他，像隻不小心被遺棄又找回的小狗，滿是委屈與依戀。

池榮厚的心如同泡在了酒中，酸酸甜甜的，綿軟成海。

「嬌嬌……對不起。」

玄朗說得對，嬌嬌是最無辜的受害者，他不能讓自己的愧疚變成對妹妹的傷害。

他失去了娘，不能再失去妹妹，他欠娘親的，不能讓嬌嬌來還。

他願做孝子，想結廬墳前是他與娘之間的情分，與他和嬌嬌之間沒有衝突。嬌嬌被自己的親生父母任意犧牲，難道他這個做哥哥的，還要因為她沒有被犧牲而遷怒於她？

玄朗的問題，如刀子剜他的心。

不是的，他沒有遷怒嬌嬌，他只是在面對嬌嬌時，就會想起娘滿身是血躺在自己懷裡，要他答應以後遠離榮嬌的遺言，他無法違心應下，眼睜睜看著為救自己而死的娘死不瞑目……

他不是遷怒妹妹，也無法怨恨娘，他只是自責，愧疚得想要逃避。

「小哥哥，不要說，不是你的錯……」

榮嬌緊緊拽著他的袖子。這不是小哥哥的錯，她不要小哥哥夾在康氏的死與她之間，在孝道與道義之間備受煎熬，難道小哥哥就不是無辜受傷的那一個嗎？

他失去的是最疼他、為他而死的親娘；他不捨棄妹妹，就要違背親娘的臨終遺言……這份苦與痛，又有誰來理解與成全？

第一百章

玄朗進屋時，榮嬌正坐在窗前的暖榻上做針線，西斜的光線溫柔地籠罩在她的肩頭，整個人散發著暖暖的光暈。

玄朗的眼底泛起層層笑意。

這是釋懷了？雖然不知今日兄妹兩人對話的詳細內容，卻知道嬌嬌大哭了一場，中午兄妹一起用餐，欒嬤嬤一手包辦了飯菜，近日無心飲食的兩人都胃口大開，主動加了半碗飯。

玄朗聽了會心一笑，榮厚果然不負他所望，他能與嬌嬌坦言，表明他對嬌嬌無芥蒂；至於他自己心中的重負，隨著時光，總有放下的那一天。

即使放不下也沒關係，沒有人能忘記自己的母親，不論康氏在外人眼中是好是壞，於池榮厚而言，康氏可謂慈母。康氏對不起的人或許很多，但這些人裡面，絕對不包括他。說來，揹負最沈重的枷鎖的，反而是他。

康氏死了，人死如燈滅，好壞愛恨都歸於塵土，嬌嬌若怨恨，是有因有果情理所致，若拋下過往，寬恕一切，則是她心善；至於池榮勇不是當事人，亦不曾親歷康氏之死，所受的刺激終歸要輕一些，所以，池榮厚才是最不好過的那個。

「在做什麼？」玄朗邁步過去，在榮嬌身側坐下。

「你回來了？」

他怎麼走路都沒聲音的，榮嬌被嚇了一跳，迅速地將手中的針線活塞到一旁的靠墊下，面色微紅，沒話找話。「今天回來得早些……」不然她早就將東西收了起來，不會被他看到了。

「忙完了，想早點回來看看妳。」

玄朗盯著她粉嫩小臉上的一抹紅暈，輕聲道，心裡卻暗自猜測她如受驚的小兔子是何原因？

榮嬌的臉更紅了。什麼想呀看的，被人家聽到多不好意思，還沒成親呢……忍不住嬌嗔地瞪了他一眼。

在羞意的映襯下，那些許的指責軟綿綿的，毫無力道，反倒是眸光瀲灩，格外動人心弦。

玄朗不由看得心旌搖曳，大手自作主張地伸到了榮嬌的臉頰上，輕輕撫摸著柔嫩的肌膚，聲音帶著一絲低啞。「幹壞事了？」

「誰、誰幹壞事了？」

榮嬌有點不自在，明明自己沒幹什麼，卻生生被他問得好像真有點什麼似的，目光下意識地瞥向軟墊……應該看不到吧？

「沒有？」

她的小動作怎可能瞞過玄朗，軟墊下的……她剛才是把手裡的東西塞進墊子下了，好像是白色的衣料，如果他沒看錯的話。

這個，有什麼好藏著掖著，還害羞？不會是……

玄朗的心頭猛然閃過一種可能，嘴角的笑意越發深了。

「這是什麼？」

等榮嬌反應過來，他以迅雷不及掩耳之勢將墊子拿開，把她之前藏在下面的那片衣料狀的東西拿在了手裡。

「你、你！」榮嬌伸手去搶。「不准看，還給我！」

都怪嬤嬤，非說給玄朗做的衣服要裡外全套。外袍、中衣什麼的，早幾日已經做完了，只剩下底褲還差一點沒縫完，小哥哥與康氏出事，她沒心情做就放著了，好不容易今天與小哥哥說開了，嬤嬤就催著她快點弄完。

雖然她覺得玄朗又不是沒別的衣服，只等著穿這套，可嬤嬤說這是規矩，成親的次日夫君穿上全套的新衣，會夫妻和諧，白頭偕老。

好吧，雖然她不是挺信的，她與玄朗之間靠的不是幾件衣服，不過既然有這種講法，總不能不當回事，就想趁他不在時，趕緊縫針補線做完，誰知他今日回來得比平常都早。

若是平常的衣服便罷，這是底褲呀，做的時候被看到……

「這是，給我的？」

那是一條還沒完工的男款底褲，用的是細軟的上等淞江白棉布，玄朗的心漏跳了半拍。

他的女孩在偷偷地給他做裡衣，意識到這一點，饒是素來從容自若的他，也禁不住心旌搖曳。

「嬤嬤說這是規矩。」

他的手撫摸在臉上的觸感清晰而讓人心動，榮嬌臉紅得像朝霞，只得佯裝鎮定，抬頭飛快地瞄了他一眼。

「哦……是規矩呀……」玄朗的大手摩挲著，柔順細膩的肌膚令他愛不釋手，頭微低了下來，俊臉幾乎要貼到榮嬌的臉上，說話間，鼻息相聞。「那妳還偷偷的，嗯？」

「誰、誰偷偷的了？」

他靠得太近，榮嬌只覺得自己鼻間全是他身上熟悉好聞的味道。

「不是偷偷的嗎？」玄朗笑了，如春風拂過水，溫暖寵溺，幽深的長眸裡滿滿的濃情密意，濃得化不開。「鬼鬼祟祟的，藏什麼？」

看她高興了，他的心情也好了。這些天，她的眉宇間籠著一層薄霧，他的心情也不好，心疼擔心，還不能過多地開解，只能在恰當的時候，見縫插針地寬慰幾句。

心疼的同時，又有一絲隱約的嫉妒。親兄妹感情太好，也讓人傷心哪……眼睜睜看著她被兄長的情緒所左右，感覺著實不好；可偏偏自己的情緒又全憑她做主，她不好，他自然也好不了，如今，池榮厚總算做了件好事。

看在嬌嬌有心情給他做底褲的分上，以後三舅兄的事情，他就更上心些好了。

多年後，提起英王成親的盛況，震撼依舊。

十里紅妝，滿城結綵。

英王的婚禮算不得空前絕後，禮部依例而行，並無違例之處，但英王對迎娶池家大小姐的誠意與用心處處可見，雖依慣例不違制，細節處卻無與倫比。

明明是熱孝中成親，總有不夠鄭重之嫌，大家礙著英王的威嚴，明面上沒人敢議論，私底下傳什麼的都有。

本來嘛，池大小姐就是個病秧子，爹不喜、娘不疼，婚前就住進英王府；這會兒又死了親娘，孝期內成親，她又不是年紀大，三年都等不得？無非是攀上英王這個高枝，怕夜長夢多。

榮嬌深居府中，沒有人拿這種事煩她，玄朗卻聽得心生不痛快。他的小樓嬌嬌兒，值得天下最好的，居然被人非議。

什麼謠言止於智者，他會用行動讓那些說三道四的人把嘴巴閉上。

這一樁熱孝中的婚禮，其別緻與用心可謂費盡心機，每一項都完美得令人震撼。

英王府在籌備婚禮時，毫不迴避池府剛遭遇的喪事，在大片喜慶的紅中，無顧忌地妝點著白色，喜慶中又帶著仙氣，與英王素常的形象相映。

披紅掛綵與淡妝素服居然同時出現，喜與喪，竟然能完美契合，果然是英王啊！

哪家熱孝成親，總是不自覺低了半頭，不得已而為之的喜事，若是太過熱鬧，對不起逝者，於是盡可能地迴避、低調。

即便天作之合在熱孝中成親，不能也不敢高調行事，沒有披紅掛綵，嫁娶雙方皆無成親喜悅，似乎唯有這樣才對得起死者，符合熱孝中成親的規矩，只有沾染沈悶的氣息，將喜事辦得如喪事般，才不至於揹上不孝的名聲。

可英王不，他的婚禮融合了凡俗煙火的喜悅與超群脫俗的飄逸，熱熱鬧鬧的紅，清雅素淡的白妝點了整個婚禮，低調的喜氣中透著高貴，竟無半分喪家之氣。

下聘時，聘禮所用的大雁是英王親自獵的，取的是雁中精品雪玉雁，通體潔白無瑕，寓意上佳。

孤雁不獨活，傳聞雪玉雁永遠是成雙成對出現的，同生共死，不會有單獨的一隻成年雪玉雁獨活。

單是傳說中的雪玉雁就令人大開眼界，何況還有一百六十抬聘禮，金銀玉器，樣樣價值連城。

成親當日，迎親的隊伍一色的雪龍馬，從頭至尾，毛色油亮潔白，披掛著大紅的彩綢，看呆了兩旁觀禮的人。

明明已是金秋，不是百花齊放的季節，英王府與池府卻以紅毯鋪地，處處是紅白兩色的精緻絹花，大片的雲紗與雪緞，白的如雪如雲，紅的如火，錯落有致，共同營造出如夢似幻的人間仙境。

金玉堂前，紅綢高掛，白玉盞、白玉盤、白瓷碗、白玉筷，大紅輕紗、大紅灑金的椅套，銀燭點燃大紅燭，白玉高花斛中插著大紅纏枝蓮。

新娘身著鳳冠霞帔，披虹裳霞帔步搖冠，寶鈿累累佩珊珊，盡顯親王妃尊貴。那條與眾不同的霞帔非彩虹色，而是以透明的紅色雲紗為底，銀線鑲穿東珠而成，顆顆如蓮子米大的東珠散發著瑩光，潤澤高雅。

百花褶裙下，大紅繡鞋的頂端縫著鴿蛋大小的東珠，行走間微光瑩潤，一抹聖潔滿身喜慶，一如心中漫溢的幸福與真切的悼念。

就連新郎與新娘手中所牽的紅綢喜花，細看上面亦點綴著顆顆如星星般的銀白小珍珠。

觀禮的賓客只剩驚嘆：果然是與眾不同的英王！

一場無與倫比的婚禮堵住了天下人之口，彰顯了英王對王妃的情意與看重，改寫了英王妃不孝的傳言。

拜堂成親，一生只此一次，不忘生母，敢拿終身幸福去賭，還說人家不孝？

旁人尚且如此，不消說身在其中的池榮厚，看著這一幕幕，心中情感湧動，看看玄朗與妹妹，再想想母親的所作所為，無地自容。

對上小哥哥那欲言又止的複雜目光，榮嬌頗覺不好意思，偎在玄朗懷裡講自己對小哥哥的愧疚。所有人，包括池榮厚與欒嬤嬤在內，都以為婚禮上不忌諱地大量用上白色，是她對康氏的緬懷，其實不然。

真實的原因，只有玄朗與她知道。

這場婚禮，是玄朗為榮嬌特別準備的。《西柔國志》記載：西柔皇族樓氏，出自西域戎族，戎人尚白，謂之聖潔，舉凡重要節慶，非白不可。在西柔，白色在婚禮上等同於大夏的紅色。

對玄朗而言，他娶的是他的小樓，不單是池家榮嬌，給小樓一個最理想的婚禮，是他應該做、真心想做的。

「欸，和你說話呢……」

榮嬌見他只顧把玩自己的手指，著迷般地撫摸不說，還逐一親著，親完還不算，又將筍尖似的指頭含在嘴裡輕咬，指尖被他濕熱的唇包裹著，能清晰地感受到他舌的柔韌與牙齒的堅硬。

「別鬧了，癢……」

一陣陣酥癢自指尖傳至全身，榮嬌被他咬得心跳加速，全身發軟。

溫香軟玉在懷，女孩嬌軟糯甜的尾音輕輕上揚，滿是撒嬌，玄朗的心如春天裡的秋千，悠悠地蕩了起來。

眼前的小手細白柔軟，指尖如玉，淡粉色的指甲修剪得乾乾淨淨，如同她整個人一樣，純美清透。

「說什麼？」

他的心思明顯不在池榮厚的身上。娘子娶回家了，舅兄可以靠後站了，何況這舅兄的年紀還小了他一大截。

他要誤解就誤解吧，本來他做這些都是為了小樓，不是為了討池榮厚歡心的。

「跟小哥哥解釋嘛，你幹麼老咬我……」

榮嬌抱怨。他怎麼這麼喜歡動手動腳的，私下裡幾乎把她當成了孩子，不是摟在懷裡就是抱在膝上，要麼就是親手、親耳朵。

「不用解釋。」

聽她嬌滴滴的嬌嗔，玄朗只覺一股熱流直奔下方，全身骨頭都軟了，本來軟著的地方卻硬了。

真想拆吃入腹……於是身體比腦子更快一步，他低頭，捧起嬌妻的臉，薄唇覆上，將那粉嫩嫩的櫻桃小口含住，溫柔繾綣地長吻。

灼熱的溫度從緊貼的雙唇處傳來，接著流淌到四肢百骸，直直竄入心臟，整個人似乎也躁了起來。榮嬌的雙臂情不自禁地環上玄朗的脖頸，悄悄閉上杏眼，如扇般的睫毛在白皙的臉頰繪出優美的弧線。

沈迷於親吻中的玄朗俊臉微紅，溫柔得不可思議，一手扶在她的後腦，將她的頭向上托起，一手摟緊了她的腰，用力將軟軟的身子摟向自己。

他的身子貼緊著她，感受著她的柔軟。隔著衣料，她的每一寸曲線都柔順地與他貼合在一起，情到深處，他情不自禁地沿著她的玲瓏恣意廝磨。

第一百零一章

「唔……」

彷彿過了許久，又彷彿只是短短一瞬間，在榮嬌快化成一汪春水時，玄朗終於放開了她的唇，停在她的嘴邊，若有若無地輕觸，反覆輕啄。

他急促的呼吸、熱燙的鼻息噴在榮嬌的臉上，隔著不厚的衣料，她感受得到他亂了的心跳，還有，下腹某處的硬。

「小樓，嬌嬌兒……」

自從與她表白後，慾火焚身的滋味，已品嚐無數次，他以為那些疼並快樂的日子待成親後就結束了，到時即便不圓房，想怎麼抱就怎麼抱，想怎麼親就怎麼親，總歸能抒解吧？

沒想到摟了、抱了、親了、吻了之後，這把火會燒得越猛，硬疼得難耐，成親這兩日，沖冷水澡的次數他都記不清了。

每次看到她，就忍不住心癢難耐，那種想要靠近、想要親近的慾望前所未有地強烈。以前沒成親，為她的名聲，他還忍得了，拜堂之後，關著的猛獸似被開柙放出籠，哪裡還能忍？

「你……」他抱得好緊，榮嬌輕輕動了動。

「別動。」

本來就要著火，她還亂動，火上澆油嗎？

玄朗急促的阻止，低喝中似乎透著絲難耐的粗暴，榮嬌一時有點發呆。

他居然吼她？玄朗從來都是溫和的，每次跟她講話行事，即便是強勢地為她做主，也是溫雅的，何時這般過？

哼，現在還摟著她，懷抱溫暖得令人貪戀，他居然就……榮嬌突然就覺得委屈，墨玉般的大眼睛浮現一層濛濛霧氣。「你凶我？」

玄朗盯著她嫣紅的小臉，她神情還留著迷亂，摻雜著半真半假的嗔怒與委屈，令他呼吸立刻又紛亂了許多，某處硬得緊疼。

他引以為傲的自制，向來只須她一個眼神就能完全崩潰瓦解，何況還是現在的情形？她就這麼靠在自己懷裡，被他疼愛著，他的手指所到之處都是柔軟又滑膩的觸感，感覺得到她在他的愛撫下微顫，睫毛不停輕搧，明明是羞軟的，卻又帶著一絲惱意，嬌嫩而脆弱……

玄朗的心中一陣陣悸動，啞聲道：「沒吼，乖。」

眸色驟然加深，再次結結實實地含住她的雙唇，摟著她的腰使勁往自己懷裡貼，同時忍不住難耐地蹭了一下又一下。

她還小……她還太小……

身體本能地磨蹭著，有心想讓她的小手幫自己揉揉，卻又怕進展太快，嚇著她，於是額頭冒出一層薄汗，吻得越發投入，捲著她的丁香小舌，吮吸糾纏，不斷深入，兩手攥著她的細腰，用力往自己身上嵌。

榮嬌乖乖任他抱著，清晰地感覺到他硬了的某處在自己身上蹭著。她不是什麼都不懂的小姑娘，雖沒真正接觸過男人，但醫書看了不少，對於男女之事，也略知一二，意識到他在做什麼，她的臉就像著火似的，紅得要滴下血來，卻不知道自己該做什麼，只好乖巧無措地任他作為。

他後悔了，他不應該答應不圓房的，唉，可以先圓房不要孩子的……

成了親，自己的銀子是自己的，夫君給的銀子是自己的，夫君的銀子還是自己的——榮嬌以前沒有這種覺悟，在玄朗反覆強調下，也開始有了這種想法。

比如嫁妝是自己的，這一點毫無疑問，雖然嫁妝是夫君準備的。

經過英王殿下大手筆地聘娶，榮嬌偶爾起意清點了自己的小金庫，才發現自己已坐擁寶山，私房錢多得數不清。

自己的銀子當然要花出去，拿去再生銀子，因此寫寫畫畫、塗塗改改了一整天，弄出一份生財計劃。

傍晚等玄朗回來後，榮嬌幫他換了衣裳、上了茶，裝作漫不經心卻暗藏得意地拿給他看。

「什麼好東西？」

玄朗眼角眉梢含著笑意，娶她回家，有她相伴的感覺實在美妙，每次忙碌的時候，想到她就在家裡乖乖地等他，他的心就軟得一塌糊塗。回了家，有她溫暖的笑容，一聲清甜軟軟的「你回來了」，足以洗去他在外面的所有疲憊。

原來愛上一個人，幸福與滿足會如此簡單，只要她在的地方，幸福就在。

在他十一歲時，發現服侍的大丫鬟異樣的眼神後，就遣了所有的丫鬟，身邊服侍的一律換成小廝。

他很小就清楚自己的目標，知道自己要什麼，為達成目的，他願意拚命，除此之外，他便是個懶人，外界傳說他清雅高潔，卸下戎裝戰袍，通身不帶一絲煙火氣，縹緲如仙，實際上，他是懶得理事。

從他一戰成名，幫皇兄坐穩龍椅，成為本朝最年輕的親王，有了足夠自保的能力之後，他對一切都懶洋洋的，提不起興致。

高處不勝寒，站在雲端俯瞰眾生，冷的不是心與血，而是寂寞。

他高高在上，無人敢在他面前吹捧他，卻總是想方設法、費盡心機將女人送上他的床榻，似乎床榻是男人功成名就之後展現雄風的另一戰場。

美色與酒，是男人的最愛，但他一樣不愛。

他也以為自己恬淡無欲，能夠掌控人生之後，他以為生活就這樣了，誰知卻遇上了她。

在她面前，他也只是凡夫俗子。

之所以高高在上、不識情味，是對的人沒有出現，她來了，他就心甘情願走下高壇，為她嘗盡喜怒哀樂，若能換她展顏一笑，散盡千金又如何？

玄朗忽然明白史書上烽火戲諸侯的君主，只為博美人一笑，卻丟掉江山，揹負千古罵名，是慾令智昏還是為愛癡狂，外人不足為道。

「怎麼樣？」

榮嬌見玄朗只盯著手裡的紙張出神，嘴角含笑，面色溫柔，不知是在看她寫的東西還是想到了別處。

「哦，自然是好的。」

玄朗回神。她望過來的眼神專注又溫柔，藏著等待被認可、被讚美的期待，明明是急切地想聽到他的看法，還故意裝作不經意，那可愛的小模樣實在勾人。

他真想將人一把拉過來，先品嚐她的甜美滋味，再管別的事。

壓下心頭的悸動，快速地看下去，越看神色越認真，眼底揉合了溫柔與鄭重的讚嘆。

「真厲害。」他由衷地感嘆著。「我家娘子是天才，妳是怎麼想到的？」

「還成吧？我也覺得自己挺厲害的。」

榮嬌在玄朗面前，鮮少有謙虛的時候，或者說由於他的縱容，她總是興之所至，有時謙虛，有時更顯擺；唯一確定的是，她若謙虛，玄朗會繼續誇她，她若翹小尾巴，他還是會誇。

用欒嬤嬤的話說，在玄公子眼裡，姑娘無處不好、無處不對，就連姑娘的一根頭髮，玄公子也會誇上天去。

話說，這樣寵慣了，真的好嗎？她原先以為兩位少爺對姑娘就太慣了，結果玄公子有過之而無不及，好在姑娘怎麼寵溺也慣不壞。

「在城南莊子時，附近的村民曾經夜裡求助無門，到莊子裡討過藥，有時還是會耽誤了救治沒能挺過去……」想起初衷，榮嬌的聲音低了兩分。「我當時就想，若是村子裡有大夫就好了，不用大老遠跑到鎮上還撲空。哪怕是粗通醫術的，能幫著撐一撐，到天明再送往城裡或請了大夫過去，也好……

「那時就想，有朝一日我有錢了，一定辦個醫學堂，從村子裡挑人來學醫術，學有小成就回去，大病看不了，能治尋常小病就成。」

上輩子欒嬤嬤病重無處求醫時，她就想著有人能幫一把就好了……

想起前世，心情不免失落，那些惡夢彷彿遠得遙在天際，但仔細想想，其實沒過多久。她以為自己不知要經過多少年風雨才能走出的惡夢，居然已經很久不再憶起。

二哥在百草城一切安好，屢立軍功，三哥拜師莊大儒，前途光明。欒嬤嬤很好，一直在她身邊，將來也必然會平安終老。綠殳嫁了聞刀，紅纓、繡春、青鈎這三個丫鬟也會覓得如意郎君，所有人都好好的，她想要護著的，都好端端的。

雖然偶爾還是會心有所憂，但人生無常，即便重生也不能保證萬無一失，她盡力而為，若仍有不測，雖痛不悔。

這一切，皆是因為玄朗的出現。前世不曾有過交集的他，是今生最大的變數，更是救贖、幸運、恩賜、幸福。

「都過去了，以後不會了。」

玄朗敏銳察覺到她眸中一閃而過的黯然，以為她在感懷那些有病無醫的人，俯首親了親她的眉心。「妳的這個『康惠策』，會令無數人受益。」

「嗯。」對他的誤解，榮嬌沒有解釋，順勢將自己投進他的懷裡，雙手環抱著他精瘦的腰身，用力吸了幾口，心滿意足地在他胸前蹭了蹭。「謝謝你。」

「怎麼了？」

玄朗對她的投懷送抱極其愉悅，手撫上她的肩背，用力摟了摟，低頭將下頷輕擱在她的頭頂，時不時輕吻兩下，柔軟的髮絲蹭得他癢癢的，深吸一口，全是屬於她的馨香淡雅。

「你真好。」

榮嬌靠在他懷裡偷笑。蒼天有眼，這麼好的男人竟是她的，是她的夫君，攜手白頭至老的良人。

「嗯，還可以更好。」

雖然不知道自己哪裡又打動她了，但她如此表現還是令玄朗心花怒放，享受著她毫無保留的依戀。

「不怕慣壞了，嗯？」

嬌滴滴地撒嬌，尾音上揚，彷彿是把小鉤子，勾人心魄。這麼靡麗的聲音居然是自己發出來的？榮嬌聽在耳中自己都覺驚訝。

「不怕。」

玄朗的聲音裡滿是溺愛與喜悅，不管她要什麼、做什麼，不管是什麼，只要她想，他都會為她辦到。

他樂於寵著她、慣著她，她想做溫婉的內宅小媳婦也好，想做叱吒風雲的小樓公子也好，只要她想，他都樂於陪伴。

「大哥，我有沒有告訴你，遇上你、嫁給你，是我最大的福分？」

榮嬌忽然有強烈衝動，想要把自己的心聲說給他聽，吐露自己的幸福。

「我也是。」玄朗更緊地抱住了她。是她，讓他走出孤單，成為鮮活的人。

「我們以後一定會更好的……」榮嬌喃喃著。「我以前，唸了許多年的經，日夜不休，盼望著時間在木魚聲中能走得更快些，恨不能紅顏立刻白頭，只為了早日解脫，再入輪迴。沒想到再一瞬眼，上天竟會如此厚待我，美好得如作夢似的。」

「傻丫頭……」玄朗嘆息。「佛經上說，有因就有果，此起故彼起，此生故彼生，現在的一切，都是妳應得的。」

她知不知道自己有多好？倒是他，曾經用計無數，手上沾染鮮血不計，卻還能擁有這般美好的她，靜夜常思，對著懷中人，倒有些不知所措的感動。

靜靜地擁抱了好一會兒，榮嬌才想起正事來。

她打算再開兩家醫館，補品店也要籌備新店，外地客戶欲尋求合作的不少，還有新擬定的康惠計劃。

玄朗聽她侃侃而談。「小樓，不要把責任都往自己身上攬。」

「我沒有呀，李掌櫃常抱怨我不管事呢！」

她只是坐著出主意，具體的事情都是李掌櫃在管，哪裡來的往自己身上攬？

「康惠這個名稱有何寓意？」

「康健、惠澤，還不錯吧？」

榮嬌揚起小臉，一副「誇我呀，我是取名能手」的洋洋自得。

「不錯。」玄朗果然不出她所料，奉上簡短卻真誠的讚賞。「只有這些？」

「不然呢？」榮嬌微怔，之後笑了，有些無奈與感動。「你想多了。」

原來他以為這個名稱與康氏有關，怪不得一直用那種小心、疼惜的眼神看自己。

康氏又不是她害死的，她為何要撒大把銀子贖罪？

「遺憾是有一點的，畢竟我曾經作夢都盼著她對我有和顏悅色的一天……」

重生以來，她也為此做過努力，每一次，都被康氏的無情打消了念頭；不過即使如此，她也不會詛咒盼望康氏早死，康氏終歸是給了她生命的人。

不是所有的帳，都能一筆筆算得清。

第一百零二章

玄朗讚不絕口的康惠計劃，到了李掌櫃那裡，卻是完全不同的反應。

「東家，恕我愚鈍，這個，好像賺頭不大？」

李掌櫃自覺說得委婉，實際上，這是絕對的賠本生意。

東家給他看的這個康惠計劃，用他多年浸淫商場練就的火眼金睛，沒有盈利之處，前期需要大筆本金投入，而後期……後期還是沒錢賺。

多開鋪面是沒問題，只是藥鋪、醫館不比飯館、米鋪，衣食住行每日都有花費，吃了上頓得吃下頓，生病則不然，誰也不會日日吃藥、天天生病吧？

再者，藥鋪、醫館想賺錢，不能開在人煙稀少的地方，同理，醫者醫的是人命，不能兒戲，沒有幾年的學徒經歷，不能診脈開方，東家要開辦速成醫班，在村鎮開店設點的想法，他想不通。

學殺豬賣肉，還不能馬上出師呢，這治人的醫術，還速成？

李掌櫃不贊成的康惠計劃，其核心一是辦醫學班，挑有基礎或有天賦的村民自願報名學習，學費免付，唯一要求是出師後至少要有償地回村行醫五年；二是擴建鄉鎮等級的鋪面，不求大，而是要遍地開花。

擴建鋪面，李掌櫃贊同，只是想法截然相反，他傾向於在州級府城設點。

地方繁華，有錢人多，捨得看病花錢，獨家秘製的藥才能炒上價錢；設在只有一條街，從街頭走到街尾不用半盞茶的鎮子上，有何賺頭？

「不為賺錢，沒賺頭就對了。」榮嬌難得調皮地笑了。

不賺錢，做什麼生意？

「銀子哪，是賺不完的，做賺錢的生意是樂趣，不賺錢的生意也是樂趣，若是能把不賺錢的生意做得有樂趣還得來銀子，是不是更有意思？」

李掌櫃聽她一連串像順口溜似的話，更茫然了。

「欸，東家，您就直說吧！」

待榮嬌將自己的打算細細道完後，李掌櫃恍然大悟。哦……是這樣啊，東家說不為賺錢，不過做為一個大掌櫃，能把不為賺錢的生意做成賺錢，才更有挑戰，畢竟不是完全的慈善之舉，而是微利，況且這件事若做好了，可是天大的大功德。

李忠走後，欒嬤嬤拿著一張帖子進來。

自從榮嬌成了英王妃後，每日投帖子的絡繹不絕，玄朗知她不喜應酬，皆以靜養為由拒絕。

欒嬤嬤拿進來須她定奪的，定是不比尋常。

果然，這是池府池老夫人的帖子，邀她回娘家小聚。

榮嬌略感無奈，有些羈絆與牽扯，真不是想斷就能斷的，也不知老夫人找她有什麼事。

待到玄朗回來，忍不住說給他聽，玄朗輕笑。「還能為什麼？不就示好。」

小丫頭到底有沒有自覺？她現在是親王妃，不是當初的池大小姐，說句大不敬的，皇后的禮遇她都受得起。

榮嬌嘟嘟嘴。示好的意思自然是有的，但不會這般簡單，池老夫人是長輩，又高高在上慣了，不會輕易讓自己低下頭來。

「有求於人，怎麼端架子？」玄朗把玩著她的手指，不甚在意。「妳若願意就回去看看，不想動彈，派人走一趟也成；實在不想，便不用理會。」

若有他在，她還須處處看人臉色，豈不是他這個做夫君的太無能？

池老夫人找她，無非是為了池榮興。

池萬林告病辭官，池榮興能力一般，沒了父親照應，京東大營少將軍的風光不再；因他之前的身分，新任主帥免不了有些小心思，之所以暫時沒人敢動他，全是因為英王府。

雖然池家與英王妃感情深厚的是二少與三少，但畢竟是親兄妹，打斷骨頭連著筋，若英王妃是個護短的，知道自己大哥被穿了小鞋……

池老夫人素來最疼愛大孫子，估計是擔心他的前程，這才覥著臉來給以往最不待見的小輩低頭。

待榮嬌從池府回來，不禁發出感慨，人心真是偏的。

玄朗俊眉微挑，怎麼說？

「池老夫人向我道歉，還要行禮賠罪。」

真是挺拚的。

「她誠意十足，不是在裝模作樣，不過我能感覺，她並不是真的認為對不起我，而是今非昔比，不得不低頭。」榮嬌嗓音低柔，嘴角甚至還帶著一絲淒薄的笑意。「你看，她那麼大年紀了，又是長輩，也從來沒有真正出手害過我，最多是漠視而已，我甚至都沒理由記恨……」

想起池老夫人今天的表現，說不出心裡是何滋味。

似乎、好像，人家說得也對，比起康氏，她確實沒有出格之舉，沒打她更沒逼她、害她，只是漠視而已。

誰也沒規定祖母就必須疼愛孫輩吧？況且她還喪夫，每日在小佛堂唸經，好清靜，不喜小輩打擾，有何不對？

至於親娘如何待女，老祖母年事已高，諸事不理，怎麼會知道？孩子在自己親生父母手底下，做祖母的需要擔心嗎？

「她說自家人哪有深仇大恨，她年紀大了，沒幾年好活了，就希望看到孩子們平安，有個好前程。」

「妳不想原諒就不原諒，無須理會太多。」

年紀大是長輩又如何？輕飄飄的一句道歉就可以抹煞曾經的傷害？

「所以我很納悶，在她們眼中，難道就沒有善惡對錯嗎？」

因為心是偏的，所以就沒了善惡，親骨肉也能分出雲泥之別？

池老夫人的那套說辭，榮嬌怎會輕信？過往種種是她自己親身經歷，如今老夫人一句無心之過就能抹掉？默許縱容也能說自己無辜，怎麼能如此心安理得呢？

現在卻能為了池榮興低頭，她真心不懂，自己怎麼就如此不招人待見？同為親骨肉，康氏能為三哥死，卻盼她早死，甚至人之將死，其言也惡，到死不能釋懷。同樣是親孫輩，池老夫人能為池榮興做小伏低，卻十數年對她視而不見，冷眼旁觀，是她做人太失敗，還是不知哪輩子挖過池家的祖墳？

「別難過，不值得。」玄朗將她摟在了懷裡，聲音如泉水般溫潤，一點點滋潤著榮嬌的心。「不要想太多，人心都是偏的，在一般人心中，善惡很少會是一成不變的，每個人都是不斷改變自己的立場，不要為這個難過。」

「那也不能善惡不分吧？」

榮嬌小聲嘟囔著，心裡的不快已經消了大半。

「對，小樓說得對，再偏心，在大是大非面前，也應該有底線與原則的。」玄朗附和著。「所以不要用她們的過錯來懲罰自己，嗯？」

池府的極品真不少，池老夫人以為別人都是傻的，她一句不知道、年紀大、精力不濟就把自己撇得乾乾淨淨？

「反正是不高興。」她嘟著嘴，悶哼幾聲。其實也只是受了委屈就想在他懷裡撒撒嬌，想他款語溫言的哄勸。

「不是所有的親人都是有緣的，老天爺那麼忙，總會有一、兩次小疏忽，再說妳還有兩個好哥哥，還有我，我的心全是偏向妳的，無論妳做什麼，我都站在妳這一邊，不氣了好不好？妳現在的親人是我，還有將來我們的孩子，我們才是相親相愛的一家人，不相干的人不值得浪費精力，不准想了。」

溫雅的英王殿下偶爾也會走霸道路線。

「亂講什麼呀……又不是我願意想的。」

榮嬌臉紅嬌嗔著，抬手輕捶他的胸口。什麼孩子、相親相愛的，羞不羞？

她只是佯裝在打他，兩隻粉拳根本沒用力，打在身上像在撓癢般。玄朗低頭看那布滿紅暈的小臉，心旌搖曳，下一刻就含上了她如花瓣般的粉唇，輕輕吮吸了幾下，慢慢用舌尖撬開她的唇瓣，勾纏住躲躲閃閃的丁香小舌，加深了這個吻。

不夠，還想要，全身的每個細胞都在叫囂著，想要更多……

池府裡，池萬林母子也在談論榮嬌。

池萬林勸母親不要為了興哥兒去找英王妃，也不用擔心池府的未來，有勇哥兒與厚哥兒在，池氏一門只會更上層樓。

五皇子受挫，全拜英王所賜，他被迫稱病不出，亦是英王的手筆。英王已經知道那樁綁架案的內情，這便是懲戒；若他不是池榮嬌的生父……下場會比五皇子還慘。

多虧他生了個好女兒，英王終是給他留了餘地，讓他在康氏過世後，自行稱病辭官，既顧全了顏面，又對外營造了個夫妻情深的好名聲。

只是，也就僅此而已了，他這輩子的前程到此為止，以後只能做個富貴閒人了。池萬林覺得好笑，五皇子是自己費盡思量挑選的人，結果英王一出手，他就被徹底打入凡塵，早知英王會娶榮嬌，自己何必站隊？

悔之晚矣，一招錯棋，毀了他餘生。

罷了，有榮勇、榮厚在，池家終將大興。

康惠計劃有玄朗的協助，進展順利。天氣漸冷，榮嬌每日大半時間都在飛針走線做冬衣。

除了有二哥、小哥哥的，今年還要加上玄朗，他的不單是大氅、外袍、夾襖，還有中衣、裡衣，全身上下裡外都有。

「王妃，該歇歇眼睛了。」

欒嬤嬤端著奶香撲鼻的杏仁露進來，榮嬌坐在那裡，低頭縫得正歡。

「馬上就來，就剩這一、兩針了。」榮嬌應著，手裡是一雙白色棉布夾襪。

「杏仁露加奶，涼了要泛腥，差這幾針，嬤嬤來吧！」

「不用，就好了。」榮嬌拒絕，表情微微有些不自在。

「哦。」欒嬤嬤臉上堆滿了笑容。「是給王爺做的吧？嬤嬤不知道，那是不好讓別人過手。」

「嬤嬤！」榮嬌大大的杏眼露出微微羞惱，嬌嗔地抗議。「就差這幾針了，我是不想妳再麻煩。」

襪子確實是給玄朗做的，玄朗也確實表達過他喜歡她親手做的衣物。

「我喜歡，只要別累著妳，若是忙不來，外衣還是交給針繡房，妳做的裡衣、襪子最舒服……」

他曾如是說。

知曉他的身世後，知道他自小並未享受過親情，沒穿過親人縫製一針一線的衣物，榮嬌還記得他第一次換上她做的衣服時，臉上那滿足而幸福的神情，那瞬間，她就決定，餘生會盡自己所能照顧好他的衣食住行。

她無法回到過去，將他缺失的那些溫暖補回，卻可以在他以後的人生裡，陪伴同行，給予自己能給的全部。

他身上的一針一線，她不願意假手於任何人。

「哦……」欒嬤嬤笑得頗為意味深長。「昨天給二少爺的袍子差了兩針，您怎麼就讓我幫著縫上了？那時怎麼沒想到不讓我麻煩？」

「嬤嬤，那不同，二哥沒少穿妳做的衣服。」不知當初是誰，一個勁兒地逼她給某人做衣服，還說什麼規矩如此，禮不可廢？

欒嬤嬤滿臉慈愛，看著眉開眼笑的榮嬌，眼底泛起水花。這樣真好，不是嗎？感謝上天保佑，賜給姑娘美滿姻緣哪！

前院書房裡，玄朗卻有些不悅，劍眉微蹙。「還要多久？」

他原計劃成了親就找由頭帶榮嬌去西柔，為了能掩人耳目順利出行，提前做了部署，誰知安排好的消息竟然還未到。

「就在這兩、三日，我們的消息來得早，官方的要晚到些。」

阿金低頭垂目，老老實實解釋。公子成親後似乎有點……那個……他們自己的眼線傳消息，必然會比正規官方管道快許多，這種疏忽不像公子所為。

「催一下，三日內必須遞到宮裡。」

他當然知道原因，不過天氣逐漸冷了，再耽誤下去，路上就不好走，他不想小樓受苦；但若這次機會不用，等到明年春暖花開時，他怕有意外。

榮嬌的問題一日不解決，一日就覺頭懸利劍。

「是。」

阿金不明原因，卻知輕重，公子這半年來對西柔格外重視，難道那邊朝局會有變動？

大夏這些年看似和平，其實並非高枕無憂。強敵北遼一直包藏禍心，之前是被公子打殘了，好不容易消停幾年休養生息，看樣子是又緩過勁來了，時不時地挑釁一二。

西柔那邊，原先是皇室動盪，國主年幼，自顧不暇，現在小皇帝長大了，難保沒有狼子野心。

三日後，玄朗等待的消息如期入京。

西柔有國書遞交大夏皇帝——西柔國君大婚，邀請大夏皇帝前往觀禮。

這事說大不大，說小不小，所謂邀請大夏皇帝前去觀禮是客氣的講法，嘉帝當然不會親往，西柔也不是真的要請嘉帝。依慣例，大夏須派夠身分的人做為嘉帝代表前往。

這代表不好選，西柔國君大婚後會親臨朝政，代表大夏去的人，既須地位超然又要有斡旋能力。

西柔、北遼、大夏三國之間，大夏是富而不強，銀子多但戰力不強，單就軍事力量而言，北遼居首，西柔次之，大夏落末。

論剽悍，西柔不亞於北遼，只是西柔皇室彷彿被詛咒似的，隔上十幾二十年，國君就會英年早逝，留下孤兒寡母。在西柔，稚齡幼主不能親政，太后聽政、把持朝綱是尋常事。

因西柔常由女人當家，女子天性使然，守成為主，鮮少犯邊。西柔國主大婚後會親政，血氣方剛的少年君主在對待鄰國的態度上，是否會繼續延續其母后的政策，還是會有新舉措，皆屬未知。

大夏與北遼為仇，與西柔必然要成為友鄰，否則要同時應付西與北兩處強敵，實是左支右絀，若西柔與北遼達成協定，則大夏危矣。

這個觀禮正使不單要身居要職，還必須是皇室宗親才可以。

若太子在世，以儲君身分前往，再恰當不過；但如今，皇太孫年幼不足以堪大任，諸位成年皇子，嘉帝挑來揀去，竟沒有一個如意的。

文武百官們各有推薦，吵嚷不休，嘉帝聽得心煩。吵歸吵，說得都有道理，諸皇子中無人能當此大任。

局勢微妙，說服西柔繼續沿用對大夏的國策，至關重要，即便沒有大婚觀禮的邀約，也是要派重臣出使西柔的。

這時，堂上吵鬧的百官忽然都閉上了嘴巴，只因不知誰提出了無可挑剔的人選：英王殿下。

第一百零三章

將英王選為正使，無人有異議，嘉帝點頭稱許。

濟深去西柔再適合不過，只要他走一趟西柔，結果定能如願；只是他素不理朝事，又逢新婚，未必願意出使。

換做別人，聖旨一宣，哪有願不願之說，但濟深不同，這些年越發閒雲野鶴，無意政事，即便是皇命，也要看他心情。

嘉帝皺眉，琢磨著該如何說服他。

果然不出嘉帝所料，宣召英王入宮後聽完原委，一臉為難。「不是臣弟不願替皇兄分憂，實在是有不得已的苦衷——臣弟妻所患病症已開始治療，須臣弟每日以內力幫她推拿，輔以湯藥針灸，不能半途而廢或另換他人，否則，可能會加重病症，恐香消玉殞……」

嘉帝也為難，總不能說國事為重，至於你媳婦，能活命最好，如不能，女人多的是，再娶一個就是。

心裡如此想，話卻不能如此說。濟深二十好幾才娶妻，哪怕是配不上他的病秧子，既然已娶，上了皇家玉牒，就是正經的英親王妃；私人事小、國事為重這類話，濟深自己能說，他不能開口。

兩人打了半天機鋒，沒奈何嘉帝有求於人，只好退而求其次，率先提出若是英王妃身體允許，許他帶著王妃同行。
嘉帝所言正是玄朗所求，便順水推舟接下聖旨。
榮嬌大感驚訝。「我也去？」哪有帶著家屬出使的？
「是陛下主動提的。」
的確是嘉帝自己提出來的，與他無關。
「這樣會不會惹皇上不快？」榮嬌有些擔心。那是皇上呀，為難他，真的可以嗎？「要不，我做男裝打扮？小樓公子很久都沒有出來了。」
她撒著嬌，好歹遮掩一下是不是？
「不用，小樓公子的身分不適合，這是陛下允准的，我們無須遮掩。」
「好吧！總之，你自己有數就好。」
榮嬌抿抿嘴，小樓的確不適合在這種場合出現，是她一時情急。
她有些擔心玄朗，不知他使了什麼法子，不然哪有這麼巧，他之前說過成親後帶她去西柔，然後機會就送上門了？
「妳以為我有神仙之能？還能操縱西柔國君何時大婚？」玄朗輕笑，愛極她關切的小模樣。「至於觀禮使團，我做的不是正使。」
他去西柔有正事，若做了正使，少不得要多操心，浪費時間與精力，故此他推掉了正使之職，身分是嘉帝的特別代表。

「這兩天收拾行李，五日後動身。妳帶上綠殳，她常跟妳出行，有些行路經驗，其他服侍的，我來準備人選。」

欒嬤嬤不適合出行，身邊服侍的至少得有一個是她常用的，除了綠殳外，他會安排妥當的人近身服侍。

「綠殳不行，換繡春吧，她跟嬤嬤學了一手好廚藝。」

「綠殳為何不行？把聞刀也帶上就好。」

這樣他們夫妻兩人就不用分開了，玄朗以為榮嬌是不忍心讓小倆口分離。

「不是，綠殳有了，不能出遠門，也別安排聞刀這趟差事。」

「有什麼了？」玄朗還沒反應過來。

有什麼也得隨行服侍，綠殳之前去過百草城，有經驗又貼心，他的人服侍嬌嬌，不如綠殳這種從小服侍的大丫鬟。

「綠殳有小寶寶了，嬤嬤說頭三個月胎象不穩，不能受累。」

榮嬌滿臉喜色。今天剛得到的消息，還沒來得及與他分享呢！

「哦。」的確是不能遠行，此去西柔，少則三、四月，多則半年以上，懷了身子的婦人的確不方便，玄朗點頭。「讓她跟繡春交代在外出行要注意的。」

「咦，你好像不高興？」

「沒有。」玄朗矢口否認。

哪裡表現出不高興了？他的心情好得很，能名正言順帶嬌嬌去西柔，還可以正大光明與西柔皇族交往，嬌嬌有更多的機會與西柔皇室接觸，神魂早日糅合安穩，隱患消除，自此高枕無憂。

「綠殳有了小寶寶，你怎麼不笑？」

唉……玄朗差點撫額嘆氣。綠殳有身孕，應該高興的是聞刀，關他什麼事？不過，對上嬌妻隱含著一絲不悅的杏眼，他不能實話實說。

「這是喜事啊，我們是不是應該賞封紅？」

她素來護短，凡是自己人，不讓人說半句不好，連綠殳有身子他不笑都不行。

但聞刀與綠殳不過早成親一、兩個月，現在孩子都有了，而他成親到現在，僅能喝湯，肉的滋味還沒嚐到呢！

說起來，聞刀那小子才幾歲？居然要當爹了！

玄朗絕不承認他內心深處藏著對聞刀的羨慕嫉妒。

溫潤的目光不動聲色地掃過榮嬌的全身，嗯，這陣子養胖了些，不過馬上要去西柔，路上辛苦，是在這一、兩天就先吃呢，還是等從西柔回來？

從西柔回來，還得好幾個月……不然，今晚就撲倒？

不好，若是沒開葷，他還能忍得住，若食髓知味，再也忍不了可怎麼辦？跟他出行雖不會受苦，單是坐馬車也挺累的，不捨得她受累，就得自己受苦硬捱著……要不，還是再等等吧？

玄朗盯著榮嬌紅潤的小臉，心裡反覆進行著天人交戰。

聽說榮嬌要隨玄朗去西柔，欒嬤嬤不捨至極，卻又做不出阻攔之舉。王爺直言是不捨得與王妃分離，正好趁著她年紀還小，帶她出去走走，見識異域風光。

這番理由令欒嬤嬤無話可說，王爺戀著王妃是好事，她怎麼會阻攔？王妃年紀小，等過幾年有了孩子，想走也走不出去，這是王爺有心了。

有心什麼?!

池榮厚一大早登門，得知消息後，反應強烈。「不行！此去西柔路途遙遠，嬌嬌身嬌體弱受不了這份罪，何況西柔那邊的飲食風俗與大夏不同，食肉飲奶，嬌嬌會水土不服。」

玄朗怎麼回事，居然想要帶嬌嬌去那種苦寒的地方？池榮厚甚是不滿，妹妹嫁人是要享福的，跟他出使西柔算什麼回事？這叫享福？

「三哥，是我自己想去看熱鬧，鬧得他沒辦法才……」

待池榮厚發完脾氣，榮嬌細聲細氣地解釋。

「別護著他了。」池榮厚滿臉的恨鐵不成鋼。這才成親幾天就被吃得死死的，不管對錯都護著他。「妳素來乖巧懂事識大體，怎麼會提這種不知分寸的要求？」

自己妹妹還不知道？素來不喜歡給人添麻煩，何況是出使西柔這樣的國事，她怎麼可能扯後腿？一定是玄朗，居然打著嬌嬌自己要求的旗號，壞嬌嬌的名聲。

「嬌嬌，剛才嬤嬤不是找妳有事？妳先去忙。榮厚，我們去書房慢慢聊。」

玄朗見榮嬌急得小臉通紅，暗惱下人不會辦事，池榮厚來了不領他去書房，直接帶到內院來做什麼？還惹得嬌嬌被他吼一頓。

雖然他們是親兄妹，但看著池榮厚訓榮嬌，玄朗心裡就不舒服——妹妹怎麼了，現在是他妻子，自己都捨不得說半句重話，哥哥倒是當著做丈夫的面，衝她說得臉紅脖子粗的。

「我……好，我讓人給你們準備茶點。」

當著小哥哥的面，榮嬌不可能拂玄朗的臉面，況且她也覺得這種事情，交給玄朗處理比自己更適合。

她對付小哥哥的手段都是固定套路，撒嬌裝傻再加賣萌、掉眼淚，即便她想跟小哥哥講道理，他多半還是會認為自己是在幫玄朗說話。

不過，玄朗不會把實情告訴三哥吧？

榮嬌有些忐忑，她不想哥哥知曉她的秘密，不想他們知道妹妹不單是池榮嬌。

「放心。」

玄朗自然懂得她的顧慮，微微一笑，回她一個安撫的神色。

池榮厚氣呼呼地跟玄朗走了，榮嬌吩咐人將新做的茶點送過去，拿起書翻了幾頁，卻心神不定，乾脆收了書冊，去看欒嬤嬤指揮著丫鬟們收拾行李。

「嬤嬤，不用帶這麼多。」

嬤嬤什麼都要帶，這個也重要、那個也必須，最好是屋子下面裝上輪子，全部帶上。

待玄朗回來時，池榮厚已經回去讀書了，聽說走的時候神情和悅，心情不錯，還留話要榮嬌準備酸菜魚，他明晚要過來吃飯送別。

榮嬌很好奇他是用什麼方法說服三哥的，玄朗卻一副高深莫測。「沒什麼，就是隨便說說。」

「隨便說了什麼？」

榮嬌不依。小哥哥的性子不是隨便說說就能過的，他只服二哥，除了二哥，就連父親池萬林說的，也常會陽奉陰違。

「男人間的話題。」玄朗眼裡有著不容錯失的淡淡笑意。

什麼意思？榮嬌懵懂。「不是在說我嗎？」怎麼換成男人間的話題了。「那小哥哥同意了沒有？」

「他同意或不同意能改變既定的事實？」

玄朗淡笑。嬌嬌是他的妻子，陪他一起出行，做哥哥的准與不准，很重要？

「你……小哥哥是關心我。快說，你跟他說了什麼？」榮嬌俏臉微沈。

誰說做哥哥的准不准無所謂？小哥哥不同意，她心裡會難過的。

「真要聽？」玄朗見她似乎真有些急了，含笑問道。

榮嬌催他快說，忽略了他嘴角那絲狡黠的笑意。

「我說，天氣漸冷，妳腳涼，夜裡需要我暖腳才能好眠。他聽了這句，就沒再反對。」

玄朗唇角勾笑。

「你、你亂講什麼……」榮嬌的臉突地紅成一片，這傢伙怎麼可以與小哥哥胡說八道？羞死人了。

這算什麼破理由！

雖然他說的是實情，秋深夜寒，抱著他睡覺比蓋著厚被子還暖和，可這怎麼好意思當成理由說給小哥哥聽？

玄朗愛極她含羞帶嗔的模樣，真如春日枝頭粉桃，泛著幽香，不由自主地被吸引。其實池榮厚的臉皮遠比妹妹想的厚，並不是這一句話就能打敗的。

玄朗微笑，想起適才書房中的情景來。

這樣的理由，池榮厚嗤之以鼻，回敬道若是英王府缺暖和被子，他會給妹妹準備厚褥子、厚被子、湯婆子、炭盆子，保證不會凍著妹妹。

玄朗不以為意，薄唇輕啟，吐出一句令池榮厚咬牙切齒，恨他沒皮沒臉不知羞恥卻又無可奈何的話。

「東西與人不同，榮厚你還沒成親，不能理解。」

比如鴛鴦交頸相眠，夫妻相擁取暖這種事，一個毛頭小夥子是不會懂的。

池榮厚一張俊臉羞惱成紅布，卻也懂了玄朗的意思——你妹妹現在是我的妻子，出嫁從夫，不捨別離。

為了妹妹好，池榮厚千言萬語堵在嗓子眼裡。玄朗黏著妹妹，不捨得與她分離是好事，難道他還能盼望著他對妹妹不在意？

好吧，他只是心疼妹妹此去西柔，長途跋涉，旅途勞累還不行嗎？

沒什麼比做哥哥的意會到妹妹已經成了另外一個男人的妻子，更令人心酸糾結的了，自己一手疼愛長大的妹妹，冠上了別人的姓氏，她的夫君，這個晚出現十幾年的陌生人，居然取代哥哥成為妹妹最親近的人了。

換做別家兄長都難免失落，何況是亦兄亦父的池榮厚？這一瞬間的領悟所帶來的難受，比當日揹榮嬌出嫁還要深。

且糾結、且失落，卻再無法理直氣壯說自己不允。他捫心自問，玄朗對嬌嬌確實好，用心體貼，英王府上無長輩、下無小輩，內宅乾淨，玄朗身邊服侍的清一色是小廝、嬤嬤，連年輕丫鬟都沒有，榮嬌一人獨大。

好糾結，妹妹嫁人過得好，做哥哥的欣慰歡喜，但相比未嫁人前的生活，做哥哥的深覺挫敗，另外一個男人將妹妹照顧得比自己哥兒倆加起來還好，總歸是件欣慰又糾結的事情。

一時意興闌珊，只要他用心照顧，而玄朗慣會察言觀色，善解人意，見池榮厚的表情，不難猜出他的心思，遂轉移話題，問起他在莊先生府上讀書之事。池榮厚的心思果然被轉移，玄朗學識淵博又有心為之，因此兩人相談甚歡。

「我沒有亂講，小樓嬌嬌兒，我只是實話實說。」

玄朗壓低了嗓音，貼著榮嬌的耳邊，輕輕低語道。

「不管，以後，不許再跟別人說這些。」

榮嬌的臉燙成一片。這人是故意的吧，怎麼能拿這種事當作理由？不能告訴小哥哥真相，隨便選個別的理由也好啊！

「那是妳三哥，不是別人。」

玄朗心頭暗喜，她這意思，他和她才是自己人，其他的人，就連她哥哥也是外人嘍？這種話，她還是頭一次說，以前不管什麼時候，動不動就我二哥怎樣、我三哥怎樣，似乎總要講完她的哥哥們，才會想到他。

為此，自詡胸襟寬廣的英王殿下，時不時也會在心底暗自吃小醋，什麼事都想著她哥哥，什麼時候都是她那兩位親哥哥最好，何時他這個做夫君的，排序也能往前提一提呢？

終於等到她將他劃為一夥，將她哥哥們劃為另一個圈子了，可喜可賀！

「那也不行，誰都不許說。」

害臊的榮嬌沒注意他話裡的陷阱，更沒想到他心裡那些彎彎繞繞，一想到玄朗在小哥哥面前說這些，她就覺得整個人都不好了。完了，下回還怎麼好意思見小哥哥？夫妻間的親密事，怎麼好意思讓哥哥們知道呢！

第一百零四章

臨行前的日子格外忙碌，一走三、四個月，榮嬌覺得好多事需要安排，與之相比，玄朗閒散的模樣格外招人嫉妒。

榮嬌問他。「你沒要安排的？」不忙嗎？大白天的怎麼老在內宅晃悠？

「以前慣常出門，無須特別安排。」玄朗還不知就是這副萬事不愁的模樣令榮嬌眼紅，甚是體貼地問道：「還沒安排妥當？」

榮嬌嘟嘟嘴，頗有幾分焦躁。「還沒呢……」若是晚兩日就好了。

她的心思，玄朗自然是清楚的，卻故作不知。

在他的眼中，她身體的隱患比所有事情都重要，若不是禮部需要準備西柔國君大婚的賀禮，他連這五天也不願再等。

不過，看到榮嬌輕蹙的眉頭，玄朗自然是心疼的。「可有為夫能效勞之處？願為夫人分憂。」

她好整以暇坐下，微昂起弧線優美的下巴，端著架子十足，輕哼了聲，一本正經道：「算你識趣……」話音未落，自己先忍不住笑了。「有李掌櫃在，其他事都放心，只是康惠學堂沒法進行。」

「學堂的事不能操之過急，場地、學員事小，關鍵是老師與教材。我觀徐郎中不喜言談，不如請他編寫教材，整理醫案，學員與場地無須著急。」

榮嬌深以為然。「是我著急了，徐郎中嚴謹認真，編教案再合適不過。」

「嗯，建議他由淺入深，分冊整理，別一下子就想編一本醫案全集來。」

玄朗見她眸光清澈晶亮，彷彿一泓豔陽下的秋潭般，瑩光閃亮，綻放著燦爛奪目的驚豔，這小丫頭，動不動就讓他心神失守，忍不住想做點什麼。

他忙定神，繼續與她談正事。「先編簡明實用的醫學入門教材，他若有志於此，可慢慢成書，將來他若有意，我們可幫他印製。一個人的精力有限，讓李忠找人協助他完成，其餘籌備事宜，可以先行行動，我這裡有個合適的人選，可以給李忠做副手，專門負責此事——」

時間飛快，眨眼就到了禮部精挑細選的黃道吉日，諸事皆宜。

知道英王妃隨行的人不多，嘉帝為籠絡玄朗之心，出行前一日，特意以皇后的名義往英王府送了一批藥材、首飾、衣料，其中還有數套針線局趕製出來的親王妃正規禮服、常服及新製的冬裝與春衫——是給榮嬌出席婚禮與日常交際用的。

皇后派來的女官很會講話，道是皇后深感王妃的賢慧與深明大義，本想親自出宮見上一面，給王妃餞行，只是鳳駕出行免不了要興師動眾，王妃身嬌體弱，行前事務繁多，她若親自登門反倒令王妃受累，卻是好心辦了壞事。

「娘娘言道，陛下與殿下是親兄弟，她與您是親妯娌，自家人就不講那些虛禮了，等您回來，她再請您進宮敘話。」

「多謝娘娘厚待。」榮嬌慘白的小臉現出一絲紅暈。

女官不好直視於她，眼神暗自掃了幾回，確認眼前的英王妃確實身體不好，雖化了妝，仍隱有不足之相；眉眼精緻，是個美人，卻非絕色，能一笑傾城，迷得不近女色的英王一改常態。

或許真如娘娘私底下猜測般，英王覺得妻位不能總虛空著，與其娶些不知深淺、娘家彎彎繞繞的，不如娶個簡單乾淨的。

皇后有賞賜，玄朗自然第一時間得知，指點著讓人將衣服、首飾裝進榮嬌的行李。「帶著，總有些場合要露面。」

既然要找線索，宅在驛館可不行，女人最愛八卦，西柔王公貴族的內眷聚會還是有必要參加。

小樓不需要華裳美服來撐場面，但有些場面，華裳美服還是不可或缺的。身為英王妃，在異國西柔，高調時必須光彩奪目，內斂時也要低調華貴，這是上流圈子的規定，嬌嬌有目的躋身其中，就不能免俗。

深秋的天空，清冷而高遠。

難得沒有風，秋陽燦爛，早早地將薄薄的寒霜驅散了，照在人身上暖暖的，令人情不自禁地想要微笑。

果然如黃曆所言，是宜出行的好日子。

一干相關文武官員送出城外，飲了送別酒，使團離京出發。

彩旗招招，旌旗獵獵，馬匹、車輛、護衛隊，嘉帝此次派出了四十人的使團，加上給西柔國君大婚的賀禮，使團官員所帶的隨行人員、行李輜重，還有八百人的親兵衛隊，隊伍迤邐如長蛇。

玄朗的專屬車輛，外頭看起來與尋常車輛無異，只是更為寬大了些，內裡卻大不一樣。這輛車的車架結構與內裡裝飾都經過精心設計，車身做了減震處理，裡面鋪了厚氈子，車廂四壁除窗戶外，都包了一層毛氈，隔音防寒。

車廂裡到處裝著暗櫥、明櫃，裝零食的、放茶葉的、擱書本與棋盒的，大到被子，小到松子糖、暖手爐，林林總總，皆有安置之處。

玄朗含笑看著榮嬌如同發現玩具的孩子似的，到處尋找，一個個打開，察看裡面的東西，時不時發出「哇」、「哦」、「這裡也有」之類含著驚喜的讚嘆。

看她這般高興，也不枉他親自設計監工，讓人將車子改造成這樣。

此去西柔路途遙遠，漸往西去，天氣越寒，騎馬辛苦，使團人多手雜，他兩人又身居高位，惹人注意，不像前次從百草城回來時自由自在，這一路上，好馬車至關重要。

「真厲害，你從哪裡找來這麼厲害的能工巧匠？」

等榮嬌在玄朗的指引下，輕推開靠廂壁的又一處暗格時，終於忍不住出聲相詢。看似普通的一輛車，居然有這麼多機關，這不是普通木匠能做得出來的，想都想不到呢！

「妳覺得方便實用就好。」玄朗笑笑，沒有明言她口中的能工巧匠遠在天邊、近在眼前。

「當然實用。」

榮嬌從一排小格子的零食櫃裡取出一盒話梅，拈起一粒放入嘴中。唔，酸酸甜甜，熟悉的味道，是欒嬤嬤特製的味道。

「設計圖紙是咱們家的嗎？能不能賣呀？」

她腦中又轉起了生意經。這麼舒適實用的設計，加以簡化，是不是可以少量訂製馬車，專門賣給有錢的人家？

若是可行，英王府就是最好的金字招牌，屆時就說英王府都在這裡訂製，手藝自然是好得不容置疑。

見她一副財迷的小模樣，玄朗不由搖頭失笑，卻被她那句「咱們」說得心頭泛暖，嘴裡因被她餵了粒話梅，清淺的聲音有些含糊。「是咱家的，隨妳用。」

她倒是隨時不忘生意經，不過只要她高興，怎樣都好，他都支持。

兩人又說笑了幾句，外頭有人來報，道是正使余大人有事回稟，是關於行程安排，希望英王殿下能撥冗一見。

「你有事去忙，不需要陪著我，剛出城，我還不悶。」

榮嬌見他不大想理會，知道他是想陪她。

使團的正使是禮部尚書余子達，他素來知情識趣，極會看眼色，知道他在車上與王妃一處，還派人來稟告，必是真有事情要說，玄朗遂從善如流，將嘴裡的話梅嚥了，就著榮嬌的手用了幾口茶，漱漱口，摸摸她的頭頂道：「讓丫鬟上來陪妳，我去去就回。」

「不用召丫鬟了，我自己就成。」

榮嬌回絕了，車裡什麼東西順手就能取到，不用人服侍。

使團是有目的地趕路，一路穿城過鎮，數百人的隊伍，馬車行進有序，不論是誰的車駕無故停下，勢必會影響到全隊的速度。

儘管車廂裡鋪了軟和的毯子，空間相對寬敞，幾天下來，榮嬌還是全身僵直、坐臥不寧，每次下車時，那種踩著地面的踏實感令她有種謝天謝地的感動。晚上入住驛站後，少不得要在房間的空闊處伸胳膊壓腿，走上幾路拳腳，讓生鏽了的骨節重新動起來。

玄朗甚是心疼，只是與使團一起行動，榮嬌頂著親王妃的身分，不好輕易離開馬車四下活動，每日長時間龜縮在車上，再好的性子也有坐煩的時候。

「我們自己走？」榮嬌驚訝地看了玄朗一眼，這樣可以嗎？

當然可以。「我跟余大人說了，以後我們不跟使團同時行動。」

玄朗摸了摸她明顯清減的臉頰。「各走各的，約了時間地點，出國境前會合。」

既然玄朗離開沒關係，榮嬌樂見其成。她不想從早到晚縮在馬車裡，收拾了簡單必要的行李，待使團先一步離開後，才換好男裝，與玄朗自成一組。

「沒人跟著我們嗎？」

榮嬌在馬上深呼吸了幾口清冷的空氣，歪頭問玄朗。

這幾日看慣了身後左右全是護衛，偶爾只有影子兩道，頗有點驚奇。

「沒有，護衛在暗處，無事不會現身。」

不想不相干的人破壞他們夫妻兩人的相處時光，玄朗明面上沒帶隨從，只有四名暗衛在暗中保護，他帶著榮嬌獨行另有目的，也恐有意外發生，身邊不能沒有人手。

不過就沒必要讓她知道了，她臉皮薄，有外人在，稍微親近點的動作就躲躲閃閃地害羞，會不自在。

都說西柔女子熱情豪放，她這一點卻是半分也不像。

兩人一開始是跟在使團後面走，使團隊伍龐大，又要照顧車駕的速度，不如兩人騎馬靈便，不過一個時辰後，遠遠就看到了長龍般的隊伍。

「我們走小路，從安香鎮超趕過去。」

玄朗另有目的，與榮嬌在前方的拐彎處調轉馬頭，走了不同的方向。

「安香鎮雖小，鎮上有家麵館遠近聞名，堪稱一絕，我們中午就去那裡。」

這條路，玄朗走過多次，對風土人情有一定了解，在馬上隨意指點著四周的景色，隨口向榮嬌介紹。

「那老安家做的龍鬚麵，細如銀絲、柔韌彈滑，湯頭更是鮮美。那鍋老湯底據說是從祖父輩傳下來的，少說有幾十年了……」

榮嬌被玄朗說得將信將疑，聽起來很好吃的感覺。

「好不好吃，試過就知道。」

這麼多年，他吃過的美食不知凡幾，各式各樣的麵條不知見過多少，雖說各有特色，但安香鎮老安家的龍鬚麵絕對是讓他最難忘、最美味的那一碗，論精緻，勝出皇宮御廚，論鮮美，亦獨樹一幟。他熟悉榮嬌的口味，相信她一定會喜歡，一早就打定主意，帶她過去嚐嚐。

近午時分，兩人進了安香鎮。

小鎮不大，玄朗熟門熟路，直接往街尾的老榆樹而去。

「老安頭的麵館就在樹旁邊，夏天的時候，桌凳就擺在樹下蔭涼地……咦？」

玄朗的話忽然止住了。此時恰逢飯時，他往常來過幾次，若是這個時候，等吃麵的人會排成不短的隊伍，吵吵鬧鬧的；門口支著大鍋，冒著團團白色的熱騰騰蒸氣，鍋裡細白如絲的麵條如魚群，在沸水裡翻騰著，還有鮮美撲鼻的老湯，遠遠就會勾得人飢腸轆轆。

現在怎麼……

老榆樹下空蕩蕩的，門可羅雀，空氣清冷，沒有意料中的誘人鮮香。

今天麵館不營業？玄朗的俊眉微不可察的輕蹙，不會吧？

老安頭引以為傲的，一是自家麵條無人能及的好滋味，二就是安家人的勤勉，麵館終年無休，連成親那天也沒耽誤做麵煮湯。

用他的話說，除非是嚥了這口氣，否則他是不會離開麵館的。

這樣的人，居然關店休息了？百年難遇一次的東主有事，偏偏讓他們趕上了？

太不湊巧，特意領著嬌嬌過來吃麵，錯過了，只能等回程了。

「沒開門。」

上著門板呢！榮嬌癟嘴。他說的堪稱絕味的麵條吃不到了，這般沒口福？

「嗯，我去旁邊問問。」玄朗也覺遺憾。

「貴客是從外地來的吧？」

隔壁雜貨鋪老闆娘是個乾瘦的婦人，坐在那裡挺無聊，見玄朗打聽老安頭麵館，眼睛一亮，頓時來了精神。「找老安頭有事還是要吃麵？」

「吃麵。」玄朗的語氣中透露出恰到好處的遺憾與疑惑。「聽說老安頭自接手麵館就沒休業過，今天還能煮麵嗎？」

婦人本就無聊，見玄朗模樣好，穿著貴氣，為人斯文有禮，話匣了馬上打開了。「不能，您呀，別惦記他家的麵了，這都到時候了，趕緊去前頭飯館吧，門口有招牌，走幾步就看到了。」

「老安頭的麵館幾時營業？」真要等回程時再來？玄朗有些不甘。

「老安頭家裡遇上大事，麵館要沒了……」婦人的語氣透著股惋惜。「別說你們外地人，我們本地人也吃不上了。」

第一百零五章

玄朗素來不喜打聽閒事，也無口腹之欲，若是往日，聽雜貨鋪老闆娘說麵館可能不開了，他就算了，雖然有些遺憾，也僅僅如此。

可這回是帶榮嬌一起的，雖然是一碗麵，因為特別美味，因為他覺得榮嬌會喜歡，那種想要將好東西與心愛之人分享的心情，與普通男人無異。

因為不想錯過，所以兩人沒轉身走；既然老安頭還健在，麵館沒開門，找到家裡就是，銀子不是問題，問題是他的嬌嬌一定要嚐到這碗麵的滋味。

雜貨鋪老闆娘卻擺手搖頭。「沒用，老安頭只剩一口氣，就算他想爬起來煮麵，也有心無力。」

「他兒子呢？」

家傳的手藝，老子傳兒子，兒子傳孫子，老安頭的兒子也有三十了，從小跟著他爹在麵館幫忙，盡得老安頭真傳。玄朗曾在麵館裡見過他，那是個寡言的漢子，大部分時間都在悶頭拉麵條。還有老安頭的孫子，十三、四歲的半大小子，也在麵館打下手。

老安頭病了，還有他兒子和孫子呢，難道老爺子一倒，傳家的營生就不做了？

「別提了，可不造孽嗎？」老闆娘嘆了聲。「他兒子死了，結結實實的一個人，沒病沒災的，夜裡睡著覺忽然就沒了。他家孫子給他爹守幾日靈，等出殯下葬後就爬不起身，鎮上郎中給他看病，說他好端端的，沒病。老安頭不信，找別的大夫看，城裡醫館都去了，都說孩子好好的、沒病；可這好胳膊、好腿的，就跟活死人似的，不能站、不能走，只能躺著，自個兒都翻不了身……

「他家不是剛死人嗎？大家都說是招了不乾淨的東西，請和尚、道士做法事，還是沒好轉。兒子死了孫子又這樣，老安頭一股氣憋在心裡，病得只剩半口氣了。」鄉里鄉親的，老闆娘雖有看熱鬧之嫌，也不乏同情。「老安頭一躺下，麵館只能關門，不說您，我們這些老街坊都惦記著他的麵……」

「真是不幸，可惜了。」

玄朗聽老闆娘這番說辭，眸色間多了幾分深沈，順話意感慨了幾句，問明了老安頭的住址，道謝後離開。

「怎麼樣？」

榮嬌牽馬等在店外面。店門逼仄，裡面光線又暗，看不清裡面的情形，只聽到大概情況，是老闆家出事了，麵是吃不上了。

玄朗從她手裡將馬韁繩拿了過去，另一手牽著她的手。「老安頭生病了，一會兒我們去看看。餓不餓？先去前面的飯館墊墊肚子。」

「不餓。」榮嬌搖頭，微帶疑色。「既然人家病了，你是要給他治病？」

之前他說過店沒開，去家裡找人的，現在知道東家有病還要去家裡，是要幫他治病？

「嗯，安家做麵的手藝，斷了可惜。」

雖然只是碗麵，能把最普通尋常的麵做到極致，亦是了不起，就這麼斷了，還挺可惜的。另一方面，他也想看看沒有毛病卻全身不能動的安家孫兒，到底得了何等怪病。

玄朗心裡有些模糊的猜測，目光輕輕落在榮嬌身上。她上次發病，脈象也與正常人無異……

安家很好找，按照雜貨鋪老闆娘指的路，順著巷子拐進去，裡頭第二戶人家就是安家。一扇漆黑大門緊閉著，石砌的院牆，院子裡靜悄悄的，毫無聲息。

玄朗上前叩門，銅製的門環子拍得啪啪作響，過了好一陣子，裡面才有人應聲。「誰呀？」

是一道蒼老嘶啞的婦人聲音。

「我。」

玄朗答得簡潔。榮嬌聽了，噗哧捂嘴笑。還我呢，人家怎麼知道你是誰呀？

院裡人的反應與她想的差不多，直接道：「是要吃麵嗎？麵館不開伙，家裡也沒有，請您吃別的去吧，對不起了。」

連門都未開，聽腳步聲似乎又轉身回去了，估計是類似見麵館不開找上門的情況有過不少，應付的話順嘴就來。

「不為吃麵。」玄朗不以為意，輕聲繼續說道：「在下與老安是故交，路過此地，特來拜會。」

裡面微頓了下，拖拖棲棲的腳步聲近了，咯吱一聲大門開了道縫，裡面露出一張憔悴蒼黃的婦人臉。「您認識我公公？」

「貴客請喝茶。」

開門的婦人將兩碗熱茶分放在玄朗與榮嬌的手邊，一聲不響地退回到婆婆的身後。

陪坐在玄朗、榮嬌對面的，是位白髮蒼蒼的老婦人，道是老安頭的老伴，先頭開門的是兒媳婦，安家大哥的遺孀。

「鄉下地方，只有粗茶，兩位別嫌棄。」

安老太太雖沒見過大世面，年輕時卻也常到麵館幫忙，見到生人並不慌亂，只是神色疲憊，明顯是精力不濟。

「貴客從哪裡來？當家的病著，不能起身與您見禮。」

這兩位年輕公子通身氣派，一看就不是普通人家出身，她嫁到老安家幾十年，自然知道老安家沒有這樣的親戚，所謂故交，想是以前曾在麵館吃過麵。說起來，提起老安家的龍鬚麵，老頭子那手藝，真沒話說。

可現在……老太太想到躺在東屋炕上的老頭子，再想想西廂裡不能動彈的孫子，一時悲從中來。

「無須客套……老安病得很重？在下粗通醫術，不知能否讓我給他看看？」

玄朗端起茶碗，茶湯黃濁，果然是粗茶，不是老太太自謙。

「您是郎中？」老太太這下的表情要生動許多。「敢情好，太麻煩您了！」說著就站起身來，將玄朗兩人往屋裡請。「郎中說老頭子這病是急火攻心，多吃幾副湯藥養養就能好，可藥吃了幾副，還是不見效……」

這是病急亂投醫。兒子死了，老頭子與孫子病倒，家裡的男丁全躺下，就老太太與兒媳兩個婦人撐著，早就一籌莫展，且不管突然登門的貴客是粗通還是精通，總之會把脈、看病就行。

老安頭的病不難判斷，確實是急火攻心又勞累過度，加上年紀大了，多年辛勞，身體虧損得厲害，一下子受不住，病來如山倒。

郎中的診治沒有問題，藥方開得中規中矩，吃著藥慢慢將養就是。

「那怎麼不好？」

榮嬌問出了婆媳兩人的心聲。方子對症，藥也吃著，可吃來吃去，人卻病得越發嚴重。

玄朗沈默片刻。「心病難醫。」

藥方對症，治的是身體，心裡的病卻是繞不過去的。

「家裡還有別的病人？」

他對安家孫子的病症更感興趣。

安家孫子沒病，玄朗把完脈後，得出同樣的結論。真是有意思……

他的醫術，不好自詡出神入化，有病、沒病還是診得出來，榮嬌那次是例外，不在普通人生老病死之列，難道安家孫子也是這種情況？

「沒有頭疼……異常？沒有，沒有發熱，沒有發燒。」

安家大娘對玄朗的問題均做否定，榮嬌在一旁聽著，不由心中一動，趁老太太與兒媳去廚房做飯的工夫，指了指自己的腦袋，小聲問：「你是說，他這裡？」

「有可能。」

玄朗伸手幫她理了理衣服上的褶縐，語氣平淡溫和。「身體是沒有問題。」人卻出了毛病，那一定還是有原因的。

「我們今天暫留此處，看看夜裡的動靜。」

下午，玄朗陪著安大娘聊天，話題圍著安家孫子轉，喜歡什麼、平時做什麼、與何人有交往等，包括平日裡幾點起、幾點睡的家長裡短，都問清楚了。

「……這孩子勤快孝順，拉麵的手藝能出師了，家裡沒出事前，還打算張羅親事，他爹還說準備收拾屋子，打新家具……誰知……」

一夜間白髮人送黑髮人，孫子又成了活死人，老太太悲從中來，抹起眼淚。

榮嬌在旁聽了心有戚戚焉，將自己的帕子遞了過去。

夜裡，兩人住在安家，原先安大娘覺得家裡雖有兩個男丁在，但都病著，讓外男留宿多有不便，聽玄朗說榮嬌是女子，他們是夫妻兩人，見榮嬌洗了臉放下頭髮，果然是個嬌娜的小娘子，才放心將人留宿於家中。

不知是換了地方和床鋪還是白天太累了，榮嬌在玄朗熟悉的懷抱裡，睡得仍不安穩，腦子裡反覆有一個聲音。「不要砍我、不要砍我！我要吃麵……我要吃麵！」

是個稚嫩而模糊的聲音，彷彿是剛學語的孩子，咬字不算清楚，語氣卻罕見的淒慘悲憤，聲聲透著控訴。

滎嬌聽得心酸，不覺出聲問道：「別哭，誰要砍你？」

那道聲音彷彿被嚇住了，停了好一會兒，才小心翼翼試探著問：「妳能聽見？」

你喊那麼大聲，我想聽不到都不行。滎嬌心想。

「妳能聽到！」稚嫩的聲音很興奮，大聲地喊起來。「妳能聽到！」

「是，我能聽到。」滎嬌被他尖利的聲音吵得耳朵疼，忙提醒。「小聲說話。」

咬字不清又大喊大叫擾人清夢，還讓人耳朵受罪。

「安家，我要吃麵。」

那道聲音聽話地低了幾分，卻因為急著表達，語速變快，說出的話越發含糊。

「你是說，你想吃安家的麵？」

「對，吃麵，大碗湯頭多。」

似乎有人與自己說話令小孩子很興奮，情不自禁又嚷開。

「噓，小聲。」

看來安家的麵果然美味，連一個小孩子都念念不忘。滎嬌心裡想著，還是頗有耐心地解釋道：「他家人生病了，等病好了，就能做給你吃了。」

「他們壞，不給吃。」小孩子忽然就生氣了，聲音又尖又利。「砍我，讓他死，不給我，誰都不給吃！」

「欸，你別哭呀……」榮嬌從來沒與小孩子打過交道，見他先前還好好的，一言不合就又喊又叫，透著哭腔，立時有些手足無措。「我有別的好吃的，你要不要吃糖？甜的……」

「不要，要吃麵，就要吃麵。」小孩子很固執，似乎認準了麵條與榮嬌。「妳跟老安頭說，要吃麵。」

「好，我告訴他，他現在病著，等病好了就給你做，你乖乖等著——」

「不要等，他好了，麵也不給我，要砍我。不讓他好，他不砍我，沒麵吃，誰都不吃！沒有麵，都不吃！」

小孩子年紀不大，說話顛三倒四的，一會兒要砍他、一會兒要吃麵的，語無倫次，搞得榮嬌啼笑皆非。

「好，不吃就不吃，你別哭了。」

「要吃！要吃！」小孩子忽然又不依不饒起來。「讓他們別砍我，給麵吃，就讓他起來！」

「誰要砍你？你要我告訴誰？」

這誰家的小孩子，真夠鬧騰的。仗著榮嬌脾氣好，反正被他吵得睡不著，乾脆繼續哄著。「你家大人呢？」

「老安家！沒有！」

小孩子使小性子般忿忿又簡略的回答，榮嬌在腦子裡轉了半圈，才明白他這回說的是砍他的是老安家，而不是想要吃老安家的龍鬚麵。

沒有大人，是大人不在身邊還是真的沒有？

「你叫什麼名字？」不知是鎮上誰家的孩子，背著人人跑出來的吧？

「魚魚。」細嫩的小聲音裡透著驕傲，說自己的名字倒是清楚，發音準確。

「你幾歲了？」榮嬌繼續打聽。

「不知道……」魚魚遲疑了一會兒，有些心虛。

不知道自己幾歲？那就是年紀太小，兩、三歲，能知道自己叫什麼，能說這麼多話已經很不錯了。榮嬌暗想。

「你家住哪裡？」

魚魚迅速地接話道：「這裡，住這裡。」

這裡？是哪裡？果然還是小孩子。榮嬌暗自發笑。

「你吃過老安家的麵？」

這句相當於廢話，小朋友一直嚷著吃麵，應該是嚐過滋味的。

等了一會兒，魚魚才給了個「嗯」。

「跟誰去的？」

這回給了個細聲細氣的答案。「沒有人。」

真是有意思的奇怪小孩，榮嬌一邊與他聊著天，一邊勾起唇角笑著。

醒來時，枕側已空，被窩裡只有自己。

「嗯……」

揉了揉睡眼惺忪的眼睛，臉上還帶著茫然，入眼一片陌生，不待意識回歸，就見到坐在床邊的玄朗。

臉上的懵懂愣怔暫時消失，大大的杏眼彎成月兒，嘴角的笑意如春花般綻放。「早。」接著是小小的、嬌嬌柔柔的抱怨。「起來怎麼不叫我？」

屋子沒掛窗簾，透過窗戶紙，能看到外面已是天光大亮，想來時辰不早了。

「想讓妳多睡會兒。」

玄朗低頭，在她如花瓣般的粉唇上輕啄了幾口。「睡得好嗎？」

早上醒來時，看她嘴角含笑睡得正香，沒捨得叫醒，反正就他們兩人，幾時動身都無妨。

「一點都不好。」

榮嬌下意識地脫口而出。與一個講話都不清楚的小屁孩聊了一晚上，哪有時間睡呀？卻陡然意識到，明明是睡得很飽、很舒服的感覺……

可她昨晚確實作夢，夢到自己一直在與一個叫魚魚的小孩子說話，那孩子反覆說要吃老安家的麵，還說不要砍他，讓她帶話。

「不好嗎？」

玄朗看看她紅撲撲的臉、晶亮有神的眼睛，明明精神不錯呀。

「我以為沒睡好，」榮嬌有些迷糊。「作了一晚上的夢，不停說話，口乾舌燥。」

玄朗倒了碗水遞過來。「溫水，慢點喝。」

榮嬌接了過去，小口喝著，喝完半碗又將碗遞回給玄朗。他接了過去，放到炕邊的小桌上，拿起疊放在一邊的衣服，動作嫻熟地給她穿衣服。

榮嬌乖乖地伸胳膊抬手，任他忙活。

成親以後，他就迷上了親手服侍她，只要沒有十分要緊的事情，每日早上他都會親自服侍她穿衣梳頭，不假他人之手。

榮嬌從開始的扭捏不好意思，到現在的習以為常，除了肚兜類的小衣不讓他穿之外，其他的都隨他。

玄朗邊給榮嬌穿著衣服，邊問：「夢見什麼了？」

一聽她說作夢，他就心有餘悸。

「很好玩。」榮嬌笑。「一會兒告訴你。」

第一百零六章

早餐是小米粥，火候煮得足，金黃香濃，有股好聞的米香味，就著安家自己醃製的蘿蔔鹹菜，榮嬌喝了滿滿一大碗，還吃了一個煮雞蛋。

「您再嚐嚐餅，剛出鍋的。」安大娘看她吃得香，陰鬱多日的臉上難得露出一絲晴朗，指著盤裡的油餅對榮嬌說。

那餅剛出鍋，放在白色的粗瓷盤子裡，油亮焦黃。看得出做餅人的手藝不錯，火候掌握得恰恰好，上面撒著嫩綠的蔥花，看著就有食慾。

榮嬌挾了一塊，默默送到嘴裡，家常的好味道。

「大娘，周圍鄰居有小孩子嗎？兩、三歲或三、四歲的？」想起昨天夜裡那番詭異的對話，榮嬌問。

「小孩子？」

安大娘一愣，一旁的玄朗也看了過來，眼裡有一絲不解。

「有，東鄰家有，這幾年新生的小娃子不少呢……」

若不是兒子突然走了，自己家裡也要辦喜事的，她也會很快抱上重孫子，現在，卻沒指望了。

「有沒有叫魚魚的……小男孩？」

榮嬌回想聽到的聲音，雖然小孩的聲音都是奶聲奶氣的，可她覺得與自己說話、叫魚魚的小娃兒，是男孩子。

魚魚？安大娘仔細想了想，搖頭。「沒有，後街老王家的小孫女叫小玉，今年有六歲。」

五、六歲的女童？似乎不像。五、六歲的孩子，講話會很清楚，日常普通的對話溝通應該能清楚表達，而昨晚的那個魚魚，簡單的對答都說不清，只是顛三倒四地來回重複，要不就是哭，發脾氣，嚷著要吃麵。

「有沒有喜歡您家的麵，經常來吃麵的小孩？」

魚魚說他最愛吃麵，只吃安家的麵。

「有，多得是，小孩子牙沒長全，更喜歡吃麵。我們家的麵，男女老少都喜歡，吃不夠。」

以後，麵館卻開不起來了，安大娘想到傷心處，眼眶又紅了。

「嗯，有沒有小孩子不用大人領，自己一個人經常來的？」

魚魚說他都是自己去，一個小孩子獨來獨往，一定讓人印象深刻。

「也有孩子嘴饞肚子餓，自己偷跑來的。老頭子心善，有沒有錢都給盛上一大碗，讓孩子吃飽，鄉里鄉親的，還能差孩子一口飯？」老太太的回答偏了話題。

「那常來的有哪幾個，您記得嗎？」

安大娘想了想，又喊自己的兒媳婦過來，說了幾個名字，榮嬌仔細聽著，沒有一個與魚魚能對上的。
玄朗神色溫和，坐在一旁聽她與安大娘有問有答，沉默不語，眸中卻閃過幾許光芒。
嬌嬌不是愛問東西短長的人，不會無緣無故打聽這些，新來乍到，人也沒離開過他的視線，沒機會認識小孩子，她怎麼知道叫魚魚的小孩情況？
都沒有啊……
榮嬌有些許失望，似乎又在意料之中。不過是個夢，她居然還當真了？
可是，想到魚魚透著哭腔與絕望的歇斯底里，連連喊著不要砍、不要砍，真實得猶在耳邊，催人淚下，榮嬌的心就一陣酸疼，沒有辦法將他當成一場莫名其妙的夢。
越覺得是夢，就越感到真實，是真有這樣一個孩子哭求、拜託過她？
他說不要砍，要吃麵。這是什麼鬼？是真是幻，她居然分不清了……應該是夢吧？
「嬌嬌！」
耳邊是玄朗的驚呼，榮嬌眼前一黑，失去了意識。
再醒來時，人已在玄朗懷裡，他一手攬著她，一手搭在她的手腕處，薄唇緊抿，素來溫潤的臉上一片肅殺，全身散發著冷意。
「大哥……」
榮嬌眨了眨眼睛，眼前還是吃飯的地方，飯桌在旁邊，她坐在玄朗的大腿上，被他攬抱在懷裡。
專心診脈的玄朗沒有發現她已經清醒了，忽然聽到她細軟的聲音，全身一僵，然後幽深的雙眸中閃過如釋重負的喜悅。

「嬌嬌，哪裡不舒服？」

「我沒事。」

榮嬌回過神來，才發現安老太太與安家大嫂站在一旁，神色緊張。她臉一紅，掙扎著想要脫離玄朗的懷抱。

「別動。」

玄朗知道她不習慣在外人面前與他親近，但他現在驚魂未定，將人摟在懷裡才能安心些。「感覺如何？」

他的手還搭在她的手腕內側，脈象平穩，並無異常，可實際上，她剛剛毫無徵兆地昏厥。

「剛才這裡有點不舒服，現在沒事了。」榮嬌指了指自己的額角，小聲道。

之前的感覺來得太快，頭突然就痛了，還沒反應過來便失去意識。原以為過了很久，實際只是短短一瞬。

事發突然，玄朗在她昏倒的同時接住她，連送到房間躺下都來不及，接住人的同時，手已經搭到她的腕脈處。

然後，她就醒了，如同昏厥一樣突然，短暫得彷彿一切只是錯覺。

見她手指自己的頭，玄朗泰然自若的面龐閃過慌亂，真是怕什麼來什麼。

「失陪。」

他迅速抱榮嬌起身，衝安老太太示意，抱著人進了他們借宿的房間。

「我真的沒事了。」榮嬌知道他想到別處去了，忙安慰道：「不是因為那個。」

玄朗手上抱著人，進屋後用腳將門關上，坐到炕沿邊，將榮嬌緊緊摟到懷裡。「讓我抱抱。」聲音裡透著罕見的恐慌與後怕。

剛才她好端端地說話，突然身子一歪，人就軟軟地倒下去，好在他的心思一直放在她身上，剎那就將人接住。

人是接住了，卻已經失去意識。

那瞬間，玄朗的腦袋一片空白，心跳似乎停止，前所未有的恐懼迎面襲來。

一切發生得這般突然，他冰涼的手指剛放到她的手腕處，人又醒了過來。

大起大落，大悲大喜，玄朗將榮嬌摟得很緊，緊得像是要揉進自己的骨血裡，彷彿只有這樣，才能緩解他心底的不安與恐慌。

原來這世間沒有所謂的堅不可摧，只要有心，只要在乎，就會怕。

榮嬌乖乖地由他抱著，兩隻小手環抱著他的腰，一下下輕撫著。她知道自己的突發狀況嚇著他了，卻也不知道自己怎麼突然就暈眩了。

「剛才……想什麼了？」

好一會兒，玄朗才回過神來，啞著嗓子問道。

以前松明子說過，若她強行要去想另一半沒有完全融合的記憶，可能會出現頭痛昏厥的現象，要順其自然，徐徐圖之。

他想不通的是，剛才她在與安老太太聊天，打聽一個不知從哪裡冒出來的小孩，與西柔沒有任何關係，為何會突然發作。

「沒想什麼。」

榮嬌也納悶，她就是突然意識到自己傻，明明是作夢，還將夢裡的事當真，一本正經地向安老太太打聽。

根本就沒有叫魚魚的小孩子吧？安老太太與安大嫂都是良善的好人，聽她們描述，安家的男人也是老實本分人，不會對一個小孩子砍砍殺殺。

就是在意識到不該將夢境當真時，腦中像有盞燈突然被吹滅似的，眼前一黑，失去了意識……

難道是這個原因？不會吧？簡直是活見鬼了。

「我昨晚作了夢……」

玄朗聽她說完，腦中飛快思索。這個夢似乎沒有詭異之處，夢到一個小孩不算出奇，夢嘛，稀奇古怪各種可能都有，夢到與孩子談話也正常。

「魚魚說安家人砍他？是砍，還是打或罵？」

以安家人的品性，不可能對一個孩子說出砍殺的字眼，最多小孩子太過淘氣，假裝生氣訓斥兩句倒有可能。

「是砍。」榮嬌確定。「他說了好多次安家人砍他，他要吃麵，還說讓我告訴安家人不要砍他。」

作夢的時候沒感覺，如今重複當時的對話，聽起來確實挺荒誕的。她怎麼會作這樣一個夢？可夢中的對答卻記得清清楚楚。

「首先，妳能聽到他的聲音，他很驚訝，他認為不應該有人能聽到他說話，對吧？」玄朗認真分析，試圖從中找出線索。「他說要吃麵，安家人砍他，他吃不到，大家都不要再吃。然後，他讓妳告訴安家人，不要砍他，他要吃麵；如果安家人讓他吃，大家都有得吃，是這樣的吧？」

榮嬌凝神思索，點頭。「沒錯，是這樣的。」

魚魚含糊不清、顛三倒四說了半天，其實就是玄朗概括的這些內容，關鍵詞就兩個：砍他，吃麵。

「魚魚……砍？他吃不到，誰也別想吃……安家人死……病？」

電光石火間，玄朗腦中閃過一個模糊的念頭，彷彿靈光乍現卻稍縱即逝，快得來不及抓住。

「難道安家人的遭遇與他有關？是報復？安家砍他在先？」

老實經營的安家人，會喪心病狂地砍殺一個稚齡幼童？

我吃不到，誰也別想再吃？誰家話還說不索利的孩子，會誇下這般海口？

還是家裡大人講的話，被孩子無意中聽到，拿來學舌？

似乎答案呼之欲出。

「砍人?!」

安大娘嚇壞了，整個人都懵了，彷彿沒聽懂玄朗說什麼。

「妳仔細想想，有沒有與人結過大仇？」

玄朗緊盯著婆媳兩人，不錯過一絲神情，可那兩張呆若木雞的臉上的確除了受驚過度與不可思議之外，並無其他表情。

之前，玄朗詢問安家是否與誰有仇，或是否因小孩與人結過怨時，兩人就已經是這副表情了，彷彿這樣的問題，本身就不可能與安家有關。

「沒有，我們全家老實本分，從沒有跟人結過仇怨、起過是非，爺仨埋頭做麵，和氣生財，沒做過一件虧心事，沒發過一分不義財，不管是街坊鄰居、鄉親的還是過路的外鄉人，逢人有難，能幫的就拉一把，不能幫的，也有碗麵湯喝……」

老太太說著，嚶嚶哭了起來，安大嫂在一旁陪著落淚。

榮嬌有些尷尬，偷偷衝玄朗使眼色，示意他不要再問了，原本就是夢，他還一本正經詢問，戳人心窩不大好吧？

玄朗卻回了她一個少安勿躁的眼神。不是他非要刨根問底，故意讓人難堪，現在的問題是這個夢與安家有關，也對榮嬌有危害，他沒辦法將此當作普通的夢，置之不理。

原本是用完早餐就打算告辭起程的，現在他改變主意了，沒把這件事弄明白之前，他不敢冒險帶榮嬌走。

至少要再多住一晚，看嬌嬌是否還會作這個夢，那個叫魚魚的孩子是否會再來。

世間多奇事，嬌嬌本身就是難解的存在，與她有關的，即便是夢，也不敢輕忽。

安家兩婦人的眼淚對他沒用，不管她們願不願意，還是被玄朗引導著，在他的軟硬兼施之下，絞盡腦汁將自己家歷年來與鄉人或客人之間發生過的，勉強算是矛盾或意見的雞毛蒜皮，一一挖掘出來。

榮嬌在旁聽著，本著雞蛋裡挑骨頭的原則，也找不出仇怨在哪裡。

「我敢對老天爺發誓，安家沒做過一件傷天害理的事……」

安老太太越想越傷心，這都是造什麼孽呀，一家子老實本分，靠手藝賺辛苦錢，沒坑蒙拐騙過，怎麼就攤上報應呢？

宋公子懷疑自己家有仇家，她孫兒不是病了，可能被使了手段——什麼樣的仇怨要取人性命，讓安家斷子絕孫，連餬口的營生也毀得徹底？

「他們爺仨，只會砍柴劈骨，哪裡會砍別的？」更不可能砍人。

安老太太敢以性命擔保，包括已去世的兒子在內，家裡的三個男人，從未與人好勇鬥狠過。

玄朗見確實問不出什麼，他相信安老太太的話，老安頭確實是老實的老百姓，為人質樸，心地良善，不應與人結過生死大仇；至於安家大哥，臨死前也無任何異常。

「與平常一樣，就是做麵，見的人除了鄰居街坊，就是來吃麵的客人。」安老太太與兒媳一起仔細回憶。「那幾天家裡商量好了，孫子大了要說親，抽空先拾掇屋子、打家具，媒人說親也有面子……」

誰知什麼事都還沒做，人就沒了，家裡也塌了天般的。

玄朗又向安老太太要了麵館的鑰匙，帶榮嬌一起去店裡察看，看看能否發現蛛絲馬跡。

「我已經讓人在這一帶的村鎮裡尋找叫魚魚的孩子，晚些時候會有信。」出了安家的大門，玄朗握著榮嬌的小手，邊走邊將自己的安排告訴她。「今天再住一晚，若無事，明天我們繼續趕路。」

「那安家？」

對他的安排，榮嬌自然沒有意見，只是安家婆媳心善又可憐，現在又視他為救命稻草，就這麼撒手不管了，是不是不好？

「安家的事，我會派人接手。」

安家的事，既然他介入了，就不會半途撒手不管。

「嗯，安家也挺可憐的，你讓人用心些。」

想想挺慘的，一家人，死的死、病的病，還有一個不死不活，若真是作惡多端、惡貫滿盈就罷了，那麼善良的一家子，莫名其妙就……可魚魚說得也挺像回事，沒理由一個小孩子會無緣無故地誣陷。

榮嬌覺得自己也是要瘋了。

玄朗用鑰匙打開鎖頭，將不大的麵館裡裡外外搜索了一遍，一無所獲。

他重新鎖好門，招呼榮嬌離開，看來只能等其他人調查的情況了。

拉著榮嬌的手，慢悠悠地往回走，回頭望了望麵館空曠的門前，總覺得自己似乎遺漏了某個特別重要的線索，腦子裡的念頭猶如藏在重重迷霧中，越想找出來，越是抓不到頭緒。

難道是他多心想岔了？榮嬌的夢與安家並沒有關係？她只是因為白天聽說了安家的遭遇，日有所思，夜有所夢……

玄朗停住腳步，再次回望。

麵館前還是一片冷清，不見往日熱鬧的吃麵場景，物是人非，只有那棵老榆樹，冠如巨蓋……

第一百零七章

老榆樹？

玄朗一頓，電光石火間，腦中有個念頭閃過，稍縱即逝。

他轉過身，拉著榮嬌又踱了回去。

老榆樹有年頭了，樹幹粗壯，兩個壯漢合攏都圍不起來。秋色已深，樹葉飄落，巨傘般的樹冠，枝椏錯落著向天空與四周伸展，秋陽晴好，有亮亮的光線從枝椏間投射下來，在地面劃出雜亂交錯的光線。

「哪裡不對嗎？」

榮嬌見他反覆打量著老榆樹，時而抬頭仰望樹冠，時而繞著樹轉圈，伸手撫摸著粗糙的樹幹，舉止有異，若有所思。

她學著他的樣子摸著樹幹，仰望樹冠，半天沒發現有何玄機，忍不住好奇地問道。

玄朗含笑不語，目光落在樹幹根部。那裡有一處斧砍的痕跡，不深，透著試探，彷彿只是有人無聊至極，要試試斧頭的鋒利與榆木的堅硬而已，斧痕還新鮮。

他蹲下身子，用手摸了摸那道斧痕，目光中閃過幾許幽芒，復又站起身來，再次抬頭望向巨大的樹冠。

他靜靜地看了一會兒，修長如玉的手掌拍了拍樹幹。「好大一棵榆樹。」

語氣隨意自然，只是在說到榆字時，語調微微上揚，透著股漫不經心似的強調。

話音飄散在空氣中，榮嬌有種錯覺，高大的樹身似乎微不可察地抖了抖，可是，明明沒有風吹過。

「走吧！」

玄朗也感受到了枝幹的微動，不動聲色地拉過榮嬌的手，轉身而去。

傍晚，傳來的消息表明，安老太太對自家人的品性與做人處事沒有誇大其辭，安家不曾與人結仇，亦沒有符合榮嬌所說條件的小孩。

「可能真是夢，弄錯了吧……」

榮嬌有些訕訕然，為自己不靠譜的夢，也為玄朗對待此事的態度——為了一個夢做調查，有些跟著她瞎胡鬧的感覺。

「放心，我自有分寸。」

玄朗的眉眼間浮現溫柔，安撫性拍拍她的手背，若無其事地繼續與安老太太話家常。

「之前說要修屋、打家具，木料要自家準備還是木匠包料？」

「沒定，只是有這個想法，沒說怎麼買料。」

榮嬌靜坐一旁，聽他東一榔頭西一棒地閒話家常，雖然不明白他到底要了解什麼，不過她清楚，玄朗不會做沒有意義的事情，除了對她。

他對她，倒是經常會有些在她看來毫無意義，甚至是孩子氣的舉動。

榮嬌覺得自己不笨，但與玄朗比依然差了些，比如此刻他神色溫雅，語氣淡定，看上去胸有成竹，而她，則是全然摸不著頭腦。

一天很快過去，等到晚上兩人獨處時，榮嬌問他。「明天走嗎？」

「再看看。」玄朗抬手梳理著她長長的青絲。「著急了？」

「有點。」榮嬌任他擺弄著自己的頭髮，聲音嬌軟。「讓使團的人等著不好。」說好要與使團會合的，若腳程慢了，其他人勢必是要等著的。

看玄朗的意思，似乎想把安家的事情解決了再走。榮嬌不懷疑他的能力，再蹊蹺詭異的事情，他也有辦法令其水落石出，只是需要時間。

「無妨，他們走不快。」

有行李輜重的大車在，想快也難。

「嬌嬌，不知妳今晚還會不會夢到魚魚。」

「嗯？」榮嬌睜大杏眼，這個，她自己控制不了。「不知道。」

若是確定知道，那就不是夢了。

「嗯……如果妳夢到的話，」玄朗輕笑出聲，像在開玩笑，又像在認真交代。「妳告訴他，安家砍他的事情，可能有誤會。現在，沒有人會砍他，如果他想吃麵，就先讓老安頭的孫子好起來，因為孫子好了，老安頭的病才能好，才有力氣起床下地給他做麵吃。記住哦，讓安家孫子好起來，他就有麵吃，而且以後安家還會繼續供他吃，多久都可以。」

「什麼？」

不懂，這意思是說，魚魚能決定安家的生死？安家的事是魚魚弄的？

「原因暫時說不清，若他今晚來找妳，妳就這樣跟他說。」

榮嬌注意到玄朗用的是「找」。到夢裡找她，還是找她到夢裡，什麼意思？越想越覺得高深莫測。

「沒事，有我在，他不會傷妳。」

它應該沒有惡意，而這是一個頗為匪夷所思的猜想，需要證實。

「好。」

只是，魚魚真會像他說的，來夢裡找她？

榮嬌是被安大嫂驚喜的尖叫聲驚醒的，那聲音因意外與激動而過於高亢，頗具穿透力。

屋內居然只有她一個人，玄朗不在。

她快速地套上衣服，坐在炕沿邊準備穿鞋，門咯吱一聲被推開，玄朗進來了。「醒了？」

他走過去，半彎下腰給她穿鞋。

「發生什麼事了？」看他的樣子，應該是出去察看過。

玄朗抬眼看她，幽黑的眼眸閃著意味不明的光芒，薄唇輕抿，嘴角扯出一抹淡淡的笑意。「昨晚作夢了。」用的卻是陳述的語氣。

「啊……」榮嬌剛醒來，腦子還是迷糊的，被他的答非所問弄愣了，頓了頓才反應過來。「嗯。」

「跟他說了。」還是肯定語氣。

「誰？」榮嬌有點跟不上。

「那個孩子，夢到他了。」

「你怎麼知道的？」

居然這麼篤定？是她的夢不是他的夢，難道他還能跑到她的夢裡旁觀不成？

「猜的。」

玄朗輕笑，站起身來。土炕有些高，他站在地上，榮嬌坐在炕沿邊，視線只到他的胸口，看不到他眼底的神色。

聽他如此敷衍的回答，她有些不滿地皺了皺小鼻子，輕哼。居然又玩神秘，她還不問了呢！

「睡得好嗎，有沒有不舒服？」

玄朗的手落在她的頭上，不輕不重地按摩著她的太陽穴。

「好，沒有不舒服。」榮嬌見他的動作就知道他的擔心。「頭不疼，作夢沒影響睡覺。」

作夢也不影響睡眠？

玄朗的手還在按摩，眸底的暗意卻越發深，一顆心也高高低低，忽輕忽重。

「剛才發生什麼事了？」

外頭不時傳來凌亂急促的腳步聲，混雜著歡快的講話聲，隔著門，聽得不十分真切。

「安家孫兒醒了。」

他的猜想證實了，卻不知心裡是何滋味，擔憂與恐慌更多些吧！

「真的?!」榮嬌杏眼中盛滿驚喜。「怎麼醒的？全好了？」

「全好了。」

除了因為一動不動躺了這些日子，全身痠軟、腿腳無力外，沒有任何問題。

「嬌嬌。」玄朗語氣溫柔透著認真，一字一句，帶著不易察覺的小心。「昨晚真的夢到魚魚了？都說了些什麼？」

「夢到了呀，這還有假，你不是都猜到了？」榮嬌不甚在意。「沒說別的，就是你讓我說的那些，然後還是那些……」

想起那個可愛又蠻纏的小孩，她嬌嫩的臉上綻放出笑意，語氣輕快。「他是小孩子嘛，喜歡問來問去的——」

她忽然頓住了，突然間意識到什麼。想到那種可能，眼睛睜得不能再大，聲音輕得好像怕被誰聽到似的。「他、你、你是說，他是……」

玄朗點點頭。

「啊！」

榮嬌的小手迅速捂住自己的嘴巴，生怕晚了會驚叫出聲，好半天才反應過來，卻還是滿臉的難以置信與震驚。

「怎麼回事？」魚魚到底是誰？與安家有何關係？安家是魚魚動的手腳？那麼一個小人兒，怎麼可能？

玄朗的解釋簡單得像是沒有解釋。

「魚魚信了妳的話。」

「我不明白，魚魚……他是什麼人？」

或者他不是人？為什麼要對安家人下手？榮嬌想到安家大哥之死，那與他有關嗎？腦袋一片空白，瞬間塞滿了亂麻般的問題。到底怎麼回事？玄朗怎麼猜到的？想到昨晚臨睡前他對自己的叮囑，她越發不淡定了。

「嬌嬌，魚魚不是凡人……」

玄朗語氣平淡，彷彿沒有什麼事能令他動了神色。「若猜測不錯，它應該是安家麵館門前的那棵榆樹。」

什麼？

榮嬌下意識地想要否定。這不可能！魚魚是榆樹精怪？世間哪有什麼鬼神精怪——陡然想到自己。她、她好像也不是正常人，死後重生，體內還有分屬兩人的魂魄，說起來也是需要被滅殺的那種……

難道是因為這個，她才能聽到魚魚說話？

榮嬌的小臉白了又白，否定就卡在了喉嚨裡，突然間心跳如鼓，慌亂地手足無措，彷彿埋得最深的秘密坦露到明處，有種無所遁形的感覺。

關於她的秘密，她從未將來龍去脈告知玄朗，只是彼此有種心照不宣的默契，她也不知道他到底知曉了多少，至少她異於常人，他是知道的。

但這一次，她自己都不好意思再裝作若無其事。她居然可以與精怪溝通，這算是一項異能嗎？可以這樣理解嗎？或者，玄朗會接受這種說辭嗎？

榮嬌身子微抖，低垂頭，不敢看他的臉，更不知應該說什麼。

「怎麼了？」

玄朗對她突然的沈默不解。這很難以置信嗎？還是……

「他應該是化形的時間短，又被嚇壞了，下手沒輕重，不是心狠手辣，更不會傷害妳，感激妳還來不及呢！」邊說邊將人摟進了懷裡。「嬌嬌，妳好好感覺一下，有沒有哪裡不舒服？」

對比起魚魚是榆樹精還是鯉魚怪，玄朗更關心的是她突然出現的能力，對她的健康有沒有影響，那些奇怪的存在找上來時，她必須照單全收，還是可以拒絕？

榮嬌覺得自己迷糊了，現實如夢，夢卻又如現實。

安家孫子從炕上爬起來後，喝水吃飯，在屋裡、院子裡轉悠了幾圈，全好了。在他自己的認知中，根本沒有臥床不起、神志不清這回事。

只知道在辦完父親的喪事後，悲傷疲憊地睡了一覺。

老安頭病在心上，見孫兒醒了，精神恢復了不少，不日亦會康復。

真相如何，玄朗沒有解釋，講不明白徒增恐慌，就當是他用醫術治好的吧！

他私下裡叫了祖孫兩人，特意叮囑。「麵館前門的榆樹關係到安家的風水，無論何時，切不可有砍伐之念；在後灶放張供桌，每天早上供奉兩碗湯麵，不必寫供奉牌位，不必上香，香碗裡插兩枝門前的榆枝條，每日的麵切莫忘記。」

魚魚說過，他只想吃麵，不受香火，香火對他沒用。

「……所以，你不告訴他們真相？」榮嬌好奇。

這時他們已經離開安香鎮。

「什麼真相？」玄朗神色淡淡，有些事，無知是福。

「欸，你好無趣，就是魚魚搗鬼的真相啊。魚魚也是，安家大哥一條命……」

榮嬌的語氣有些無可奈何。命已經沒了，再追究也無用，凶手不是人，怎麼按人的律法治它？況且魚魚說了，是安家大郎砍它在先，還將它賣給了鄰村的木匠，等空閒時就約人伐樹。

這事，老安頭知道，沒特別反對，安家孫兒也是支持的。

其實伐棵樹沒什麼，自己家的樹賣了做木材，再另栽一棵，實屬平常，唯一沒料到的是，這棵樹不是普通的樹，樹沒砍成，卻給自己招來災禍。

也是，如果告訴老安頭，他家麵館門前的老榆樹成精了，估計他再也不能好好做麵了。

「欸，你不想說點什麼嗎？」榮嬌看著玄朗平淡溫雅的俊顏，忽然想起了某件事。

「想聽什麼？」玄朗目光沈沈如淵。

「比如，看法什麼的？」

榮嬌軟軟的聲音低低的，有幾分含糊其辭。這人不是挺聰明的，是真不明白她的意思，還是裝作不明白？她都能與精怪說話了，他心裡怎麼想的？有沒有覺得她也是怪物？

「很羨慕，很驕傲，這算不算看法？」還有擔心……他在心裡補充。

那清淺的嗓音含著帶笑的溫柔，榮嬌有些呆住了，他真的明白所謂的看法是指什麼嗎？

「不然呢？」他反問，覺得她懵懂的樣子可愛極了，情不自禁湊上去親了親她的唇角。「妳這般厲害，會不會顯得我很沒用？」

彷彿撒嬌般的低語，亂了榮嬌的心，原先的忐忑不安不知去了哪裡，只剩下感動與無措。「哪有……」

她覺得自己原先是有些不正常的，現在更不正常了，他居然毫不在意，還視為厲害的能力？

「嗯，我覺得自己娶到寶了。」玄朗語氣輕鬆卻認真，不帶半絲戲謔。「得把妳藏嚴實，別被搶走了。」

「亂講，哪有人會搶。」

榮嬌發笑。也就他把她當成寶，嗯，不對，還有二哥、小哥哥也是。

「我不想二哥、小哥哥知道……」

「我知道就夠了，萬一他們以為自己的妹妹超群脫俗，結果時靈、時不靈的，也不好。」

似乎在她的身上發生再荒謬的事情，玄朗也能全然接受，她原先沈甸甸的心頓時放鬆了。也對哦，這種能力不是什麼人都能有的，只有如她這種被上天特別眷顧的才可以。

「你都不問問？」難道一點也不好奇這一切是怎麼發生的？

玄朗挑眉。「我問了，妳能講明白？」

榮嬌癟嘴。講不明白，她自己也糊塗著呢，只是這麼怪異的事情，他都沒有刨根問底的興趣？

「傻丫頭……」玄朗淺淺一笑。

妳的健康安好才是最重要的。

第一百零八章

榮嬌中午吃得挺飽，酒足飯飽的結果便是想睡覺。曬著午後的暖陽，座騎走得不緊不慢，彷彿坐搖椅似的，慢慢倦意上湧，抬手捂嘴打哈欠。

「睏了？」玄朗見她貓兒似的慵懶神情，不禁笑了，滿眼寵溺，向她伸出手。「過來，我摟著妳。」

雖然她騎術上乘，他卻是不敢讓她在馬上睡覺。

「才不要。」榮嬌拒絕。「我現在著男裝。」

兩個男人在官道上摟摟抱抱同乘一騎，太不像話了吧！

玄朗暗嘆。就知道她臉皮薄，大路朝天各走一邊，誰也不認識誰，在意這個做什麼？看來還是要安排馬車隨行，以備不時之需。

既然她不願意，山不來就我，我去就山好了。玄朗將韁繩繫在馬鞍上，輕輕縱身，如大鳥般落到榮嬌的身後，一手接過韁繩，一手將她牢牢地護在胸前懷中，低頭在她耳後輕吻，輕聲道：「不是睏了？睡吧！」

「欸，你怎麼……」榮嬌小小掙扎了兩下。

都說了不要同乘一騎啦！

「沒人認識我們，沒人會看到妳的臉。」

怎麼就連小彆扭都這麼可愛呢！玄朗想笑，把人往懷裡緊了緊，用披風將她裹得更嚴實些。「乖，睡吧！」

次日早上再出發時，榮嬌發現有輛馬車一直駛在後面，走走停停，無論是歇息打尖，完全與他們同步。

不會是跟蹤他們吧？不然怎會如此巧呢？

說與玄朗聽，玄朗先誇她警覺，之後才解釋那是他安排的馬車，雖然騎馬自在不受拘束，但風吹日曬也辛苦，況且想要休息或是摟抱著親熱一番，當然要避開外人視線，午後在車廂裡溫香軟玉在懷，鴛鴦交頸小眠片刻，實在是美妙至極。

榮嬌鬧了個小烏龍，不禁噗哧一笑道：「我發現了，跟你出門，我不用帶腦子的。」

他把一切事情都安排得妥妥貼貼，無微不至，她只須把自己帶上，其他的萬事不管，甚至把自己忘了、丟了也沒關係，有他在呢，他不會忘了更不會把她丟了。

接下來的行程真如榮嬌所調侃般，玄朗一手包辦，她只管被他牽著手走就好了，至於前方去往何處，下一站是哪裡，她一概不管。

說來也奇怪，她最近夜裡特別多夢，夢到的都是樓滿袖的生活，與夢到魚魚不影響睡眠的情況不同，作這些夢特別累，彷彿整晚都沒有合眼，早晨醒來精神恍惚，萎靡不振；白日裡，每天都要補覺，更是沒精神操心走到哪裡了。

這一天，她終於還是發現了一絲不妥。

抬頭看了看太陽，不對呀，西柔是在大夏的西邊，玄朗之前也是朝西方走的，怎麼這兩天轉向南呢？若是繞路，需要走這麼遠嗎？

「我們先去辦點別的事。」玄朗如是解釋。

「什麼事？去哪裡？」

榮嬌不解。玄朗心裡一直惦記著去西柔解決她的事情，按他的意思，不應該有事情排在這之前，還帶上她一起。

「去星河灣。」

距星河灣還有一天半的路程，玄朗原打算今晚告知詳情，但榮嬌問起，他也沒再隱瞞，將實情道出。「聽說星河老人於神魂之道頗有研究……」

但，星河老人會有辦法嗎？

榮嬌在車廂裡睡午覺，玄朗出神地盯著她睡著的小臉，眼底漫著濃濃的焦灼與陰霾。車裡很暖和，他卻覺得冷，像浸在滿是碎冰的冰水中，那種冷痛布滿全身上下，深入骨縫，就連身體裡的血也像是被凍住了，感覺不到流淌的熱意。

榮嬌這些日子幾乎夜夜不能好眠，只有白天的午覺還能稍微入眠，也總是在打哈欠，那天居然在行進中的馬背上打瞌睡，好在他的心思一直放在她身上，及時上前扶住她，才免於墜馬。

自從這件事後，榮嬌再也沒自己單獨騎馬。

玄朗甚少有後悔的時候，他一直認為，做了決定再去追悔，沒必要，若是錯了，結局已定，後悔多餘，吸取教訓才是唯一正確的事。

他人生中次數不多的悔意，都是與榮嬌有關的。

而現在，他甚至懷疑自己為了名正言順帶榮嬌來西柔，用了生病這個理由，是不是做錯了？

他原是不信什麼吉利不吉利的話，現在卻有些信了；會不會是因為他在嘉帝面前口無遮攔，說榮嬌病重離不開他，所以嬌嬌就真的病了？

玄朗向來喜怒不形於色，似乎沒有什麼事能令他的臉上顯出波動，只有榮嬌是例外。她的一舉一動、一言一行，總是輕易而舉牽動著他的情緒，令他患得患失，無法安之若素。

面對榮嬌的異樣，玄朗焦灼痛苦，害怕、驚懼這種不曾出現在他身上的情緒，將他緊緊纏繞，整個人處於爆發的邊緣又極力克制。

好在此時得到了星河老人確切的消息，否則他不確定自己是不是真的會失控。

去西柔尋找線索只是方法之一，松明子亦不敢保證就一定有效，且這其中充滿變數。事關小樓，他絕不會只抓住一根救命稻草不放，無論如何也要多幾根才行。

可惜關於神魂之事，世人所知甚少，即便如松明子這般的方外之人，對榮嬌的情況也未曾見過。

經多方介紹，玄朗輾轉聽說有位星河老人對神鬼之事頗有研究。

先前不知他的確切住址，五日前終於知曉其隱居在星河灣。

據報星河老人脾氣乖張、陰鷙冷酷，且不說他有沒有辦法，即便能治，想要他出手，恐也要費些周折。

此人早年頗有凶名，曾用活人試藥，引得江湖正義之士出手，將其重傷，此後他銷聲匿跡，世人皆以為其傷重而亡，殊不知他棄了姓名，隱居在星河灣。

對於這次求診的困難，玄朗早有預見。對他而言，只存在星河老人能不能治的問題，不存在他能治而不治的可能。

晚上，榮嬌在下榻的客棧見到了阿木。金木水火土是玄朗身邊最重要的五行衛，榮嬌最熟悉的是阿金，這次玄朗出使，阿金留守京城，而阿木出現，讓榮嬌略感吃驚，不知是另有要事，還是為了星河老人而來？

玄朗與阿木有事在外間商談，她摸著頸下的桃木符，神色黯然。

不知是否因為距離西柔更近的緣故，她近日夜裡總在作夢，不是噩夢，夢境幾乎全是樓滿袖的生活，不似那次頭痛發作般會半夜驚醒，她只是似醒非醒、似睡非睡，醒來時，還有夢境在腦中閃過，分不清是真是幻。

不知西柔之行能否找出癥結，徹底解決問題。

她害怕意外，每晚睡在玄朗的懷裡，她都怕這一切只是自己的一場夢，眼前的幸福只是自己幻想出來的，如鏡中花、水中月，不能長久擁有。

她不敢與玄朗說，怕他擔心，一直以認床、趕路累了為理由搪塞過去，不知他信了沒有。

夜裡睡不夠，於是白天補眠。她以前沒有睡午覺的習慣，如今每天中午都要補覺，但所謂的小睡片刻經常會睡過大半個下午，到天黑才漸漸轉醒。

每回她為自己睡了一路不好意思時，玄朗都笑著摟著她，親暱地蹭著她的鼻子，叫她小懶貓。

話雖如此，他卻一次也沒有中途叫醒她，每一次都任由她睡到自然醒。

在家裡時，她偶爾午休時辰長了，玄朗都會將她吻醒，手也會作怪，她發小脾氣，他卻笑，道是午覺睡多了，晚上會睡不著的。

現在，即便她在車上睡到天黑，他竟也從未叫過她。

其實她的異樣，他也看到了吧，只是他體貼她的意願，小心翼翼地一起粉飾太平。

星河老人能有方法嗎？如果不成，她一定要在西柔找到答案。

以往一直覺得不急，先把身邊人的事情解決好再說，何況異國他鄉，鞭長莫及，西柔王室的隱密舊事不比其他，要棘手許多，這件事她要做，但不是刻不容緩，如今卻是不敢再耽誤。

是身體中的殘魂等得心焦了嗎？

外間的小會客室裡，玄朗神色肅然，認真聽取阿木的彙報。

「……住址無誤，屬下查證過，周邊的居民都知道星河灣是死地，有進無出，久而久之成為公認的禁地；至於裡面有些什麼眾說紛紜，迄今為止，無人知曉星河老人的名號，其真面目亦無人見過。星河灣入口處布有陣法，屬下本想潛入探查，又擔心驚動裡面的人，引起對方警覺，誤了公子的正事，故此沒敢深入。」

阿木早兩日前已經抵達星河灣附近的小鎮，與自己人會合後，親自前往勘察地形，打聽星河灣的相關訊息，為玄朗的到來做準備。

星河灣入口的陣法他能解，但不敢保證不露行跡，就怕因此驚動了星河老人，影響公子的安排。

畢竟有求於人，玄朗認可阿木的小心謹慎，點點頭。「先禮後兵，若敬酒好用，就不要傷了和氣。」

他比誰都希望能順利如願，不必大動干戈，否則即便最終星河老人就範，萬一他假意應承，卻在過程中做手腳……事關榮嬌性命，他不敢有一絲一毫的冒險，也不接受任何風險。

玄朗不曾嚐過受制於人處處掣肘的滋味，如今尚未見那星河老人，已經患得患失，他想，只要星河老人有辦法，無論什麼樣的條件他都答應，哪怕需要用自己這條命去換。

他不會捨不得自己的命，卻是捨不得與她分開，捨不得丟下她一個人。

但是，如果在失去她與他死換她生之間，他選後者。

此時玄朗並沒有想到，星河老人提出的診治要求與方法，不是要他的性命，卻比直接要他的命還要狠——

這就是星河灣?!不會吧？

榮嬌頗感意外地望著眼前高聳入雲的石山，一聽見星河灣，顧名思義，不應該是有河、有水的地方嗎？這一片密密麻麻的嶙峋山石，居然以河灣命名之？

玄朗笑著解釋。「重點在首字『星』上，傳說某年此處曾落下大片星石，狀如河水傾瀉，落地化石，故此而名，不是真的與水有關。」

他攬著榮嬌的肩頭，邊解釋邊環顧四周打量著地形。

層層疊疊、參差不齊的石林之後是高聳的石山，山上生長著少量松柏，灰黑的石與蒼翠的綠相錯，其間白霧繚繞，如石山披了紗衣，令人無法窺其全貌。

面前的石林如竹中尖筍，犬牙交錯，排列無序，高則十幾公尺，短則五、六公尺，均拔地而起，直刺天空，一眼望去，氣勢如虹。

「公子，入口就是這裡。」阿木在旁請示。「主人做了佈置，我們是直接進去，還是先通傳？」

玄朗目光如炬，自然能看出石林的布局絕非天然，已被主人利用地勢、地形加以佈置，暗合奇門遁甲之術。

「既為客，不能破門而入。」

他淡然道。不管那星河老人是何回應，他向來不會仗勢欺人，既是有求於人，一開始的禮數自當周全。

阿木上前一步，張嘴欲言又止，回頭對玄朗以目相詢。

公子要用哪個身分拜訪？

玄朗淡笑，示意無須他通傳，聚音一線，沒有提聲縱氣，用的是慣常講話的音調，彷彿主人就在面前，嗓音清越，如金玉相擊。「池州宋濟深前來拜會，請見星河老人。」

阿木聞此言面露驚色，公子不但自報家門，用的還是「池州宋濟深」的名號，不是英王殿下亦不是大樑城宋濟深。

這兩者間的微妙區別，別人或許不了解，做為五行衛之一的他卻是十分清楚。

玄朗話落之後，等了好一會兒，林中依然一片寂靜。

「欸，會不會聽不到啊？」榮嬌輕輕撞了撞玄朗的肋窩，他剛才說得太小聲了吧！「要不要再來一次？」

「好。」

玄朗寵溺地笑了笑，攬在她肩頭的手向上順勢摸了摸她白嫩的小耳朵。傻丫頭，怎麼可能聽不到？他剛才那一聲用上了八成的內力，只要裡面有人，不應該聽不到。

「好。」

「公子，屬下來──」

阿木急忙出聲，通傳這種事應該由他們來做，哪能讓公子親自上陣。

「不用。」

玄朗微笑著制止。小樓的要求，他豈會由其他人代勞？

遂再次重複一遍。「池州宋濟深前來拜會，請見星河老人。」說完不待榮嬌提醒，接著又重複一遍，然後對她笑道：「三聲足夠了，若主人實在聽不到，我們只能破門而入。」

不給回應不是沒聽到，而是對方避而不答，若是如此，只有直接找到人。

石林中的陣法對他而言，形同虛設，要進去如閒庭信步，正好帶小樓欣賞石林的奇異景色。

兩聲之後，對面依舊空洞無聲，榮嬌有些緊張地靠近玄朗，添了分擔心。

少頃，有一道蒼老的聲音傳來。「貴客請。」

來了。玄朗微笑，牽起榮嬌的手，邁步向前。阿木上前開路，其他護衛急忙跟上，前後散開，將玄朗與榮嬌護在中間，一行人入了石林。

阿木心裡有氣，這星河老人還真是托大，公子都報出宋濟深的名號，不信他沒聽說過；既然知曉來的是貴客，居然連派個僮僕到入口處迎接一下都不曾，難道還存了考校為難之心不成？

就他這個破石陣，別說公子了，他攔得住誰呀？

阿木對主人的待客態度心生不悅，憋了口氣，存心要殺殺對方的銳氣，神態自如，步履輕鬆，在如迷宮般的石林中走得那叫一個悠然。他走的路線，如尺子丈量過似的，直穿石林而過。

玄朗看出他的小心思，也沒開口阻攔。他無心立威，不過能讓對方心有懼意，也是大有益處。

第一百零九章

星河老人顯然沒料到他們會來得如此迅速。

不速之客突然造訪，有心不見，但對方是英王，既然能找上門來，拒而不見是沒有用的，除非他棄了這個地方遠遁他處，否則英王宋濟深有心想找的人，躲到哪裡都能被找到，除非是死了。

好在他依了拜客的禮數，且用的是池州宋濟深的名號，表明是私人事宜，無關公事，亦無以身分壓人之意。因此，英王應是沒有惡意的。

沒想到他在此隱居數十年，不曾露過行跡，竟也能被英王找到。若來的是別人，即便是嘉帝親至，依他的脾氣或許也會不給面子，但英王他不敢；得罪了皇帝他未必不能逃脫，得罪了英王，天下之大，他無處可逃。

可是，他自忖往日與英王並無恩怨，自己早在他出道之前已隱居此處，斷無結仇結怨的可能，英王總不至於為幾十年前的舊事替誰出頭吧？

星河老人雖脾氣乖張，卻也明白有些人是自己不能招惹的，因為他還貪生，雖不願意，深有不甘，卻不得不見。

所以他沒安排人迎接。不是大名鼎鼎的英王嗎？自然不會被小小陣法束縛了，不能拒客，下馬威還是要給的。

他也知道入口的陣法困不住英王，卻沒想到人來得如此之快，這廂待客的茶水還未燒熱，英王一行已經到了。

榮嬌隨玄朗入內，賓主落坐。星河老人看到她，無須玄朗開口，已知曉他們的來意。

若是為這個而來，倒是正合他意……

沒想到苦尋不得的人選，竟自動送上門來了，真是老天開眼，且還是對方有求於自己；若是無人在場，星河老人禁不住要大笑三聲，賊老天終於幹了一回好事！

玄朗做好了備受刁難的準備，沒想到求診過程十分順利，他剛說出目的，還不曾問對方的條件，星河老人立即點頭答應，其目光之殷切，唯恐他不答應似的。

他過於主動倒讓玄朗生疑，星河老人見獵心喜的眼神也令他不悅。

榮嬌在旁細心觀察，知他心思，遂出言道：「不知老先生需要多長時間？」

「不多，十天半月，最多不超過一個月。」

星河老人望著她兩眼發光。天下之大無奇不有，這世間竟真有如此奇遇，想到自己的研究，看著榮嬌的眼神越發熱切，若不是礙著英王的名頭，他恨不能直接將人抓了過來，從頭到腳仔細研究。

玄朗蹙眉，在椅子上微側身，將榮嬌的身子擋住大半。他與榮嬌早有默契，聽她問到時間，已知其意，沈思不語。

「要一個月啊……」榮嬌有些遺憾與惋惜，看向玄朗。「國事要緊，不然先辦正事，回程時再來？」

自己主動求醫，對方答應了若無故反悔，實是不該，不過這星河老人的不對勁，不單是玄朗，她也感覺到了，他似乎很迫切，向來只有求診的著急，哪有救治的一方唯恐對方反悔的道理？

事有反常，自當謹慎。

壞了！星河老人見他兩人的神情，知道自己太過心急，反而令人懷疑，擔心上門的兔子跑了，他忙拿捏神情語氣，道：「回程時再來？老夫不是嚇妳，妳已多日不曾好眠，常此以往，鐵打的人也受不住，再繼續拖延下去，神仙也救不得。」

玄朗雖懷疑他的動機，但他既然說有辦法，是小樓的希望之一，也不願彼此傷了和氣，細想恐是自己多疑。榮嬌的情況，除了自己之外，唯有松明子一人知道，星河老人不可能事先得知，亦不應該有所圖謀。

推薦星河老人的人並不知要消息的人是他，他帶嬌嬌來這裡，事前除了阿木，無他人知曉，即便是阿木，亦不知他來此的真正目的。

玄朗不著痕跡地審視著星河老人。起初他是不願意的，變化是從何時開始出現的呢？從嬌嬌摘下紗帽後，他的表情便開始發生變化……那麼，是嬌嬌引發了他的改變？

要知道嬌嬌本與常人無異，加上松明子的桃木符，沒有誰能憑肉眼看出嬌嬌的不同，即便是他也不能。

星河老人乍見嬌嬌卻目露驚愕，表示他確實能看到別人不能看出的異常，看來在神魂方面的確頗有造詣。

玄朗暫且將星河老人的反常視為見獵心喜，如同醫者對於疑難雜症的態度，當初松明子初見嬌嬌時，亦有過類似之舉，因兩人是多年老友，知之甚深，所以他並不反感；不過星河老人是首次見面，其人神情似邪非正，不得不防。

是以他微微一笑道：「聽老先生所言，是有良方了？」

星河老人一怔。良方，什麼良方？你倆趕緊答應了，不需要其他良方！

「沒有，非藥能治。」別說沒有，就是有，也是治標不治本，不如讓他出手。

他知自己壽元將至，時日不多，想到青年時慘遭背棄，傷重後隱姓埋名，隱居此地多年執著研究，苦無合心意的試驗者，原以為此生要飲恨而終，沒想到啊沒想到，臨了卻送上兩個現成的人選。

星河老人想到此處，不覺越發堅定了拿他兩人試驗的心思。他應該沒有看錯，這個小丫頭對英王是極為重要的，若是讓宋濟深這樣的人來試驗，結果無論為何，他都能放下了。

他不著痕跡地觀察著榮嬌與玄朗的互動，見兩人無須語言交談，默契自成，不由暗自竊喜。英王越在意小丫頭，接受的可能越大，遂進一步對榮嬌的情況加以解說。「殿下既然找上門來，自然是經過打聽的，不是老夫危言聳聽，這位姑娘的情況並不樂觀。」

「何以見得？」

玄朗與榮嬌對視，面上一片淡然，心底卻波濤洶湧。難道嬌嬌這種症狀會越來越嚴重？

他當然清楚睡眠的重要，三天不吃飯餓不死，三天不睡卻是性命堪憂。

「是呀，我並不覺得有何不妥。」榮嬌附和。只是夜裡多夢而已，白天補覺也一樣啊，左右她白日也無所事事。

「大不妥。」星河老人神色鄭重。「看來姑娘對自己的情況並不了解，不知其輕重，照此以往，恐不久矣。」

「請慎言。」玄朗不悅，惱他沒眼色，怎可在小樓面前說這種話？一派胡言。「先生休要妄言，之前曾得高人指點，雖有隱憂卻無關性命，先生莫要妄下斷論。」

松明子講過，雖情況不妙，隱患必須要解除，但若無誘因，一般不會有意外發生。

「殿下請回吧！」星河老人聽他質疑，突然翻臉。他脾氣向來古怪，不通世故人情，之前因玄朗的身分與自己心中所求才和顏悅色，此時火氣上來，立即逐客。「諱疾忌醫，既不相信老夫，何必兩看生厭？好走不送。」

他這一輩子心力都耗在神鬼魂魄的研究上了，其經驗容不得任何人質疑，管他天王老子誰都不可以，英王也不行。

玄朗瞳孔微縮，神色不動，沒料到這老頭說翻臉就翻臉，難怪當年凶名在外。

「老先生何須動怒？」榮嬌輕笑，神情誠摯。「此非忌醫，只是結論不同，心生懷疑而已，先生既有異議，可否詳細解說，也好解我等之惑。」

居然對玄朗惡言相向？榮嬌也不高興了。

星河老人一時衝動，話語剛落就後悔了，若是英王真走了，他再去哪裡找這般合適的人選？

正在考慮如何不失臉面地挽留，榮嬌的話正好給他搭了臺階，於是故作高深地輕咳一聲，道：「老夫一時情急，有些失禮了。殿下有所不知，這等狀況乃上天之手，非人力能為，先前那位所言非虛，老夫亦所言非虛，實乃境況不同。」

「願聞其詳。」玄朗淡笑，算是此事翻篇，重新再談。

「這個應該怎麼講呢……」

星河老人搓搓手，斟酌詞句。他向來不會看人臉色，隱居在此，唯我獨尊慣了，何曾考慮過應該如何講話？他自覺對英王講話已經很客氣了，依舊惹惱了他，本來就是不治要死的情況，還不讓人說？何況他還沒直言，是用了比較委婉的講法呢！

他隱約覺得英王不喜的不是言辭，而是他講的事實，這就難辦了，不讓人講實話，他還想聽真話，難煞老夫也——

他一抬頭，看到盛水的陶罐，心中忽然有了主意。

走過去，順手拿起一旁的瓢，將罐中的水倒在了瓢中，然後以細水長流的形式將瓢中的水慢慢地倒回罐中；接著，他重複之前的第一個動作，又將罐中的水倒入瓢中，然後將瓢對準罐口傾斜大半，極大的水流迅速沖下，只有極小的一部分倒回罐中，大部分的水灑在了桌上、地上。

榮嬌對他的行為表示看不懂，這是什麼意思啊？

玄朗神情不變，眸色卻深了幾分。

「殿下請看，如果細水長流徐徐圖之，水滿則溢，對罐體無損傷；若是水流大而湍急呢，若是落下的不是水，而是石頭呢？」

玄朗明白了。誘因很重要，上次小樓因惡夢而頭痛，原因在於那柄短劍，松明子所說暫無大礙的前提是無特殊原因；若是在某種情境下突然誘發，恰如星河老人所說的巨大水流或是石塊，容器必然受到損傷。

小樓在旅途中睡眠異常，或許是因距離西柔越近所致，若真是如此，到了西柔之後，會不會尚未有所發現，她自身魂魄不穩反倒影響身體健康？

西柔是必須得去的，樓滿袖的執念必須解決，但若無準備，到了西柔之後小樓或許有可能出現意外，不去又解決不了問題……玄朗罕見地猶豫起來，難有決斷。

眼前的星河老人或許別有目的，但若就此離開，他既不甘心又不敢帶小樓去冒險。

「那麼，不知先生要如何診治，有幾成把握？」還是先問清楚明白，了解有無風險與後患，權衡利弊之後再做打算。

「這個嘛，老夫有十成把握。」星河老人老神在在，一副胸有成竹的高人形象。

「十成？」玄朗不信，神色認真道：「先生莫要唬我，還請詳加解說。」

雖然他神色淡然，星河老人就是能感受到他眼裡的威脅之色。

「老夫是有十成把握，不過，這十成不能保證解決姑娘的問題。」星河老人的回答頗有點無賴，出乎玄朗與榮嬌的意料。

玄朗不動聲色，眸光清冷。「願聞其詳。」

「老夫這十成，是指老夫的治法與藥引沒有問題，至於成功與否，關鍵要看你兩人，若你們也有十成把握，一切就會迎刃而解。」

我兩人？玄朗與榮嬌對視，面露疑色。這事成與否與榮嬌相關倒是說得過去，畢竟問題出在她身上，與玄朗又有何關係呢？

「不知這位姑娘是殿下何人？你兩人可是情意互通？」

星河老人問得直白，據他觀察應有私情，現在要看英王對她情意有幾許，若是情淺緣淺，英王必是不會為她冒此風險做如此犧牲，估計自己的願望要落空。

「與診治有何關係？」

若無必要，玄朗不想暴露榮嬌的真實身分，就連松明子亦不知現在的英王妃就是昔日的小樓公子。

「大有關係，至關重要。」他強調。「你兩人感情深淺，默契如何，決定成功與否。」

意思是，這件事的關鍵在你們，若你們之間關係普通、感情一般，這事乾脆作罷，不必折騰，鐵定成不了。

「哦，當真如此？」榮嬌大為好奇。「說來聽聽。」

她的問題為何會落在她與玄朗的感情上？不得不說，星河老人成功勾起了榮嬌的興趣。

「姑娘的情況極其罕見，老夫平生不曾見過一例實例，不過，老夫對此研究了幾十年，還是有些心得的。天地萬物，不外乎陰陽平衡，與人、與物、與魂皆如此，重在平衡，雙魂融合，若一方執念太過，勢必會破壞平衡，這是人力不能及的。」

星河老人談起自己擅長之事，雙眼發光，頗有些睥睨天下的氣勢。「尤其是魂魄缺失、記憶不全，不知是否有人建議姑娘找尋記憶，若是有，切不可貿然而為。原魂幾十年不散，只為執念強烈，如不能循循善誘，後果不堪設想。」

榮嬌聽了暗自點頭，看來這老頭是行家高手，分析得有模有樣。

玄朗想到他那個陶罐的比方，心有餘悸，若真如此，小樓的西柔之行，他還是欠考慮，有些冒進了。

「該如何做呢？」榮嬌追問。

「老夫的建議是紓解壓力，循序漸進。問題看似一個，實際可一拆為二，報仇是目的，尋找記憶、查明真相是過程，應該先補齊記憶，再以熟悉的情境做為輔助，否則過猶不及，就會壞事。」

玄朗點頭。這倒是個可行的建議，不過，當如何做才能補齊記憶呢？

星河老人當仁不讓。「傳說中有一種牽機夢生蟲，能夠吞夢生魂。」

「你有牽機夢生蟲?!」玄朗淡定的神色終於有了些許改變。

他早年曾無意中聽說過牽機夢生蟲之名，隱約知道它的作用，不過那都是傳說的片段，自從知曉榮嬌的情況，他亦曾用心找尋打聽過，竟無第二人知曉。

但……星河老人居然有牽機夢生蟲！

第一百一十章

「殿下知道牽機夢生蟲？」星河老人大為震驚。

「略有耳聞，不知其詳。」

玄朗心潮起伏，遠不似外表的淡然處之。如果他所言是真，那十成的把握並不是誇海口了。

「殿下果然學問淵博。」星河老人真心讚嘆，他沒想到英王竟也知曉牽機夢生蟲，看他的反應，似乎對此蟲的作用亦略知一二。

榮嬌眨了眨大眼睛，這個令玄朗震驚的蟲子她聞所未聞，聽起來很厲害、很了不起的樣子。

「豈止很厲害？」星河老人不滿意她的說法。「是無與倫比、天下獨一無二。此物本就非人間能有，有了它，姑娘的夢境就如同腦中的一本書，一頁頁慢慢翻看即可，作夢、睡眠兩不誤。而且有它的幫助，不需要透過夢境恢復記憶，只要是殘魂擁有的意識，它都能全部安然找出，對身體不會有半分傷害。」

聽起來真是好東西！

玄朗神色恢復了沈靜。此物既然如此不凡，想來用法也非普通，要想令其產生效果，或許需要嚴苛的條件。「是服用有講究，還是此物擇主不易培育？」

若如星河老人之前所言，他有十成把握，指的是他有此物，另外十成把握著落在他與榮嬌兩人身上，可見這蟲子要想發揮作用，並不容易。

「解釋此事須費些口舌，事關老夫的研究秘密，還請殿下先告知你兩人的關係。」星河老人沒有直接回答玄朗的問題。「除非你兩人關係匪淺，否則此事定是不成的。」

「心愛之人。」玄朗稍做權衡，沒有直接點明。

若是消息靈通之人，或許能猜測出榮嬌的身分，但星河老人避世隱居，並不知英王已經大婚，亦不知他奉旨攜王妃出使西柔。

「老夫有牽機夢生蟲的蟲籽，也願意拿出來為姑娘使用，但要令其發揮作用，是有條件的。蟲籽孵化為幼蟲須心頭血餵養，且非宿主……」

既然是心愛之人，也算符合條件，星河老人將情況詳細介紹一番，榮嬌與玄朗四目對視。這個，說難難於上青天，有性命之憂，說不難也勉強，端看兩人的默契與信任。

難怪星河老人要問他兩人的關係，若是心意相通、彼此信賴的愛侶，方可一試。

若是榮嬌要用這牽機夢生蟲，蟲籽不能由她自己來孵化幼蟲，須由玄朗來。蟲籽置入他的體內，每日用心頭血餵養，十八天之後孵化為幼蟲，幼蟲移植榮嬌腦中，蟲子會將夢境凝實，找尋修復殘魂碎片。在這個過程，它逐漸成長，待記憶全部恢復之時，即是蟲子消失之時。

期間，宿主不會產生任何不適。

聽起來似乎簡單，其實不然。

首先蟲籽孵化的成功機會不高，不是餵了十八天心頭血後一定會孵化出幼蟲來的，成則萬事大吉；若不成，蟲籽會消散在孵化者體內，導致其癡傻或死亡。

其次，幼蟲初植入病體時，會帶著孵化者的意志，接受者在過程中不能有一絲一毫排斥，須能全身心接納對方，毫無保留地分享自己，不然幼蟲會死，孵化者會傻掉，接收者神魂受重創，恐難再活；至於成功了，則雙方無事。

也就是成功則兩人皆無事，若不成，玄朗會傻或死，榮嬌會死。

這樣大的風險，要賭嗎？

當然要！

星河老人介紹完牽機夢生蟲之後，玄朗就已下定決心。他自信與榮嬌情意相通，彼此相悅，他絲毫不懷疑彼此缺乏信任，神魂會有排斥之說。他的一切都可以對小樓敞開，而小樓，她全心信賴自己，他們是愛人，是夫妻，心心相許、彼此相悅。

他關心的不是他與榮嬌，而是——

「幼蟲的成功孵化與何有關？」

牽機夢生蟲孵化成功率不高，如何能保證孵化？他擔心的不是孵化不成，自己身死或癡傻，而是嬌嬌怎麼辦？

做這件事前，他自會將後事安排妥當；若是不成，會由五行衛陪嬌嬌去西柔，只是若真如星河老人所說，過猶不及，嬌嬌不能全然無恙如何是好？身邊又無他的陪伴……

「這個老夫也不清楚。」星河老人雖急切地想要玄朗答應，卻不敢信口妄言，坦誠道：

「不過老夫猜測應該有幾個原因，既是孵化，心頭血血氣飽滿營養足，自然利於成長，這是天地常理，殿下內力深不可測，對此應該大有助益；其次是情意深淺，彼此的信任、默契越強，越能促進蟲卵孵化。說到這裡，那個……」

星河老人清了清嗓子。「在孵化期間，不能有任何肢體接觸，兩人須保持一丈遠的距離，否則會有影響；尤其是不能有親熱之舉，否則前功盡棄，直接失敗。」

還有這樣的要求？榮嬌與玄朗面面相覷，保持一丈的距離，只能看不能碰？

那還不如眼不見心清淨呢！榮嬌暗自嘀咕。對於相愛的人而言，心生親近是本能之舉好不好？

「不能不見。」星河老人看出了她的小心思。「盈盈一水間，脈脈不得語。所謂牽機，見而不得，思之凝之，牽神引思，最是有利。」

這蟲子到底是什麼鬼?!榮嬌腹誹，又一想，也不能說蟲子變態，自己的情況確實詭異，能解決此問題的蟲子必然也不會是正常之物。

「除此之外，可還有其他？」

玄朗的心思全放在如何成功孵化，見星河老人吞吞吐吐，不問不說，問了還一點一點地吐露，甚是擔心他還有未盡之言。

「沒了。」星河老人搖頭，這次是真的都說了。「殿下放寬心，你兩人兩情相悅，皆是處子，感情純粹，最易成功。」

玄朗沒想到他竟然冒出這樣一句，神色依舊淡然，耳尖卻小小地紅了。轉頭看向榮嬌，她整張白嫩的小臉布滿粉暈，眸光水潤，含羞帶怯，一時心旌搖曳。

星河老人卻沒那麼多旖旎心思。英王竟未曾開葷，於他著實乃意外之喜，沒想到竟還是純陽處子身，看他兩人眉目傳情，明明情根深種，竟只關情無關慾。

他幾乎可以斷定英王是會成功的。據他研究，牽機夢生蟲成長的養分不單是心頭血，還須情意的催生，越單純、越濃烈的男女之情越好——

「大哥，我們好好談談。」榮嬌神色鄭重。雖然她習慣聽他的，那也要分是何事。

「好。」玄朗點頭，正好他也有事要說。

「夢生蟲的事情，我不贊同。」

榮嬌開門見山。別以為她不知道他今晚借住在星河灣的打算，不就是想多了解情況，儘早開始孵化？

「妳不相信我，還是不相信我們的感情？」玄朗無辜而委屈。

就知道她會反對，萬幸他早就想好了對策，先發制人。

「別亂打岔，你明知道我擔心什麼。」榮嬌才不上當。這人為了說服她同意，連裝模作樣、受委屈的手段都使上了。「成功機會不受控制，我不同意你冒險。」

重點不是他倆的感情與信賴，是這蟲子根本就是個不靠譜的東西，就是母雞孵小雞還有孵不出來的時候呢，何況是人孵蟲子？不妥、不妥。

「嬌嬌。」玄朗有些無奈，小傢伙看似好說話，其實拗得很。「這沒什麼，與養蠱無異。」既看過那麼多醫書，當知以心頭血養蟲，並不罕見。

「那不一樣。」榮嬌反駁。「蟲蟲養不活，頂多白耗費了心血，這個呢？」

一想到他有可能為了自己變傻或死亡，就有一種澀痛以最快的速度蔓延開來，直到整顆心都疼了。單是想像她都無法忍受，何況真的發生？她寧願自己受罪，也絕對不能接受玄朗有此狀況。

「傻丫頭啊……」

以玄朗之敏銳，怎能不知她的心意？見她泫然欲泣的模樣，忍不住嘆息一聲，展臂擁住她，將人攬到懷中緊緊抱住。

「我知道妳為什麼不同意。」

知道還要做？她想抬頭看他，他卻用大手按住她的頭，不讓她動，只是更將她貼向自己。她的耳朵貼在他的胸膛上，耳裡聽著他沈穩有力的心跳聲，那般的安心與溫暖。

「的確，失敗的後果很難承受。」不單是她，他自己也很難想像自己變傻或死亡，很難想像要她一個人獨自走後面的路，自己不能陪伴左右，可是……他低頭親了親她的頭頂。

「可是，如果成功了呢？」

如果成功了，就意味著懸在頭頂的這把劍不再具有威脅，因為樓滿袖的執念無非是查明自己的遇難真相與報仇，這不需要榮嬌親自去做，是他能代勞的；但安撫神魂、吸收樓滿袖的記憶，無法假手他人，只能她自己來，他無能為力。

牽機夢生蠱能令這最關鍵的一步變得水到渠成，解了她身體的隱患，而且透過樓滿袖的記憶可以獲得更多的訊息，有助於尋找真相。

畢竟是幾十年前的王室秘事，玄朗雖然堅信終有查到的一天，但也深知探查鄰國前公主死因絕非易事，尤其樓滿袖當年曾被譽為西柔第一貴女，她在王位爭奪激烈之時突然意外身死，定是別有內情。

而當年參與王位爭奪的那群人早已化為塵土，真相恐怕已淹沒在時光中，想要查出真凶，找到知情者，也要從長計議。

而小樓最缺的就是時間，她的身體等不得。

「我不要！」榮嬌摟著他精壯的腰身，貼在他胸口悶聲悶氣道。

不能只想成功啊，萬一失敗了呢？不行！她不允許。

「小樓，妳信我嗎？」玄朗輕撫著她的後背，下巴輕蹭著她的頭髮。

懷裡的小腦袋頻點。她自然是信他的，她不同意的原因不是不信他，而是……

「妳害怕失敗，對嗎？」玄朗輕嘆。他知道存在失敗的可能，但這個機會他不會放過，一定要抓住。「但是，什麼事能保證百分之百的成功呢？」

只要心存信念，哪怕有一分成功的可能都要去試的，不是嗎？站在如今的位置，回首來時路，樁樁件件，何曾具備必贏的條件？總要竭盡全力，確信自己會贏，信心才是成功的前提。

往昔在別人眼中必輸的局，最終笑的亦是他，何況星河老人曾告知，依兩人情況推估，孵化成功應用有七成把握；過半的把握，其實已經奠定成功。

「那不一樣。」榮嬌抬頭反駁道：「事關你的安危，你的命！」

別說七成，九成她都不同意。

「一定會成功的，好小樓，妳要信我，乖。」玄朗撫摸著她的臉，目光溫柔而纏綿，一下一下輕啄著她的唇瓣。「我很惜命的，我還沒有與妳生兒育女，還沒陪妳白頭，絕對不會中途離開的。不要擔心，凡事有我，妳只管信我、愛我，我們兩心如一，何懼之有？」

「是嗎？」榮嬌睜著大大的眼睛，有些無助地望著他。

「是。」看到她微有鬆動，玄朗打鐵趁熱，語氣甚是斬釘截鐵、不容置疑。「我說可以就一定可以，妳夫君什麼樣的大風大浪沒見過？我說行就一定行。妳要堅信這一點，兩人同心，其利斷金，何況只是一隻小蟲？我的小樓最聽話了，是不是？」

「好……我聽你的。」

你心換我心，就如她不願玄朗冒險一樣，玄朗絕對不會放過能解決她問題的機會，彼此的心意是一樣的，既然他心意已決，夫唱婦隨，她認了。

只不過有一件事……榮嬌正色道：「兩心如一，若你有意外，我絕不獨活。」

生死繫一處，成則同生，不成則同死。

「小樓……」玄朗低頭，溫潤的唇瓣含住了她粉嫩的檀口，唇舌勾纏，溫柔而熱切，激情澎湃，傾訴著滿腔深情。

好半天他才放開她，榮嬌被吻得氣喘吁吁，秀美的小臉一片意亂情迷，玄朗的氣息也有些微微不平，盯著她紅腫水潤的小嘴，想到若是開始孵化夢生蟲，至少有十八天要保持距離，不能親、不能抱，一時情不自禁又吻了起來。

不行，得先多吻幾回，留著以後解饞。

夫妻兩人達成共識，纏綿了好一會兒，才在親熱之餘，將細節與後續的問題做了商討，然後交頸而眠。

次日找到星河老人，榮嬌事無鉅細，將自己能想到的一股腦兒問了個遍，包括對星河老人的熱心也提出疑問。

事關玄朗，她不怕得罪老頭翻臉。

沒想到倒是戳中了星河老人的傷痛，原來他多年前用活人所試驗的凶殘事蹟竟真有其事。當年他的師妹患腦病，師門上下無策，他自己本身亦是醫者，愛人有疾，自當全力救治，所謂活人試驗，是自願的。

「……我在自身上試藥，測不出效果，那人窮，病情相同，他自願賣身試藥……」說起往事星河老人依舊不能釋然。「後來，試藥成功，小師妹得救，不過那試藥之人卻死了。」

他沒想到的是，原先情投意合的師妹聽說此事後，羞與為伍，與他分道揚鑣，轉投師兄懷抱。

而他拿活人試驗的事情卻被傳了出去，無論他如何解釋，甚至拿出試藥人的協約來證實也無果，最終被逐出師門，屢遭追殺。

後來才知，消息是師妹與師兄故意散播的，為了不被人指責，師妹拒不承認曾受他的幫助，將救命之人說成是她現在委身的師兄。

而師妹之所以背棄他，是他因試藥，臉上生出棕斑，形容醜陋之故。

「當初是她先對我有情，說什麼海誓山盟、非君不嫁……」

後來亦是她背叛在先，無情無義，最狠不過婦人心，星河老人自此脾氣大改，行事肆無忌憚，不分正邪，單看心情。

「問世間情為何物，直教人生死相許。老夫從未見過至死不渝的人，倒是癡男怨女反目成仇、始亂終棄的故事隨處可見，但願殿下兩人能讓老夫見識到奇蹟。」

英王願為他的心上人不顧生死固然令人驚訝，但也不足為奇，想當年他不也為了師妹捨生忘死以身試藥，結果呢？

姊兒愛俏，就因為他臉上暫時的斑痕就改投他人懷抱，甚至夥同新歡陷害他，皮相與真心，哪個重要？

英王願以身涉險，是他癡情，若牽機夢生蟲真能孵出幼蟲，並順利移植到這個小丫頭的腦中，方才是所謂心心相映、生死相許。

第一百一十一章

問明情況後，玄朗找阿木做了一番交代，星河老人為玄朗與榮嬌再做檢查，確認條件允許後，將牽機夢生蟲的蟲籽從玉盒中取出。

見到實物，榮嬌才明白為何叫蟲籽而不叫蟲卵，若是不特別說明，她會以為那是一枚小小的瓜籽，服用方法極為簡單，用星河老人特製的藥水囫圇服下即可。

「老夫現在要入內調配藥水，兩位還有半個時辰的相處時間。」

星河老人不知是好心還是故意提醒，轉身向內室走去。

他的話好似引發某種情緒的信號，榮嬌忽然意識到一切真的要開始了，而一旦開始，開弓沒有回頭箭，絕無反悔之機。

萬千滋味湧上心頭，不待星河老人的背影消失，她如乳燕投林般撲入玄朗的懷中，緊緊摟著他，恨不得將自己緊貼到他身上。

玄朗亦然，他雖抱著必成的信念，對於失敗亦有分坦然，唯一放不下的就是心中至愛，懷中這嬌小溫暖的小人兒呵……

玄朗用力摟著榮嬌，力量大得像是要將她揉進自己的骨血中。他低頭親吻著她白嫩的耳朵，啞聲低喃著。「嬌嬌，乖，不會有事的，十八天很短的，稍縱即逝，十八天與我們的一輩子相比，短得微乎其微……」

如果這十八天，能換來一輩子的相攜，漫說是保持距離的相守，就是完全隔離，他也毫無意見。

榮嬌不說話，踮著腳親吻他。怎麼辦，要十八天不能這樣抱著他、不能親他、不能睡在他懷裡……

「乖，不怕，有我在呢！」

玄朗低嘆。他何嘗不懂她的心思？愛一個人，便本能地想要靠近，那種由心而生的莫大吸引力，難以自制。

自成親後，他兩人好得似連體人一般，他恨不能將她變小了揣在懷裡，走到哪裡帶到哪裡。私下裡，兩人獨處時，她不是在他的懷中就是在膝上或臂彎裡，他們互相黏著彼此，占據對方的心田。

玄朗深知榮嬌的心裡有深藏的恐懼與擔憂，自己要做的不是否認，而是引導開解。他俯首在她的櫻唇上親了親，輕笑道：「這樣也好，給妳機會知曉我以前受的煎熬，那些想妳想得茶飯不思、寢不能寐的滋味，親身體驗才知相思真味。」

「什麼？」榮嬌知他在寬慰自己的心，體貼地順著話意追問。

「從百草城回來後，我天天想妳，像百爪撓心似的，一日不見，思之如狂，實在熬不住了，找盡藉口去看妳一眼，偏偏有個不解風情的小傻瓜，每次都要問我有什麼事，怎麼不派人還親自來了。」

想起往日的甜蜜，玄朗眼中的情意濃得如化不開的夜色。「有多少次我都想告訴她，我來就是為了看她，以慰相思之苦，派別人來，如何能解？每天無數次地想，不求別的，不求她心如我心，只求能天天看到她，只求視線裡有她，哪怕遠遠地看上一眼，也心滿意足，足以回味一整天。」

「大哥……」

榮嬌低喚，心疼感動、甜蜜又酸楚，明眸盈淚。

他動心在她之前，原來在她傻傻的一無所知時，他已深陷其中，為誰風露立中宵，識盡相思滋味。

「小樓，大哥最是貪心，看不到時想時時見到，見到了想要讓妳知我心意，表白後又希望妳能心繫於我，心意相通，每時每刻都想親近，想要與妳生兒育女、白頭偕老，這輩子牽了手，還想預許來生，所以……」玄朗含著她的唇瓣親吻著，繾綣溫存間，他清淺的話語直落在榮嬌的心底。「相思相望不能相親沒什麼的，換我心為妳心，妳只須每日想我、看我，相信我，好不好？」

「好……」

嬌臂環抱著他的脖頸，丁香小舌被他勾纏著，任由他牽動著自己的心神，周圍的一切都已靜止消失，只有眼前的他，只有他的熱切與溫柔，只想讓彼此的身體擁抱得更緊，忘情地投入其中……

因為有出使西柔的公務在身，玄朗與榮嬌一行並未在星河灣久留。

依星河老人的講法，蟲卵入體後，不影響任何日常行為，應該幹麼繼續幹麼，不會影響結果，好壞也非他所能控制，無須他在旁守候。

至於幼蟲取出、植入的方法，這個更簡單，忍受十八天相思之苦後，一經解禁，少不得要耳鬢廝磨一番，唇舌勾纏之時，雙方敞開心扉，隨意念而動，即可完成移植。

「可是，怎麼知道有沒有成功呢？」榮嬌無語，這也太不負責任了吧？

「數著日子，滿第十八天沒出現任何異常，自然是成功了。」星河老人翻了翻白眼，頗有些漫不經心。「若在之前傻了或死了，自然是失敗。」

討厭，會不會說話哪！

榮嬌暗翻白眼。呸呸呸，老頭說話不忌諱，好的靈、壞的不靈。

此間事了，玄朗與榮嬌按原計劃繼續前往西柔，準備在國境邊城與使團會合。按照日程計算，在進入西柔國境前，牽機夢生蟲的孵化已完成，若結果得償所願，榮嬌進入西柔王城不會受到影響。

因不確定自己的情況，玄朗讓阿木隨行，又安排了可靠的僕婦照顧榮嬌，兩人牢記孵化要求，一路上目光旖旎纏綿，身體不敢靠近一步，彷彿面前隔著道無形的天河，真應了那句盈盈一水間，脈脈不得語。

丈許的距離，說點悄悄話都不成。

榮嬌望著不遠處的玄朗，恨恨地揪著馬車簾子。這才第三天，已經漫長得像是歷經了幾個春秋，還要半個月！

一日不見如隔三秋，十五日是多少個秋天？榮嬌心裡默算，不對不對，不是不見，是見而不得，只能看不能動。果然那句話說得有理：相思相望不相親，天為誰春？

不過，幸福的是，已經平安過去了三天，距離成功又近了三天，果然她的玄朗是最厲害的。

榮嬌一時喜、一時憂，一時思念、一時甜蜜，一時驕傲、一時羞嗔，一雙妙目漫著溫柔深情，癡癡地望著他的身影，一顆心浮浮沈沈，心思全繫在那道清雅的身影上。

此時玄朗正與阿木交代著什麼，察覺到她的注目，不禁轉身回望，唇角泛起溫暖笑意，舉手做了個喝水的動作。

榮嬌知道那是在提醒她喝水。她平日在家有喝茶的習慣，但路上如廁不方便，怕麻煩，她便少喝水。前些日子同車而行時，玄朗總會提醒她喝水，趕路辛苦，旅途裡本就容易上火，缺少水分更易引起不適。

這幾天，兩人不能互相靠近，玄朗吩咐服侍的嬤嬤用心，自己也會以不同的方式提醒她。

榮嬌心頭泛起一陣甜意，回以同樣的動作。

玄朗微笑著點頭，衝她揮了揮手，表示自己知道了。

兩人一個在車裡，一個在馬上，對望了好一會兒，榮嬌才想起玄朗身邊的阿木，知道他有正事要辦，忙擺擺手示意他繼續自己的事情，然後縮回了車廂裡，那可愛的小模樣令玄朗忍俊不禁。

「王妃性子真好。」

阿木感嘆道。以往總聽阿金說小樓公子如何如何，公子對小樓公子如何如何，但從未見過本人，首次見面是在公子成親時，客如雲集，驚鴻一瞥，尚不及留下印象。

這次倒是有幸得見，一路同行，難怪當初阿金會說小樓公子在公子那裡是獨一無二，公子寵小樓公子比寵兒子還厲害，公子與王妃真是兩情相悅，鶼鰈情深，即便隔著丈許距離，單憑眼神交流，兩人間也自成小世界，外人無法參與其中。

「嗯，她很好。」玄朗嘴角噙笑，強調道：「誰也不及她好。」

所以，公子願許以生死？

阿木並不了解全部的內情，玄朗只告訴他星河老人能夠治療王妃的痼疾，但是需要用他的一點心頭血來培育藥引，在十八天內，他與王妃需要保持一丈遠的距離，避免兩人有任何接觸。

至於榮嬌有何痼疾，為何會有如此奇怪的藥引要求等詳情，玄朗自然不會與他解釋，只說是藥引奇特培育不易，若有差池，恐有性命之憂，故未雨綢繆，做好後事安排。

當時，阿木聽聞此言大驚失色，跪求他改變主意，由自己代替或尋找適合之人來做替身，玄朗卻笑。「王妃乃吾深愛之人，同生共死，心之所向。」

生死相隨，無論是去往哪裡，他都會牽著她的手，含笑同往。

玄朗的決定，阿木自知無法動搖，最好的做法就是聽從公子的安排。

五行衛與玄朗感情深厚，在阿木的認知裡，任何人為公子赴湯蹈火都是應該的，而公子要為另一個人捨棄生死，哪怕這個人是王妃，是公子的深愛之人，也是難以接受。

在他眼裡，英王殿下是謫仙，他的性命如此矜貴，焉能輕付？

因為這種心理，他對榮嬌雖恭敬有加，卻也帶了一抹審視。

「阿木，你須記得，在我心裡，她的命比自己的更重要。不管十八日後結果如何，我不允許任何人對她有一絲一毫的不敬與怨懟，所有曾立誓效忠於我的人，須視她如我，否則等同違誓。」玄朗神色認真，清淺的嗓音透著難得的鄭重。「將這一點告訴所有人。」

不管他在不在，他都會為嬌嬌遮風擋雨，除非是非人力能為的，否則他不允許任何傷害落到她身上。

雖然嘴上說著同生共死，他還是希望嬌嬌能活著，他的人手與勢力會奉嬌嬌為主，繼續尋找新的機會。嬌嬌既然能得遇重生，生命就不會如流星般短暫，她身上的隱患一定會有辦法解決的。

玄朗堅信這一點，只要有一絲可能，便不會放棄。

榮嬌退回車廂裡。路上無事，她亦無心他事，沒事就掀起簾子找玄朗的身影，百看不厭，只覺得自己就是一朵向日葵，玄朗就是那日陽，秉著葵花向陽的本能，她的目光隨時隨地找尋追隨他的身影。

如果目光裡的溫柔可以化為水，她想，應該早有平湖闊江在她的眼中滋長而成。

從未覺得時間過得如此之慢，思念如此氾濫。前世嚐盡了度日如年的滋味，以為自己早知曉數著指頭度日的感覺，如今方知前世那絕望如枯井般的煎熬日子，與現在是完全不同的。她的心如一鍋煲著世間萬千情感的湯，焦灼思念、忐忑憂心，絕非五味雜陳能形容。

時間過得好慢啊……

她只能安慰自己，總共十八天，還不需要一次完整的月缺、月圓，人要知足常樂，種子發芽還需要時間呢，何況是要孵化出幼蟲？

她要心懷信念，將每一日都當成最後一天來珍惜。

時間堪比蝸牛，終於爬過了第十天。

第十一天的早晨，玄朗隔著窗戶看榮嬌梳妝。她一手拿著一朵珠花，在頭上比劃來、比劃去，拿不定主意，隔窗問玄朗。「大哥，你看哪朵好？」

「都好看。」

玄朗目光含情，嘴角揚起。在他眼裡，小樓戴什麼樣的首飾都好看，不戴也好看。

「不行，只戴一朵。」榮嬌不滿他的回答，嬌嗔道：「必須二選一。」

自從要與玄朗保持距離後，每日乘坐馬車，榮嬌就改著女裝了。此舉藏著兩個小心思，一是著女裝後，可時刻提醒自己男女有別，能防止自己忍不住靠近玄朗；二是女為悅己者容，玄朗明明是她的夫，卻偏要恪守一丈距離的規定，除了眼神交會，不能有任何親近之舉，她自然要每天都打扮得美美的，笑咪咪的，讓玄朗看了心情舒暢。

也是想透過此舉告訴他自己對他的信賴，星河老人既然說牽機夢生蟲的孵化與情有關，她選擇以笑容相伴、以美麗相陪，不論結果如何。

在她的心裡，與他的相遇是幸福的起始，與他一同走過的時光，是兩世三生都不曾有過的快樂。她信賴他已超過信賴自己，愛他、敬他、仰慕他，在她眼裡，天上人間沒有能與他媲美的，神仙少了他那分人間煙火的暖，凡人不及他絕世出塵。他說可以，就一定可以；他說要乖，她就會好好聽話，安靜地陪在一旁。

夫唱婦隨，從玄朗服下牽機夢生蟲籽的那一刻起，在榮嬌的眼裡，已沒有所謂成功與失敗，無論如何，他們始終會在一起，這就是最終的結果。

「那就選石榴紅的，暖暖的。」

玄朗愛極她那嬌嗔霸道的小模樣，只覺得她隔窗輕輕一瞟，明眸善睞，波光瀲灩，惹得他心跳加快。

這個小丫頭，每天打扮得美若天仙在他面前晃來晃去的，勾得他魂不守舍、相思入骨，雖然知曉她精心妝扮的目的，卻還是心渴得暗白磨牙，盯著她那微微嘟起的粉唇，暗下決心，等過了十八天，一定要拉著她仔仔細細地品嚐。

看她將那石榴紅的珠花簪在鬢間，攬鏡照看，似乎滿意了，回頭衝他笑盈盈、俏生生地問道：「好看嗎？」

他忽然覺得這般隔窗對望的日子也別有一番滋味，不遜於畫眉深淺入時無啊……

第一百一十二章

輕輕的叩門聲，隨之傳來的是繡春的聲音。「王妃，奴婢送茶。」

「進來。」

繡春放下托盤，雙手取出茶盅遞給榮嬌，笑咪咪道：「蜜棗茶，王爺吩咐給您準備的……」說著，她似乎才發現玄朗不在室內，大眼睛眨了眨，恰到好處地驚訝著。「王爺不在嗎？」

彷彿玄朗不在，是多麼意外的事情。

「壞丫頭。」榮嬌聽出了她的言外之意，笑著嗔道：「居然敢打趣妳家王爺……」

今天是玄朗服下牽機夢生蟲的第二十一天。

換言之，蟲卵孵化的十八日之期已經結束，牽機夢生蟲現在已在榮嬌腦中，而非玄朗心上。

那日的情形仍如在眼前，劫後重生莫過如此，在確定時辰已過，兩人甚至顧不上歡呼，已經衝向對方，緊緊擁抱親吻在一起。接下來的兩個整天，除了如廁外，不論吃飯、睡覺、趕路，白天黑夜全膩在一起，榮嬌的嘴巴都被玄朗親腫了，全身布滿吻痕，不過玄朗終是憐惜她的身體，不曾真正拆吃入腹。

不用繡春打趣，榮嬌也知道這兩天自己與玄朗有多黏乎，從早到晚在一起，形影不離。

她笑咪咪地呷了口茶，渾身上下洋溢著幸福。「小丫頭不懂。」沒有心上人的繡春哪裡明白經過生死後的深深眷戀？若不是正使余大人派人請了好幾次，白日都親自找過來，玄朗現在也不會離開她的。

「坐車累一天了，妳下去早點休息吧！」

榮嬌打發繡春下去，手裡拿著書，翻了沒有幾頁，門外就傳來熟悉的腳步聲，推門進來的人帶來一陣清冷的風，吹得燭光忽明忽暗，醉了般來回搖曳了幾下。

「你回來了，外面起風了？」榮嬌放下書，起身迎上前去。

「嗯，颳大風。我身上涼，自己來。」玄朗將門關好，順手扯開了斗篷帶子。「等急了？怎麼沒留丫鬟陪著說話解悶？」

牽機夢生蟲果然神奇，幼蟲孵化成功的那晚，是事隔十八天後玄朗再次擁她入眠，擔心加激動，他幾乎一夜不曾合眼，懷裡的榮嬌卻是一夜無夢好眠。

連續觀察了三天之後，玄朗的心才稍微放下。看來星河老人所言非虛，此物最艱難危險的是在中前期的孵化與移植，一旦被意識接受後，便不存在任何危險了。

一路進入西柔境內，臨近王城，榮嬌皆無任何異常，倒是在夢生蟲的幫助下，想起了不少往日舊事。進王城的那天，她一邊偷看著街景，一邊在玄朗耳邊講述與以往的不同之處。

因為國君大婚，隨著各路觀禮使團的到來，西柔王城日益熱鬧；尤其是大夏與北遼的觀禮使團抵達後，每天大街上、驛館附近都擠滿了好奇的人，即使是王城，一下子出現這麼多的外國使團也是數十年難得一遇。

其中最引人注意的，莫過於大夏英王與北遼的十二皇子耶律古，大街上花枝招展的佳麗們都是為了看這兩人而來的。

大夏戰神英王早些年就名揚西柔，人人皆以為會是個老男人，結果卻是清俊的年輕美男子。

在西柔人的印象中，大夏人多生得孱弱，男人肩不能扛、手不能提，擅長吟詩作對，騎馬打仗卻不在行，雖說英王頗有威名，眾皆以為其善謀，定是生成弱雞模樣，豈料一見本人，其相貌俊美風流倜儻，霎時擄獲了無數少女、少婦的芳心。

西柔女子開放，每日驛館周圍找盡藉口要見英王的姑娘們絡繹不絕，多少貴女借助父兄家族的力量，欲自薦枕席。

「這幾家，之後去看看？」榮嬌坐在玄朗懷裡，翻看著手上的一疊請帖。

剛到王城不過兩天，她就接到了雪片般的宴請帖子。

因為玄朗的身分與外貌，聽說英王妃同行，西柔貴女們對榮嬌的好奇與興趣空前高漲，不管是出於社交禮儀還是打探虛實，凡是身分相當的府第，都投來了帖子。

十幾年過去了，西柔的上流階層也經過數次政權清洗，有些新貴不曾出現在樓滿袖的記憶裡，如今卻已是重臣；有些當年的豪門權貴，卻早已家亡族滅。

榮嬌小小感慨著，從中找出當年風光今日仍舊顯赫的幾家來。「……即便當年有知情人，估計現在沒死也土埋半截了，姑且碰碰運氣吧！」

比如她手裡拿著的這幾家請帖，從玄朗提供她的情報來看，她印象中的當家人都已不在人世了，現在的家主已是兒孫輩的。

「順其自然，不要有壓力，這只是其中之一，阿水等人都在查。」

玄朗從百草城回來後，就將五行衛之一的阿水派到西柔，徹查樓滿袖之事，如今有榮嬌提供線索，調查已經縮小範圍，假以時日，定能找出真相。

「好。」欲速則不達，榮嬌乖巧地應是。

透過樓滿袖的記憶，她已經知道了不少，最初夢境中的碎片已經補全。樓滿袖確實是喝了沙菊茶中毒的，那杯茶是在她親哥哥的府裡，由哥哥親自斟給她的。

但是，真正的凶手未必是樓滿袖的哥哥。

她與同胞兄長樂可關係親密，樂可自身能力不俗，是當時有望繼承王位的人選之一，撇開兄妹情不論，有西柔第一貴女之稱的樓滿袖對他承繼王位的助力不言而喻，無論從哪方面講，這都是借刀殺人，一箭雙雕。

樂可因她之死悲傷過度，靈前吐血，在她死後沒多久纏綿病榻，最終英年早逝，無緣王位。

依玄朗的推測，真正的原因當然是關乎王位之爭，照常理而言，誰得利便最有可能是幕後真凶，但當時的競爭者不止一人，情況複雜且陰差陽錯，最終王位著落在幼童身上，如此看來，獲得最終利益者未必與一開始的案件有關。

「明天晚上西柔王君設了歡迎國宴，沒問題吧？」

因有大夏英王與北遼十二皇子出使，西柔國君特設國宴，隆重歡迎。

西柔國君的宴會，各國使團中的重要成員都要參加，玄朗深知頂著人夏英王的身分，他與榮嬌夫妻兩人應該相偕入場，但王宮對樓滿袖意義非凡，他擔心對榮嬌會有影響。

「沒問題。」

雖然她擁有樓滿袖的大部分記憶，但是感同身受的同時，也有著旁觀者的冷靜，不會把自己當作樓滿袖，意識紊亂。

國宴安排在晚上，地點是王宮的紫辰殿。紫辰殿是西柔國君接見外臣設宴慶典的場所，殿廷廣闊，可容上千人。

中間上方首位是西柔國君，左右兩側依次排開座位。

因是西柔國君主持的國宴，須著正裝出席，玄朗穿著深紫色繡六爪蟒蛇的親王禮服，頭戴七珠親王冠，腰束金玉帶，腳蹬黑色踏雲靴。

他本就生得俊朗不凡，何況禮服在身，更襯得他舉手投足間貴氣天成。

在他身側，一身親王妃禮服的榮嬌俏立在旁，同樣的深紫色禮服，頭戴三鳳冠，雍容華貴，黛眉輕點，額間一朵金花鈿，明眸如星似月，顧盼間熠熠生輝，粉面如玉，櫻唇不染而赤，隱有笑意浮現。與英王站在一處，恰如晴空秋月，彼此增彩。

玄朗與榮嬌並肩出場的瞬間，全場一片靜寂。

好一對璧人！這世間竟有如此神仙眷侶。

以為大夏英王年紀一把的，大有人在，只因他成名已久，雖然知道他少年成名，卻沒想到竟如此年輕。

眾目睽睽之下，玄朗與榮嬌在禮官的引導下走到己方位置。

玄朗並未直接落坐，而是先彎身移開旁邊位置的坐墊，輕輕拍了拍，神態自若地輕扶著身邊人坐好，自己才安然落坐。

他兩人坐下後，大夏使團其他人等依次落坐，宮女們翩然上前，一一遞上淨手巾，然後有條不紊地撤下，再斟熱茶。

西柔國君尚未到場，玄朗的大部分心神都放在榮嬌身上。

見侍女上了茶，他先一步端起茶杯，試過溫度後才用雙手遞到榮嬌手裡，在她耳邊悄聲提醒道：「有些燙，小口慢喝。」

榮嬌好笑又感動，美眸不著痕跡地輕瞋了他一眼，她又不是不知冷熱。

豈不知玄朗不是擔心她不知冷熱，純粹是前些日子憋得狠了，那十八天的分離是再也不想經歷的。

尤其除了成親那天之外，這是第一次榮嬌穿了與他同款的禮服，正式與他並肩而立，這種感覺興奮而微妙，難以言喻。

此時，榮嬌抬頭不動聲色地環顧大殿四周。這是西柔國君宴客的常用大殿，做為公主的樓滿袖，當年不止一次出入其中。

「不急，慢慢來。」

玄朗低頭在她耳邊悄聲說道，借著寬大袖子的遮掩，將她柔若無骨的小手握在手中，時而呵護，時而十指交扣。

「別鬧。」

榮嬌眼風輕掃，睨了他一眼，為他私下裡的動作不覺心中甜軟。

她也喜歡他坐在身邊，在觸手可及的地方，哪怕什麼也不說，只是握著手靜坐，也能感到滿滿的幸福與安詳。

只是場合不對，周圍到處都是人，雖然相信他，知他不會有任何令人非議的動作，榮嬌還是有些不自在。

與深愛的人挨坐著，在別人看不到的地方，緊握著彼此的手，偶爾說悄悄話的幸福，瞬間就有一股充沛的感情席捲而來，幸福得好想哭，又迷迷糊糊得想睡覺。

「嗯，想睡覺？」玄朗垂頭，眸光中滿是緊張，手也不自覺地僵頓。難道星河老人判斷失誤？「嬌嬌……」若她不舒服，心中便抱著隨時離席的打算。

「不是那種。」

榮嬌愕然，繼而偷笑。他這是一朝被蛇咬，十年怕草繩嗎？以他的敏銳，居然沒聽出她說的想睡覺只是窩心的滋味，而不是真的睡覺。

她不由輕輕撓了撓他的掌心。是自己不好，明知進了王宮他就在緊張自己的身體，還用這個做比喻。

「真的沒事，我是我，不是她。」

她低頭小聲解釋著。之前她頭痛與多夢的症狀嚇著他了吧？稍有風吹草動就會擔心不已。

「……陛下駕到！太后駕到！」

殿外忽然傳來禮官高亢的唱報，西柔國君與太后率重臣出現在殿內，眾人皆起身見禮，一陣忙亂後方才重新坐定。

上首兩張主位，前後稍微錯開，左右有些許的差異，太后坐在了後面居左的位置，國君坐在前面卻偏右一點的位置。

這樣的座位安排……是習以為常，還是母子對弈後的妥協？

玄朗玩味著，不動聲色地將眾人的神色盡收心眼底。

榮嬌也在不著痕跡地觀察西柔百官。

國君樓立勳身材高大，緊抿的唇角帶著兩分笑意，但那笑意不達眼底，細看眉眼，已與樓滿袖記憶中的幼童完全不同。

他身側的太后，歲月似乎格外寬待她，一如樓滿袖記憶中的模樣，依舊年輕美豔、雍容華貴，舉止端莊大方卻又有一分女人的嫵媚，怎麼看怎麼有味道。

玄朗側目看了她一眼，俊眉微挑。**看出點什麼沒有？**

榮嬌微不可察地搖頭。

玄朗給她一個安撫的眼神，輕輕捏捏她的手背。「不急。」

榮嬌明白他的意思，是讓她不要多想，單純以英王妃的身分陪他赴宴就好。

玄朗手上的動作極隱蔽，不過他轉眸間，眉眼中毫不掩飾的溫柔，卻被上首的太后看個正著。她玉手舉杯，美眸微頓，似乎感到意外。

身著束腰白衣的宮女們如翩然飛舞的蝴蝶，伴隨著妖嬈的身形，一盤盤盛滿食物的金盤銀碗絡繹不絕地端上席來。

西柔以肉食為主，大冷的天，提前烹製好的肉端上桌時已近溫熱，少頃就能看到盤邊已冷的白色油脂，著實不大能勾起食慾，榮嬌端著杯奶茶，小口喝著。

「吃一點。」

玄朗取了銀色小刀，選了還溫熱的小牛肉切了幾片。國宴向來是吃不飽的，幸好來時讓榮嬌用了些飯點，不至於餓肚子。

「久聞大夏英王殿下的大名，今日一見，果然是謫仙般的人物。」

玄朗與北遼耶律古是場上最尊貴的賓客，自然會得到關注。

「多謝太后謬讚。」玄朗淡然一笑，舉杯向上。「不濟深借花獻佛，祝西柔國祚綿長，祝陛下大婚之喜，祝大夏與西柔友邦長睦。」

接著，他一口飲盡，隨即按西柔規矩，倒持金杯，杯口向下，示意一口全乾，滴酒未剩，十足誠意。

「承英王殿下吉言。」

太后微微一笑，美豔不可方物，素手執杯，紅豔的唇貼在白玉杯子邊緣，紅白相映，媚得驚人。

國君樓立勳似乎不喜多言，二話不說，直接舉了面前的金杯，也一飲而盡。

「啪啪！」

意味不明的掌聲突然響起，北遼十七公主笑得嬌媚。「本宮素聞大夏人最講究規矩禮儀，今日一見，名不符實。」

如此場合，北遼公主這麼說自不會是無心調笑，分明是挑釁。

「不知北遼公主有何見教？」

見玄朗低頭垂目，指節分明的手正持著小銀刀，專心地剔除炭烤小羊排的骨頭，根本沒有想要搭話的意思，余正使便開口接了對方的話。

「指教？」十七公主毫不掩飾自己的不屑與蔑視。「你，還不配！」

余正使身為大夏重臣，涵養自是非同一般，當眾被鄙視，面上卻不見半分慍怒，意味深長地掃了她一眼，淡然地輕哦一聲後，不再理會，繼續慢條斯理地切肉喝酒。

十七公主將目光對上玄朗。「英王殿下，可否解惑？」

第一百一十三章

北遼十七公主點了名，一時間，所有人的目光都看向了玄朗。

榮嬌聽到十七公主的問話時，也抬眼看了一下，而被點名的英王殿下卻充耳不聞，依然持著小銀刀剔著烤羊排的骨頭，彷彿暫時沒有比這更值得他關心的事情。

玄朗手法精妙，直到最後一塊骨頭被剔除，銀盤裡的小羊排還保留著原先完整的模樣。他似乎很滿意自己的作品，銀刀輕劃，順著肉排的紋理劃出橫縱數道，這時銀盤裡的羊排，看上去完好，實際已細切成小塊。

他放下小銀刀，將銀盤放到榮嬌的面前，又遞了一把銀叉給她。「我嚐過了，味道還可以。」

榮嬌與他素有默契，雖不知他葫蘆裡賣什麼藥，只要配合就好，接過他手中的小叉，乖巧地笑笑，道：「好。」

戳起一塊他切好的肉，小心地放到嘴裡，抿嘴慢慢嚼著，吃相極其文雅，完全是大家閨秀的做派。

夫妻兩人旁若無人的恩愛氣壞了被冷落的十七公主。「英王殿下，這就是大夏的禮數？」

玄朗目不轉睛地盯著榮嬌，等她將嘴裡的東西嚥下了，方才輕聲問道：「怎樣？」

「還不錯。」榮嬌點點頭。

小羊排肉嫩烤得火候又好，有著微微焦黃，雖然醃漬的風味不是她素常所喜的，但確實別有一番滋味。

「不錯就多吃點。」

見榮嬌認可，他的臉上露出舒心淺笑，似乎為能給她找到還算可口的菜品而愉悅。

十七公主被他完全無視的態度激起滿心羞惱，就在她要再次出言時，玄朗淺淺地看過來一眼，淡然道：「公事、私事？」

嗯？十七公主被他的眼風掃過，只覺得全身上下的血都直衝頭頂而去，一陣難耐的酥麻從心口迅速奔流到四肢百骸，不由得口乾舌燥。

北遼人於男女之事上素來開放，十七公主雖未正式招駙馬成親，卻已不是未經男色的小姑娘，早是一顆熟透了的水蜜桃，眼界之高，等閒男子並不能入她的眼。

沒想到一見大夏英王驚世的容顏，芳心盡失，目光不受控制地想要黏在他身上。這個男人她要了！要定了！也只有這樣的男子，才配得上她。

「我……」她舔了舔紅潤的唇，壓下心底的悸動，重新找回自己的理智，嬌聲道：「英王殿下……」

「公事找余大人談，他是正使，私事問王妃，雖然本王與公主無私可言。」玄朗不待十七公主講完，漫不經心地將話堵死。

別以為她眼中的覬覦之色能瞞過人！玄朗厭惡她看著自己的眼神。豈有此理！當著嬌嬌的面，她居然敢用那種眼神看自己?!

對這種人，無須給臉面，亦無須讓其覺得有可乘之機。

「你！」

十七公主像被當眾打了一巴掌，不單是她，殿上眾人除了榮嬌，沒人想到玄朗會如此不客氣。

榮嬌心裡卻是美滋滋的，十七公主看玄朗的眼神像狼盯著肉似的，早令她不快，聽玄朗直截了當地掐斷她的話，便是心情大好，偷偷藉著袍袖的掩飾撓了撓他的手掌，眉眼含笑。

玄朗神色不動，大手一翻，將她的小手握在掌中，眸光掃過她紅透了的耳尖，不由微怔。難道是熱了？目光中不由多了兩分關切。

大殿上，或明或暗，關注他夫妻兩人的目光不少，怎麼看，英王對他的王妃都是體貼有加。

濃烈而溫柔的眼神、細微周到的照顧，對十七公主的拒絕之中，毫不掩飾他對自己王妃的愛重與在乎，肢體卻是克制又循規蹈矩的，不會讓人因他的親暱之舉而對榮嬌生出有失端莊的非議。

「英王能攜王妃出席陛下的婚禮，實出哀家意料之外。」太后笑盈盈地與玄朗閒話。「從大樑城到王城，千里迢迢，王妃嬌弱，路上受了不少苦吧？」

「還好，多謝太后關心。」

雖然說的是榮嬌，卻是問玄朗。榮嬌並未插嘴，只是停了手上的動作，含笑望了望坐在上首的太后，乖巧地傾聽他兩人的對答。

「英王這話說的，太不憐香惜玉了！哀家聽聞，大夏女子與我們西柔女人不同，平素嬌養在深閨，哀家一想到英王妃嬌花般的人兒風餐露宿幾個月，都心疼呢，英王殿下怎麼捨得？」

玄朗目光溫柔地看了看榮嬌，微微一笑。「是捨不得，所以才甘苦同行。」

太后似乎沒想到他如此直言不諱，眼底閃過一絲不自在，卻是稍縱即逝，繼續笑道：「雖是冬日，王城亦有不少可供玩賞之處，各位貴賓難得遠來，可要盡興。」

眾人紛紛舉杯表示謝過，榮嬌亦然，低頭回想著記憶中太后的模樣。

這女人，性格與當年好像完全不一樣了。在樓滿袖的印象裡，拉珍這個女人熱情直爽，情緒都掛在臉上，受寵就很開心，不受寵也不會故作歡顏。

但她在後宮中鮮少有敵人，原因在於她受寵時的張揚與失寵時的沮喪都是毫不掩飾，冒著一股傻氣，稍有點心眼的嬪妃都不屑與她爭風吃醋，有失格調。

像她這種不會討王上歡心，受寵與否全憑王上喜好的女人，誰會視她為對手浪費時間？即便她生下王子，依舊如此。

西柔王的女人眼中，拉珍這樣的女人即使生下兒子，也是沒有威脅的。

可是，就是這樣一個女人居然做了西柔太后，把持朝政十幾年，卻無內憂外患？朝堂之上的百官們要比後宮女人難纏多了，一個連後宮女人都不屑視為對手的女人，居然可以攜幼子穩坐朝堂？這份心計與城府……榮嬌表示佩服得五體投地。

難怪性格相似的樓滿袖對這個女人無感，人家這叫大智若愚、大巧若拙，而樓滿袖卻是真的不藏心眼，所以當初拉珍對她好，視她為朋友，她偶爾還心生愧疚，因為對方屢屢示好，自己卻沒辦法如她那般熱忱，辜負對方一腔情意，顯得不夠朋友。

榮嬌看看主座上長袖善舞的太后，不由想多了。她原來就是這種性格，之前是裝的呢，還是原來是真的，後來要保護自己與幼子，不得已變成了這樣呢？

場上正在表演歌舞，美人穿梭柳腰輕擺，一片歌舞昇平。

賓客皆知這是西柔的地盤，不看僧面看佛面，來者皆是客，不論大夏與北遼私下關係如何，都要給做主人的面子。

所以玄朗一早就跟使團成員講過，一、兩句無意義的酸話，北遼人想說隨他們說去，只當耳邊風就是，若是有辱國體與個人，那就回個狠的，打得疼了才長記性。

豈知他料到了北遼人的不安分，卻沒想到矛頭居然指向榮嬌。

一曲剛過，安分不過片刻的北遼十七公主又跳出來，雙手舉杯，態度誠懇。「英王妃，有緣相識，可否共飲三杯？」

「多謝公主盛情，只是我不勝酒力，可否以茶代酒？」

榮嬌酒量本就一般，在這種場合更擔心喝酒誤事，一開始，她杯子裡添的就不是酒，而是熱奶茶。

「王妃是不給本宮面子？還是不給我大遼面子？」十七公主言語越發尖銳。

「公主言重了，我只是不能飲酒，與給不給面子沒有關係。」榮嬌綿裡藏針，語氣真誠。「十七公主若有誠意，何必糾結於杯中是何物？」

榮嬌嗓音極美，綿軟中透著若有若無的悅色，即便是在發脾氣，也像是嬌嗔，與十七公主的爽利乾脆截然不同。

她一開口，宴上頓時一片寂靜，那嬌滴滴的解釋與提議，像漫天飛舞的花瓣拂在眾人的心間，尤其是那微微上揚的尾音，像把小鈎子似的，勾得人心裡發癢，不忍拒絕。

「本宮敬的是酒，不是茶，以茶代酒，合適嗎？」

她是女人，這招對她沒用。十七公主語氣生硬，話鋒一轉，暗藏鋒銳。「不知英王妃是大夏哪家的小姐？」

從拒絕以茶代酒到打聽家世，話題轉得好詭異，她想做什麼？

榮嬌頓時警惕。這個女人，從一開始見到她就充滿敵意，不單是因為眾所周知的大夏與北遼的關係……居然是覬覦她的男人，真當她是尊泥塑的菩薩？

不過，她現在是通情達理的英王妃，形象還是要保持。

想到這裡，頰邊笑意微染，目光平和，櫻唇輕啟。「不知公主何意？」

「怎麼，連自己娘家都要藏著掖著不成？還是妳出身低微，配不上英王，以此為恥？」

十七公主轉移話題自有她的用意，焉能輕易就被榮嬌搪塞過去？

「十七公主多慮了。」榮嬌溫婉而笑，面上隱有為難之意，輕聲細語地解釋道：「既已是夫妻，般配與否不須再置喙，公主要打聽我的家世，私下裡另找場合更適合。」

這是西柔國君的歡迎宴，不是她自報娘家門的場合。

「這裡不合適嗎？」十七公主突然將問題拋給了國君樓立勳。「難得咱們三國同聚，話話家常有何不可？陛下以為如何？」

樓立勳對這種女人間的爭鋒不感興趣，沒有接話。

太后接過話頭。「英王妃不必拘謹，隨意就好。」

這番話答得甚是微妙，先是不必拘謹，表明榮嬌顧慮的場合問題，她是不介意的，下句隨意就好，那便是說不說是妳自己的事。

榮嬌暗嘆。上座這位與樓滿袖印象中心直口快的拉珍，是同一個人嗎？

「妳不至於做了王妃，就忘了娘家姓氏了吧？」十七公主嗤笑，咄咄逼人。

榮嬌真心覺得這女人討厭，既然非要將臉送上來打，她也不客氣了，柔美的小臉上泛起恬靜的笑意。「十七公主會忘了自己姓耶律嗎？」

「難道英王妃的姓氏能與耶律相提並論？」十七公主反唇相稽。

「公主說得不對哦。」榮嬌語氣軟軟，十足縱容，彷佛是在哄勸不聽話的孩子。「第一，出嫁從夫，我隨夫君姓宋，是大夏皇族的宋姓哦。」說到此處，她微微頓了頓，無聲勝有聲地將自己的意思顯露出來——大夏皇室自然是能與北遼的耶律氏相提並論。

「第二，我不提娘家姓氏，是為體諒公主的心情。」

玄朗聽得暗自發笑。這個小丫頭，越來越鬼靈精了，論舌戰，十七公主怎麼可能會是她的對手？

只聽榮嬌甜美的聲音繼續響起。「我娘家姓池，人夏北境百草城的守將池榮勇是我二哥。」

話音一落，十七公主的臉果然變了色，北遼使團中知曉內情的也是表情各異。

「妳是百草城池榮勇的妹妹？」十七公主俏臉上翻騰著敵意與殺氣。

「對哦，公主知道我二哥？」她滿臉無辜。

北遼人素來瞧不起大夏的戰力，夏天時，有位年輕遼將在百草城一帶招搖，撞入池榮勇手裡，丟了性命。這個年輕人是遼王屬意的十七公主駙馬人選，若不是遇到池榮勇送了命，應該已經是十七公主的準駙馬了。

這個消息是玄朗告訴榮嬌的，池榮勇自己也不知道被他殲滅的那一隊遼軍，主將是內定的公主駙馬。

西柔人不清楚這樁內幕，只聽英王妃說百草城的守將池榮勇是她二哥後，十七公主就變了顏色。

「英王妃是標榜自己善良，還是要宣揚兄長？」

一直沈默的耶律古突然出聲，似笑非笑似地望著榮嬌。

「都有。」榮嬌毫不臉紅地全盤接下，彷彿沒聽懂諷刺之意。「兩軍陣前，各為其主，我二哥英勇善戰，做妹妹的與有榮焉是人之常情。」

饒是十二皇子素來沈穩，也被她堵得一口老血梗在喉頭。見過嘴尖舌巧、不要臉的，沒見過這樣嘴尖舌巧又不要臉的。

太后饒有興趣地看著榮嬌。沒想到啊，之前還被她溫順的模樣騙過了，以為是傳說中的大夏閨秀，原來是扮豬吃老虎。

「妳取笑本宮？」

十七公主冷森森。

榮嬌心底差點笑噴了。哎喲，是傻的嗎？明擺著的事情還要確認？她又不傻，是取笑也不會承認呀！

原本不過是女人間的鬥嘴，可她頂著英王妃的身分，在西柔國宴上，可不能公開承認。

「怎麼會？」榮嬌愕然，一臉無辜。「公主誤會了，公主不用難過，您美麗尊貴，一定會有大好姻緣的。」

這個促狹的小丫頭。玄朗目藏笑意，不動聲色地看她戲耍十七公主。

他向來是不屑於打口水仗的，而且與北遼人打嘴仗，贏了也不代表什麼，口舌之爭不是北遼人拿手的戰力。

不過，既然她喜歡，儘管玩得盡興，有他在，不會有事。

看她溫良無害的模樣，誰知道她才不是只會躲在男人身後的軟包子，看似軟綿綿的一團，但十七公主根本不是她的對手。

難得她有興致，好久沒見她這般神采奕奕了，玄朗看得心動，知曉榮嬌的目的不在十七公主，難道她想……

第一百一十四章

玄朗猜得沒錯，項莊舞劍，意在沛公，榮嬌的目的不在於激怒十七公主，在於給西柔人留下深刻印象，尤其是在場的西柔貴婦們。

單憑大夏英王妃的身分雖能夠上門拜訪，但不能深入接觸，做為異國王妃，她若想打聽幾十年前關於樓滿袖的事，怕是沒人會告訴她。

她需要製造一個機會，令她們能聯想到當年西柔第一貴女樓滿袖的機會。

十七公主強壓怒火，知道逞口舌之快贏不了榮嬌。哼，說不過，還打不過？

「英王妃既然出身將門，有厲害的哥哥，又嫁了號稱戰神的英王，想是身手不凡，不如妳我切磋一二，本宮這個小小的建議，妳不會不敢答應吧？」

一雙沁寒的美目緊鎖著榮嬌，以為能仗著嘴尖舌巧占本宮的便宜？本宮自有收拾妳的法子！

「妳要跟我在這裡打架？」榮嬌一臉為難，拒絕之意很明顯。「不好吧？我不會打架。」

誰要和妳打架！「是不會，還是不敢？」

榮嬌軟軟的拒絕，令十七公主眼底怒火更甚，只覺得看見她那嬌滴滴的賤模樣，就想將她揪過來掐死。「英王妃不必擔心君前失儀，妳既來西柔，當知西柔規矩，宴上切磋實屬平常，一如大夏人宴上吟詩作對皆是助興而已。入鄉隨俗，英王妃想必清楚。」

「入鄉隨俗的道理我懂，不是因為這個……」榮嬌好聲好氣地解釋道：「此乃國宴，妳我不比男子，身著禮服不適合切磋，不如改天再約？」

賤人果然矯情！十七公主暗罵。「衣服可以換，擇日不如撞日，妳不是不敢吧？」找什麼理由不好，竟拿衣服做藉口?!

「不是啊！」榮嬌像是沒聽出她的冷諷，好聲好氣地回她。「我是覺得換來換去的比較麻煩，況且這裡終不如演武場開闊。」

十七公主打錯了算盤，看似挖坑，殊不知早被榮嬌算好了。

做為通情達理的主人，太后掛著雍容得體的笑容，小口啜著美酒，看榮嬌兩人聊得愉快。

身為女人，從不會輕視女人間的鬥嘴，尤其是身分尊貴的女人之間的鬥嘴。這種事，說小很小，說大也可以很大，是兩個女人間的爭執，也可以是兩國間的糾紛，而大夏與北遼的關係越是劍拔弩張，西柔得利的機會就越大，只要不扯上西柔，這兩家愛怎麼折騰就怎麼折騰，鬧得越凶越好。

正好借十七公主來探探英王妃的虛實。

雖然英王妃不足為慮，重要的是英王；大夏皇帝派他為特使，名為觀禮，其實際目的顯而易見，定是為了西柔與大夏下一步的合作而來。

太后垂眸望著自己持杯的纖纖玉指。她主政多年，見過形形色色的男人，識人無數，竟完全看不出這位大夏英王的深淺。

這個男人，明明是以戰成名，有戰神之美譽，卻渾身上下不帶半分武將氣息，反倒有種凌駕於世俗的清雅。

太后不喜歡無法掌控的人或事，她習慣凌駕於眾人之上，從來對可能的威脅有著獸般的直覺，正因為擁有這種直覺，她一介女子才能在王位爭奪中漁翁得利，坐穩王座，替幼子守住國君之位。

今日初見，她卻從看似溫潤親和的英王身上，隱約感受到難以駕馭的神秘。

太后不著痕跡地觀察，英王似乎很寵愛王妃，不知是真情流露還是有意為之？她傾向於後者。以她的經驗，英王這樣的男人是不相信情愛的，或許是故意營造出的軟肋表象，其目的……莫非要藉此表明不喜歡西柔貴女們的追求？

西柔姑娘素來豪放，喜歡就追，不像大夏有那麼多的規矩，太后知道每天去驛館見英王，以及給英王妃遞帖子的貴女不計其數，想來英王不願受其干擾，既不能厚此薄彼，亦不能照單全收。他若不想為這種事得罪西柔的高官貴族，拉自己的王妃做擋箭牌，不失為良策。

太后瞥了一眼正笑咪咪與十七公主說話的英王妃。可憐的小傻子，還以為夫君多寵自己呢，豈知在男人的算計下，自己已經成了眾矢之的，不單是北遼十七公主會找她的麻煩，明天不知有多少西柔貴女要視她為眼中釘，恨不能取而代之……

榮嬌並不知在太后的眼裡，自己已經成為被夫君利用的可憐棄婦，她只是笑咪咪地告訴十七公主，英王不喜歡她打架。

打架、打架！十七公主真要瘋了，這個小賤人一定是故意，那叫切磋比試，能不能不要張口打架、閉口打架？

「點到即止的切磋，英王妃都不敢嗎？」

王室中長大的女人，行事再粗暴，也不會毫無城府，十七公主拿定了主意，不管榮嬌說什麼，只要最後她能鬆口同意與自己切磋，怎麼打，弄傷還是打殘，缺胳膊還是斷腿，做主的就是自己了。

「王妃這般膽小懦弱，有損英王的威名，不配與他站在一處！」

她就不信，自己都當眾激將了，話說到這個分上小賤人還會繼續推辭？為了維護英王名譽，她也得應戰！

榮嬌卻笑咪咪的，一點不受影響。「多謝公主關心，公主多慮了，我已經是聖上賜婚、名正言順的英王妃，自然是與他最般配不過。我膽子小還是大，無關緊要，我是他的王妃，又不是屬下，要勇武能做什麼？放心吧，我們王爺不會在意的。」

十七公主就沒見過這種油鹽不進的女人，真不知道英王怎麼能娶她做王妃。

「池王妃倒是想得開，命好，希望妳能一直這般好命……」

要做王妃，也得有命能坐安穩了，十七公主此言不無惡意。

「那是，承公主吉言了。」榮嬌彷彿傻了，硬是將惡意聽成了真心誠意的祝福。「我很信命的，也覺得自己命好，有好哥哥、好夫君……不過，公主的命也很好，生來就是金枝玉葉，遼王的女兒不愁嫁，將來定會有好姻緣的。」

十七公主覺得自己真是瘋了，被這個女人繞來繞去的，好好的話題，她總能扯到別處去。

「我們遼人素來直爽，不會咬文嚼字，英王妃推辭了半天，夠不爽快的，敢是一個字，不敢是兩個字，給個痛快話！」說來說去的，嘰嘰喳喳，忒小家子氣。

「不就是切磋嗎，有何敢不敢的？」榮嬌淡笑。

終於忍不住了，她笑盈盈地看了玄朗一眼。

見榮嬌含嬌帶媚地望向玄朗，十七公主又嫉又恨，怕玄朗開口否決，搶先出言。「怎麼，莫非英王殿下要替王妃接下這女人間的切磋不成？」

「十七公主多慮了。」玄朗淡然，看了看榮嬌，唇角勾起一抹淺淺的笑弧。「微末小事，本王若插手，王妃會不喜的。」

意思是，憑妳，王妃就搞定了，哪裡用得著本王出面？

這種包裹在疏離下的俯視與輕蔑，旁人幾乎無法感知，而當事人十七公主卻深有所感。天之嬌女，哪裡受得了這個？十七公主與榮嬌鬥嘴落了下風猶能保持清醒，此時對上玄朗的無視，猶如被掌摑了似的，她強捺下心底濃濃的羞辱，佯自鎮定道：「英王妃這是答應了？」

「切磋什麼？」還是那溫涼的語氣。「琴棋書畫、詩詞策論、女紅茶道，還是弓馬騎射？」玄朗輕鬆得像在點菜。「十七公主想選哪樣？拳腳就免了，打架鬥毆有失格調，本王與王妃都不喜歡。」

這態度太過隨意，彷彿自他嘴裡說出來的，不管哪一項，英王妃都是箇中高手，只贏不輸。氣勢太壓人，十七公主下意識看向耶律古，她本意自然是想選打架……嗯，是拳腳或兵器較量。

騎射雖是她的拿手強項，卻難達到她想要的效果，總不能棄靶射到英王妃身上，那手段太過於拙劣。

她要的不僅僅是贏，不僅僅是要小賤人出醜，還要讓小賤人添傷掛彩，最好一命嗚呼！況且騎射不可能當場舉行，豈不是應了她擇日的要求？

耶律古看了玄朗一眼，清冽的眼眸中閃過一絲迷惑。英王太過安之若素，是英王妃深藏不露，他全然相信而不擔心結果，還是故弄玄虛？

「英王妃多才多藝，令人佩服，大夏文雅風流，我輩自愧弗如，我大遼兒女，凡切磋必是弓馬騎射的武試，英王妃出自將門，家學淵源，十七意在騎射，不知英王妃意下如何？」

明明是拿著自家的優勢去比對方的短處，占盡了便宜，還把場面話交代得漂亮——妳大夏的文之道，我們比不了，所以要比就是弓馬騎射，但也不說是欺負妳，妳不是將門之秀嗎？妳家全都是武將，以武對武，也不能說是占了便宜。

「我沒意見，怎麼比，比什麼，都行。」榮嬌很爽快。「不過，得先說好了切磋的內容，你說的這個騎射，是比完騎馬再比射箭，還是騎在馬上射箭？」

這種話都能問出來？

在場的眾人齊齊露出深淺不同的神情。北遼人不客氣地譏諷出聲，連騎射都不知道，還大言不慚地誇下海口比什麼都行？西柔人則是各有表情，既有惋惜的，亦有了然的，還有不齒的，形形色色，甚是豐富。

之前見大夏的英王胸有成竹，還以為英王妃看上去弱不禁風的，實際上深藏不露呢，畢竟英王妃出身將門，身為武將之後，會騎馬、能射箭是理所當然；結果英王妃一張口，全是行外話，恐怕即使是會騎馬、能拉弓射箭，也是粗通，與弓馬嫻熟的北遼十七公主根本不能比。

所謂的切磋，英王妃輸定了！

大夏人的表情則更令人玩味。不懂的面面相覷，不甚明瞭，聽上去王妃問得很有道理啊，所謂切磋，實際就是比試，先問明白規矩與內容也是應該的吧？做什麼擠出這副表情來？

懂的則面帶凝重，悄聲將詳情說給同伴聽，目光卻全投到了玄朗身上。之前見英王表態，還以為王妃有一戰之力，現在看來，似乎不妙……北遼、西柔的女子都善騎善射，自小就在馬背上長大，英王妃雖會騎馬，騎術怕是不能與人家比，何況還是騎射？

不用聽耶律古解釋，也知道他說的騎射，指的是騎在馬上射中移動靶子，那豈不是輸定了？

榮嬌外行的問題，玄朗毫不在意，兀自把玩著手裡的酒杯，等耶律古的回答。

榮嬌更是一副泰然自若。她本來也沒認為自己問得不對，既然是比試，當然要事先說清楚規則，她是大夏人，哪裡會知道北遼的規矩是否相同？至於從婉拒到最終勉為其難、不得不應下，再到提問，節奏實則一直掌握在榮嬌手裡。

「英王妃有所不知。」看熱鬧的太后微笑著輕啟朱唇，似為榮嬌解惑又似為北遼皇子公主解圍。「容哀家多嘴賣弄兩句，先給英王妃解釋一二，稍後耶律王子再細說騎射內容，可好？」

自然不會有人提異議，耶律古正愁不好解釋，大家都是明白人，有些事能做不能說，攤開了未免難看，十七約戰英王妃切磋騎射，已經是取己之長對他人之短。

雖然拿英王妃出身將門為由，終歸是不夠大氣。世人皆知大夏女子講究深閨嬌養，出入乘轎，鮮少騎馬，即便是將門閨秀也未必習武射箭，與大夏女子比武，勝之不武。

西柔太后願意解說，正合耶律古之意，拱手道謝。「有勞太后。」

「無妨。」太后笑得雍容美豔。「哀家聽得興起，想當年，哀家的騎射也還過得去……」

底下群臣跟著附和，太后當年可是百發百中，驚才絕豔……一堆的奉承之言朝太后湧去，莫說當年太后確實厲害，就是不行，也不會有人實話實說。

「瞧你們，哀家就這麼一提，你們倒攪和上了。」太后嗔怪。「英王妃有所不知，單論騎射，大夏與北遼、西柔皆不同。哀家聽說，大夏的騎射是指騎術與射技，兩者是分開的，故而在大夏會有比試射靜靶。在北遼或我西柔，說起騎射，均指騎在馬上射移動標靶，騎術與射術合二為一，以射中多者為勝。」

「哦，明白了，多謝太后解惑。」榮嬌含笑點頭，繼而轉向十七公主。「公主殿下想怎麼比呢？這兒顯然跑不開馬，我們是選好地點，另約時間，還是現在換個地方？」

「現在？」

十七公主沒料到她如此痛快與性急，現在是晚上，她居然要比射箭？

要知道夜裡騎射，囿於視線之故，騎術與射技的要求越發嚴苛，能在夜裡挽弓搭箭的皆非庸常之輩，放眼大遼，也只有寥寥幾個神射手可以做到。

以她的水準與能力，若夜裡比試，鐵定是要大打折扣的。

英王妃是無知者無畏，還是高手？十七公主略有遲疑，又看了看耶律古的神色。

「依哀家之見，今晚就不必了，時候不早了，不如改明日，哀家許久不曾活動身子骨兒，也想去給兩位喝聲采，不知兩位意下如何？」

太后的話，總是在恰當時候出現。

兩人無異議，作為熱情好客的主人，太后慷慨地提議將切磋地點定在王室所屬的騎射場。

雙方約定好比試時間，自有人去安排準備。

眾人的心神似乎都已被明日的騎射吸引，只是太后道之，國君樓立勳飲盡杯中酒，國宴正式收場。

第一百一十五章

西柔王城的夜空靜謐高遠，無數的繁星眨著清冷的眼睛，空氣冷冽，長街寂寞。出了宮門，兩旁如珠串般的火把漸次淡去，馬蹄踏在青石路面，噠噠聲響踏破夜色。寬大的馬車裡，玄朗將榮嬌摟抱在懷裡，兩人耳鬢廝磨，悄聲細語著。

「明天，我們帶自己的馬和弓箭，還是用西柔人準備的？」

榮嬌如今的騎射水準比之當年的樓滿袖還要勝出一籌，只比玄朗差了一些。

玄朗笑著摸了摸她的頭髮。「馬和弓箭，用自己習慣的最好。」

自己帶了愛馬與慣用的弓箭，沒理由棄用，即便自己不提，北遼人也會如此要求的。

「我明天要狠狠地贏她，一鳴驚人。」榮嬌揮了揮小拳頭，滿臉的志在必得。

玄朗盯著她微微嘟起的紅唇，眸色深了，緩緩開口，嗓音低沈如同上等佳釀。「小鬼靈精，打什麼主意？」

儘管北遼人很討厭，但那點程度的挑釁還不足以令榮嬌激動，所謂的被迫應許，不過是嬌嬌的有意引導，順勢為之。

十七公主是主動跳出來的靶子，小丫頭真正的目的是什麼？

榮嬌微轉頭，那雙清朗的眉眼就近在咫尺，彷彿春山雨後的天空，清透而明麗。

「沒打什麼主意，看她不順眼不行？」誰讓她覬覦自己男人了？還主動跳出來找虐，不打她的臉打誰的？

「行，當然行。還有呢？」

玄朗輕笑出聲，溫熱的鼻息撲在榮嬌的臉上，柔軟的唇幾乎就貼在耳畔。

自從與小樓合開酒坊後，他對酒的排斥弱了很多，平時雖然不喝，特殊重要的場合，比如成親時，比如國宴，也能小飲淺酌一、兩杯。雖未醉，卻比平常多了分慵懶，清淺的嗓音透著啞意。「一鳴驚人之後呢？」

說話間，扶在她腰間的雙掌發力，將懷中的人調轉成面對面，穩穩地置放在膝上。

榮嬌被他緊擁在懷裡，只能看到他精緻的下頜、挺直的鼻、清俊臉龐的線條。

「女人都喜談論八卦，樓滿袖當年騎射無人能及，她西柔第一貴女的稱呼直到今日都無人取代，我想或許可以喚起一些關於她的回憶？家長裡短的也好……」

樓滿袖未曾成親，一直居於王宮中，關於她的事查起來並不容易，榮嬌擁有記憶，但要尋找的真相恰恰是她不知道的，只能從其他人口中探索。

當年與她有過交往的年輕女孩至今健在的雖不少，但貿然提及，對方未必會開口，若是能有一件事勾起她們的回憶，或許會有所發現。

水裡有沒有魚，總得扔塊石頭試試看。

「還有，如今的太后與她記憶中的完全不同。」榮嬌將自己的發現說給玄朗聽。「會不會她也有分？畢竟最後得益的是她母子。」

「不能排除嫌疑。」玄朗沒想到在樓滿袖的記憶中，西柔太后當年竟會是那種形象，以他的了解，當年的形象自然是假的、刻意為之的。太后甫一入宮就有如此心機，她最終能攜幼子坐上王位，倒未必是爭搶的都死了，便宜了不爭不搶的。「太后宮裡防範嚴密，不容易查，我讓人先查當年在她身邊服侍的。」

如果真與太后有關，那這位拉珍太后絕非等閒人，布局堪稱高手。

「嗯，你最好了，別打草驚蛇，也儘量別折損線人。」

榮嬌摟住他的脖子，笑顏如花。要查太后當年的宮裡人，難度可想而知，玄朗要在西柔王宮布眼線不容易，若是為她這件事暴露了，有些可惜。

不過她不會說謝的，夫妻一體，他為她分憂，不需要道謝。

「喏，這是獎勵。」說著，在他面頰上親了一口。

「不夠。」他低頭，嘴唇貼在她的面頰上，低聲呢喃著。「嬌嬌……」

這樣的玄朗令榮嬌心悸，也難以抗拒。她心跳得厲害，腦子糊成了一片，鼻息間滿滿的都是他的味道，溫暖又摻雜了些冷香，就像他一向給人的感覺，溫和疏離，又讓人情不自禁地想要靠近。

「嬌嬌……」

玄朗只覺得有她在懷裡，心是暖的、滿的，繾綣的目光把她的眉眼從上到下仔仔細細掃了一遍，目光溫柔得像是在撫摸著一朵嬌嫩的花。時而蹭著她的粉頸，時而鼻尖蹭著她的鼻尖，薄唇在她的臉頰處流連廝磨，低低笑著，嘆息著。「嬌嬌……」

有她在，真好。玄朗滿足地喟嘆著，溫柔地吻上她的唇。

次日，天氣不算好。

是冬日常有、非陰非晴的天色，太陽高懸在空，卻是有氣無力，似乎到處都裹著層薄薄的陰鬱。

榮嬌難得起晚了。帶著濃濃的起床氣，看玄朗神清氣爽地站在床邊，清雅的臉上帶著淺淺笑容，如春陽下的湖面，柔柔暖暖的。

見她掀開被子坐起來，視線掃過來，臉上的笑紋更深了些，彷彿微風拂過湖面，吹起更細碎的漣漪。

「醒了？」

「哼。」

瞥他一眼，榮嬌氣呼呼的，不理會。想到昨晚的事情，她就來氣，這什麼人哪，明明知道今天有事，還纏著她鬧騰？

也不知道他怎麼想的，又不打算現在圓房，每回還折騰得自己慾火焚身，大半夜在外頭吹冷風還樂此不疲，害得她也睡不好。

一早起來見到始作俑者杵在屋裡，昨晚的回憶浮起，她不想理這個沒羞沒臊的壞人。

玄朗見她睡意殘存的俏臉氣呼呼的，情不自禁地唇角高揚，側身坐到床邊，輕柔地嘆息。「嬌嬌，還生氣？」

唇跟著壓下來，輕輕的一個吻先落在了她的眉心，然後向下，將她柔軟的粉唇含住，慢條斯理地啜吮輕啄了幾下，才輕輕鬆開。
「我想了一晚，還是沒有決斷。」
榮嬌被他親得有些迷糊，對這句沒頭沒腦的話反應不過來。「什麼？」
「到底吃不吃……」
不想等到及笄了，生平第一次要食言了，嬌妻在懷，只能喝湯不能吃肉，太煎熬。
「吃什麼？」榮嬌沒看懂他幽深的眼神，早餐嗎？
起床氣加上嬌氣，榮嬌的脾氣盤桓得有點長，玄朗低聲下氣、款語溫言，更衣洗漱、服侍早餐，費了不少勁才把嬌妻哄順了氣，重露笑顏。
起得不早，又因晨間插曲，夫妻倆沈浸在情趣中，等榮嬌收拾索利到皇家騎射場時，堪堪到了約定時間。
與她的從容不迫比起來，十七公主顯然更心急。玄朗、榮嬌施施然入場時，耶律古、十七公主等一干北遼人早已經到了，甚至來觀戰的西柔太后，鑾輦也在路上，頃刻即到。
「英王妃姍姍來遲，本宮還以為妳已在回大夏的路上。」十七公主嗤笑。
「遲了嗎？」榮嬌不解。「是公主來早了。」
然後，有些了然，有些疑惑。「公主是不是緊張？只是騎馬射箭，與平時玩沒區別，公主不用太在意的。」
誰緊張了?!
十七公主發現自己就不能與英王妃講話，這個賤人連同那張賤嘴，太讓人討厭了！她一張嘴，就沒句好聽的，看似甜軟，實則哪兒痛她扎哪兒！

「公主怎麼會認為我回大夏了呢？我們是來參加西柔國君大婚的，大婚盛典過後才會離開，公主張口就說我們現在要走，不知道的還以為妳不希望西柔陛下的大婚如期舉行呢！這種容易令人誤會的話，公主還是慎言啊！」

榮嬌覺得自己變壞了，不知是在異國，少了些拘束，還是西柔的民風以及樓滿袖的記憶對她產生影響，動不動就想使些小壞。

「妳、妳！本宮……」

十七公主簡直要被氣炸了。她哪句話說到西柔國君了？哪句話提到國君大婚了？英王妃怎麼能扯到非議西柔國君的大婚？

「應該慎言的是英王妃，不要胡亂扣帽子！」

十七公主反應也不慢，正色反駁。當著眾人面，她若是不加解釋，反倒易被誤會。「大家都有耳朵，不是妳說如何就如何的，但願英王妃不單只會耍嘴皮子，只有指鹿為馬、搬弄是非的能耐。」

榮嬌笑得矜持。「公主用詞不恰當，若妳覺得我說得不對，想要反駁，應該用牽強附會，不能用指鹿為馬，意思不對。小小提醒，公主殿下不必謝了。」

這話說得耶律古在旁都禁不住嘴角抽搐，何況是十七公主，頓時一口氣窒在喉嚨，憋得心口疼，一雙美目移向玄朗，泫然欲泣，刻意壓低擠細了嗓音。「英王殿下……」

這種當面都能誣衊他人的小賤人，哪裡好？殿下由著她在這裡胡言亂語，不怕引起兩國糾紛嗎？
玄朗壓根兒沒看十七公主，倒是將視線投向了耶律古，淡然道：「十二皇子也覺得本王王妃提醒得不對？」
「戲言而已，無關對錯。」耶律古不軟不硬地回了句。回頭要提醒十七，沒事不要在口頭上招惹英王妃，這個女人嘴巴太利，討不到便宜還白吃虧。大遼人素不善口水戰，有光明正大出手教訓的機會，何必逞口舌之快？這麼多年，大遼讓大夏忌憚的從來都是武力，不是嘴皮子功夫。
「如此甚好。」玄朗衝耶律古點點頭。「失陪。」
他幫榮嬌理了理狐皮大氅的領口，小聲道：「我們過去看看，剛才她說的比試規則都聽明白了？」
榮嬌是頭一回來這個騎射場，雖然樓滿袖曾來過多次，但時日已久，改變難免，來的路上她在馬車裡看過詳細的輿圖，還是有些許差別，既然時間來得及，不如先熟悉場地。
總之太后沒到，是不會開始的。
「外面的人不少。」
榮嬌與玄朗騎在馬上，找了處遠離人群的空地，在比賽的場地邊信馬游韁。
「都是想進來看熱鬧的。」玄朗輕笑。「十七公主求之不得，我猜西柔太后會問妳的意見。」
「正合吾意，來的人越多越好。」榮嬌笑得像隻小狐狸。

昨日宴上，西柔重臣皆在，所以大夏英王妃與北遼十七公主的騎射比試，王城有頭臉的府第都是知曉的。

太后要去觀戰，桃李不言，下自成蹊，一夜間，王城數得上名號的貴婦、貴女們，不約而同將原先的安排取消，改為來皇家騎射場。不是人人都有資格進皇家騎射場，能進來的也是少數，其他人暫時安靜地等在外面，等待太后的召見。

萬一太后不想眾人圍觀呢？

這所謂的切磋過於一面倒，明擺是北遼十七公主狠虐大夏英王妃，遠來是客，西柔總歸要給大夏人留些許臉面，英王妃的狼狽之態，眾目睽睽，總歸不好。

所以呢，恰如其分的做法是在場外等著，有需要，就眾星拱月陪太后觀戰，不需要，各回各家，至少態度得有，對太后恭敬順從，對貴賓熱情好客，姿態是必須的。

果然，太后抵達時，見到外面掛著各色部落家族徽記的馬車與旗子時，妙目微斂，聽不出喜怒。「一個個的，耳朵倒是長……」

不待別人開口，十七公主見到太后，先提到場外的貴女們。「……來時就想著要與西柔貴女們多親近，只是新來乍到，不曾得閒，今天趕巧，太后娘娘就答應吧？」轉頭問榮嬌。「英王妃不介意吧？」

不介意，當然不介意，人多正合吾意！榮嬌笑咪咪的。「但憑太后做主。」

太后見她神色輕鬆，特意看了玄朗一眼。「英王殿下意下如何？」

大夏人總愛故弄玄虛，平常一件小事也要拐上七、八道彎。這個英王妃，是真傻，還是不把北遼公主放在眼裡？作戲也別作得太過，屆時丟的可是大夏的臉面。

對上太后探詢的目光，玄朗微笑著確認。「王妃所言，本王無異議。」

當事人不以為然，太后自認為盡到了地主之誼，到時誰輸誰贏，怪不到西柔頭上。

一道口諭，凡是夠格的全部入場，太后將身分高貴的幾個叫到身邊，在下首落坐，其餘的依照品階大小、門第高低，遠遠地給太后行禮，依序坐好。

觀眾都排排坐好，只等兩位主角入場。

十七公主挑眉。「英王妃，內容都記清了吧？」

「清楚。」榮嬌甚是淡定。

不就是同時從起點騎馬，跑到指定的終點？途中見靶即射，先跑到終點，出箭多、命中多的算贏家？

聽榮嬌不以為然的語氣，太后好奇心起。以北遼人心性，既是要借這次切磋羞辱英王妃，選擇的定是自己最擅長且難度最大的。

箭靶分固定靶與移動靶，選的地形地勢複雜，有溝坎亂石、灌木草叢，若比試者馭術不精，單單馭馬從容通過都是難事，何況還要在前進中搭弓射箭，命中目標？

英王妃說得輕巧，是真聽明白了？

太后看著沒事似的榮嬌，竟有兩分不確定。英王妃神色輕鬆，比之北遼公主的躍躍欲試與志在必得，她冷靜得過分，像是赴一場熟人間的平常聚會。

是第一次比試騎射，不知厲害，還是沒將輸贏放在眼中？

在她聽來，比試內容的難度之高，非一般人能及，若騎技箭術能力平平者，即使在途中不落馬，能勉為其難跑完全程，成績也定是慘不忍睹。

至於西柔貴女之中騎射嫻熟者，若要賽完這一場，也不敢確保不會出意外且一定能有不錯的成績。

北遼公主的自信尚能理解，英王妃居然也敢下場？

第一百一十六章

出於禮貌與周全，太后還是決定多說一句。她是希望大夏與北遼鬧得越僵越好，卻不希望英王妃在西柔的地盤上被弄殘或丟了性命。

「這個是不是危險了些？兩位身分矜貴，萬一磕了、碰了的……」

「多謝太后娘娘關心，我兩人均無異議。」十七公主的意思很明顯，這是雙方之前商量過，彼此確認，不是某一方的決定。

「如此甚好，哀家多慮了。」太后淡道。

「太后娘娘、英王妃，本宮有個小提議。」十七公主勝券在握，本著物盡其用的原則，儘量發揮這次比試機會的最大功效。「既是玩，大家高興，不如添些彩頭？」

凡比試，皆有輸贏，給贏家準備獎品，亦是常態。

太后並不意外，見榮嬌無反對之意，遂順手取下手腕上的玉鐲子，笑道：「哀家出來得急，沒帶別的好東西，便用這個鐲子當彩頭。」

十七公主拔下頭上的一支金釵，雙手端托。「這是父王所賜生辰禮，本宮以它做彩頭。」

榮嬌取下腰間所繫的短劍，放在銀盤中。「此非神器，卻是我心愛之物。」

從她拔出短劍的瞬間，玄朗的目光就鎖定了太后，自然沒忽視見到那柄短劍時，太后微凝的眼眸……

「王妃不愧是將門之秀，哀家甚少聽說大夏閨秀佩劍的。」太后帶著幾分打趣，眼底微波閃動。「瞧著倒有幾分眼熟。」

「此乃本王老友所贈，算是我們夫妻的定情之物。」玄朗在旁出聲解釋。「太后好眼力，據本王推斷，此劍最早應該是貴國王室成員所有，可惜上面沒留名諱。」

「哦？如此說來，哀家倒要好生看看。」說著，太后從銀盤中拿起短劍，在手中仔細端詳，又抽出半截劍身看了看，笑道：「還真是王室之物。我西柔果然與英王夫婦有緣，竟是它做了貴夫婦的定情之物，真乃佳話也。」

「太后所言極是，若不是年代久了，本王還真想找到它的原主人，續一續緣分。」

玄朗點頭稱是，不著痕跡地觀察太后的神情。聽到自己這番話，太后雙目明顯緊縮了一下，他可以確定，太后以前一定是見過這柄劍的，也知道劍的主人是誰。

甚至劍的主人對她而言，不是無關緊要的人。

根據樓滿袖的記憶，這柄劍的原主人是先西柔王，是他童年開始練武時，他的父王、再上一代的西柔王為他量身訂製的，先西柔王很喜歡這柄短劍。

樓滿袖的哥哥樂可王子在七歲那年徒手打死了一匹狼，先西柔王甚是歡喜，將自己幼年時使用的這柄短劍賜給了樂可，引得一眾宗親小輩羨慕。

樂可愛不釋手，成年後亦經常隨身攜帶，早年間見過這柄短劍的人不少；樂可死後，因無子嗣，府邸被收回，家僕與家產歸於王室，這柄劍不知何故流出，幾經他人之手，輾轉到了大夏，偶然被大師所收，後又贈給了榮嬌。

「英王有心了。」太后附和，隻字不提此劍曾歸誰所有。「哀家出身不顯，早年居於後宮，不知是誰之物，若英王需要，哀家可請宗室王親幫忙。」

「多謝太后厚待，不必如此大張旗鼓，隨緣即可。」玄朗婉拒。

「英王豁達，倒是哀家執著了。」太后讚了聲，將短劍放回銀盤中，沒再繼續這個話題，轉頭看向身邊的貴婦道：「哀家與兩位貴客都出了彩頭，妳們也一起湊湊數。」

眾貴婦、貴女們紛紛響應，片刻間，珠寶玉石堆滿銀盤，與先前盛著玉鐲、短劍、金釵的銀盤同放於臺前，靜候贏家。

雙方再無異議，各自去更換衣服，比試即將開始。

十七公主動作快，提前換好騎裝來到起點等待，不過片刻的工夫，連連催問榮嬌。

待榮嬌與玄朗並轡而至時，十七公主已經極不耐煩，座下馬兒噴著響鼻，無聊地在原地踏步。

「看英王妃沈穩，想來族人俱是長壽之命。」

十七公主等得不耐煩，又被玄朗望著妻子那專注而溫柔的眼神所刺激，忍不住出言嘲諷。

如此慢騰騰，全家都是屬烏龜的吧？

「謝十七公主吉言，長壽比短命要好，生前再尊貴，死了一了百了。」

榮嬌綿裡藏針，誰不知耶律王族就沒長壽的？能活過花甲之年就是上天眷顧了。

「英王妃倒是心寬……」十七公主磨牙。

「嗯，公主也不賴，胸懷寬廣。」

榮嬌的目光意味深長地定在十七公主高聳的胸前，多少有些不爽。

十七公主穿了身深紅色的獵裝，衣服合體，腰間束了金帶，越發顯得胸前鼓鼓囊囊一大團，好壯觀。

她目光下移，微不可察地掠過自己的胸，心頭湧起嫌棄。好小……怎麼還沒長大？嗚嗚，不高興。

榮嬌的獵裝也是紅色的，只是她身上這件是火紅的，與十七公主濃稠的深紅相比，顏色更明麗輕快，在蒼白蕭瑟的冬天裡，透著火焰般的熱情。

款式也不同，糅合了大夏與西柔的風格，修身窄袖，鑲著少見的雪白火焰邊，外面繫了件同色白狐毛的短斗篷，紅色短靴鑲銀白邊。

坐騎是匹通體如玉的白馬，配著棕紅色的轡頭與鞍韉，左邊掛了兩排箭壺，插滿白羽雕翎，右邊掛柘木牛角弓，弓臂油亮，透著精心打理的痕跡。

白馬紅衫，雕翎彎弓，榮嬌整個人頓時從嬌弱到英氣，又多幾分飄逸。

十七公主不得不承認，明明是乾癟沒看頭的小賤人，換了身裝扮，還是有兩分姿色的。

不過，那也沒用，贏的一定是自己。

「多謝王妃謬讚。」十七公主得意洋洋，隨著她的動作，那越發高聳的豐滿微微地抖了幾下，眼風掃過榮嬌的上半身，目光中不無驕傲與輕視。

本宮全身上下，哪一處也比這乾癟的小賤人更有料，脫了衣服到榻上，男人還是喜歡本宮這樣的。英王也是男人……

帶著春意的眼含情脈脈地望向玄朗，腰背挺直，傲人的胸部越發明顯。

榮嬌不用去特別注意，也能發現場上多少男人的目光若有若無、或遮掩或坦蕩地黏在十七公主身上。

好在玄朗沒有，他目光一直都在她身上，不像那些男人滿腦子的大饅頭，餓了幾輩子似的！

十七公主占了上風，不再囉嗦，對榮嬌打個招呼，摘弓在手，兩人策馬來到比試的起點。

原先還有些雜音的場上頓時一片安靜，眾人的眼光都落在那兩道紅色的身影上。

榮嬌沒十七公主高，她騎的白馬身形也比十七公主棗紅色的座騎小了些，十七公主沒披斗篷，深紅色的緊身獵服，從背後看，細腰寬臀，單單背影就十分的熱辣。

而英王妃嬌嬌小小的，雖然在馬上身形平穩，坐姿如松，挽韁持弓，也有幾分像模像樣，可就是讓人心生憐惜，不知是否因為知道她是大夏人之故，總覺得像她這樣嬌滴滴的人兒，不應該出現在這裡。

榮嬌穩坐於馬上，神色平靜，心如古井，不起一絲波瀾，對身後的竊竊私語置若罔聞，十七公主卻居高臨下睨了她一眼，不無惡意道：「現在認輸，省得白費力氣，不然摔下馬跌成瘸子或劃花了臉，就得不償失了。」

榮嬌淡淡地掃了她一眼。「廢話真多。」

隨著一聲鼓響，前方軍卒的發令彩旗舉起，二鼓後，小旗在空中劃出一道直線落下，小旗揮落的同時，兩匹馬飛出，不曾有半絲的遲疑。

然而十七公主的馬比榮嬌的馬腿長，雖同時策馬，幾步之後，榮嬌終是稍遜一籌，落後一個馬身的距離。

「英王妃不愧出身將門，騎術甚佳。」

從榮嬌換了騎裝出場後，太后的視線就不停地在她身上掃過，目光中不無探詢之意。

不只太后注意到榮嬌衣飾的花樣，亦有其他上了年紀的貴婦被那身騎裝吸引，原因無他，只因那身紅衣上的雪白火焰紋。

紅衣鑲白邊是西柔女裝常見款式，但慣常多是白色雲紋、水紋或纏枝雪蓮紋，紅衣配白色火焰紋，幾十年來是某個人的專屬，如今已成禁忌，沒想到今日竟在大夏英王妃身上重現。

女人對衣著的記憶總是格外深刻，雖然榮嬌的身形與樓滿袖相去甚遠，難以將她兩人聯繫起來，但玄朗暗中觀察，發覺因這身騎裝特別關注榮嬌的，除了太后，場中年紀與太后相仿或再年長些的女眷，或多或少都有些神情上的變化，應該是睹衣思人，勾起了久遠的記憶。

榮嬌是根據樓滿袖的記憶，將她最喜歡的紅色騎裝加入大夏風格，稍加改良製作而成，其明豔的紅色與白色火焰紋，與樓滿袖當年的一模一樣。

當年被譽為西柔第一貴女的樓滿袖，紅衣白馬，多少次在這裡以精湛的騎射折服西柔一眾貴人，獨領風騷。

所謂第一貴女，不是來自她的身分，而是因其無人能及的英勇。

西柔以強者為尊，不分男女，當樓滿袖騎射武技罕有敵手時，其女子之身、公主身分都是點綴，憑藉其實力，第一貴女的桂冠非她莫屬，當之無愧。

榮嬌就是要以類似的衣著、類似的風姿，重現屬於樓滿袖的記憶與榮光。

太后神色如常，倒是對榮嬌的騎術做了一句點評。

十七公主的表現不出意料，英王妃的騎術倒是令人意外，單單起落間的策馬起跑，就足以證明她騎術不弱，雖看上去比十七公主遜色，可未必是自身騎術，或許還有馬匹之故。

太后的這番話倒是誠心誠意，而且讚賞的時機也恰好，剛剛開始，雖勝負早定，現在輸贏並不明顯，不在此時誇讚輸家，等到劣勢明顯或結局已定時再說，晚矣。

「太后所言極是，不但是騎術，她箭技也不錯。」

玄朗一點也不謙虛，直接將太后誇獎的話照單全收。西柔太后還是有眼光的，居然能看出他家嬌嬌騎術甚佳。

嬌嬌是故意讓十七公主跑前面的，不然哪有她領先的機會？

沒有人比玄朗更清楚榮嬌的騎射，十七公主相差甚遠，這一馬身的差距是榮嬌故意為之，一開始就先聲奪人，不給對手喘息的機會，豈不是使宜了十七公主，且太無懸念，對不起一眾觀眾？

她定然是想先讓十七公主高興一會兒，之後再以實力戰勝，讓其先喜後哭，教訓才越深刻；否則就這幾步的距離，不用抖韁繩就追上了。

嬌嬌胯下的那匹千里馬，看似身形小，但要勝出十七公主的那匹馬也不難；論騎術，嬌嬌比十七公主高出許多，又有座騎優劣之分，追上只是一念之間。

何況這才開始，箭靶都尚且未出呢，玄朗不信在場除他之外，還有誰的射技能比得過榮嬌。

玄朗的語氣太過自然，彷彿是陳述事實，令太后一時無語。

不是說大夏人都慣會謙虛？這英王明明一副謙謙君子的模樣，怎麼表裡不一呢？就算是護短要誇自己王妃，總得尊重事實吧，明明是輸了，還能大言不慚地道騎射不錯？

不過若是放到大夏，英王妃的水準也確實是不錯的了，也難怪英王這般與有榮焉；但這不是大夏，與英王妃比試的也不是大夏的千金閨秀，而是北遼公主，他就這般不在意輸贏？

太后不信。

十七公主在馬上，微微側目看了看落在身後的榮嬌，飽滿的紅唇不屑地勾了勾。就知道小賤人不行，架勢倒是挺唬人的。

剛才榮嬌策馬而出的氣勢，著實嚇了她一跳，沒想到弱雞般的英王妃，反應居然能與她同步，還真會騎馬?!

不是說大夏人都喜歡乘轎子或坐馬車嗎？就算是會騎，也應該限於走平路吧？

果然，她只是稍微加速，就將英王妃甩到後面……十七公主稍有起伏的心落回原處。現在都落後，到後面複雜的地形就更不用想了。

前方已有靜靶出現，十七公主顧不得再管榮嬌，直接拉弓射箭。

英王妃不足為慮，她今天要贏得漂亮，要揚大遼的國威，更要讓英王見識自己本領。

馬向前衝，雙耳掛風，拈弓搭箭，在快馬疾馳中，十七公主素手執弓，箭如流星，一路連爆箭靶。

隱約覺得身後的馬蹄聲似乎越來越遠，除了風聲，十七公主聽不到人群的聲音，想來是被她的精彩表現震驚了吧？

經過這番熱身，她熱血逐漸沸騰，快意至極，策馬直入。前方地形已經開始複雜，做為移動靶的木兔正在軍卒驅使下四處亂竄。

如果十七公主這時候回頭，就會發現人群之所以無聲，的確是因震驚所致，只是不是為她，而是英王妃！

第一百一十七章

看臺上，玄朗一本正經地回答西柔太后，道是自家王妃箭術也不錯，太后娘娘無言以對，只好禮貌地笑笑，當英王是在開玩笑。

護短到這種程度，也真令太后大開眼界。

耶律古聽到他這番話後，眼中忍不住閃過嘲諷。宋濟深的標準要多低，才能大言不慚地將英王妃歸到「不錯」？就英王妃那副弱不禁風的樣子，能拉弓射箭？

身邊的各色眼神，玄朗一律視而不見。不信？拭目以待，自己看吧！

場上那兩道身影已遠，紅馬依舊在前，白馬尚且落後。隔得遠了，視線不夠清晰，卻也能勉強看到靶子，十七公主在疾馳中開弓放箭，速度極快，準頭也不錯，雖不能射中靶心，卻都能射中標靶，鮮少有落空。

雖然因為馬速過快，標靶間的距離過近，不能每靶不落，但能做到過一射一，這般拉弓上箭的身手也令人驚嘆。

外行看熱鬧，內行看門道。在場的，除了少數幾個人夏人是外行，西柔與北遼人皆是內行，情不自禁喝采。以耶律古為首的遼人自然與有榮焉，耶律古別有用意地看了看玄朗，見他仍是一副不為所動的模樣，終是使氣。「請問英王，王妹箭法如何？」

玄朗淡淡地掃了他一眼，嗓音清淺，頗有幾分漫不經心。「勉強入眼。」

「呵，英王真會開玩笑。」

耶律古冷笑，心生不悅。十七這番表現，放在男人裡面也非同一般，宋濟深居然給了個勉強入眼的評語？剛才卻說他王妃箭術很不錯？

「如此，倒是更期待英王妃的表現了。」倒要看看所謂的不錯是何水準！

耶律古面色沈冷了幾分，周身散發著不悅的氣息。

西柔太后在旁亦覺得玄朗氣量狹窄，有失大家風範。雖為對手，以他的身分也不應該失了風度，十七公主如此表現還當不得一個好？

「現在就可以看。」

玄朗的目光鎖定在榮嬌身上，自然看得到她的動態。

榮嬌正緊隨十七公主，到了靜標靶處，只見她輕巧地拈箭拉弓，白羽雕翎如一道劈開空氣的銀線，直奔靶心而去。

一箭出，馬向前衝，第二箭復跟上，接著是第三箭……然後再次拈箭，重複其上的動作。

與十七公主之前的急促不同，她的動作流暢而從容，姿態曼妙，透著難言的美感，與之相比，十七公主之前便顯得急躁。

「三連發！」

「是連珠箭。」

「不是，是取三箭逐一單發！」

觀眾席上一片啞然，都睜大了眼睛，屏住呼吸。所有人的視線集中在那道紅衣白馬的身影上，玉手輕揚，從容不迫，一道道白羽雕翎皆定在紅色的靶心上，馬匹控制得恰到好處，每三箭加速後會有輕微減緩，與素手取箭的時間配合完美，既不會慢，影響前進的時間，又不會快，導致漏靶。

箭箭皆中靶心——

太后動容，彷彿想到了什麼，滿臉不可思議，掩在袖袍裡的雙拳攥緊，目光一瞬不瞬，緊盯著那道向前的背影，身子下意識地前傾，心頭掀起驚濤駭浪——她是內行，自然清楚要保持速度又能一靶不漏地箭箭皆中紅心，是何等困難，非神射手不能為之。

靜靶皆中紅心。太后自問，在自己最鼎盛的時候也是做不到的，而且眼前的一幕是怎樣地似曾相識。

曾幾何時，同樣一襲紅衣、一騎白馬的那個人，就在這裡，一次次以更快的速度連中靶心，箭無虛發。

自她之後，西柔女子再無這般風采。

如今，場景重演，締造奇蹟的居然是纖纖弱質的大夏英王妃。

太后一陣無語，側目玄朗。難怪宋濟深敢當眾如此評價，若英王妃的箭術只能被稱之為不錯的話，北遼公主先前的表現被稱為勉強入眼，已是口下留情了。

英王妃剛才的表現，堪稱人馬合一、人箭合一，這種程度，十七即便是打起十分的精神，竭盡全力亦追趕不及。

榮嬌出乎意料的精彩表現令全場沸騰，與太后一樣想起舊事的畢竟是少數，更多的年輕貴女並不知曉那段過往，只是為榮嬌的精湛箭技而傾倒。

榮嬌這時早已越過靜靶，風馳電掣般向前衝去。她的路線與十七公主不同，場中的動靶是木製兔子，散落在各處，由人控制四下移動，並不像靜靶固定，要想出箭，只能由此經過，別無他路。

勝者不僅要在規定時間內到達終點，還要看其出箭的成績，靜靶她已穩壓十七公主，接下來就看誰射中的兔子多了。

小兔子乖乖，快出來吧……

這雖是榮嬌第一次來西柔皇家騎射場，卻無多少陌生，樓滿袖曾熟悉這裡的一草一木，只不過當年這裡的活靶用的不是木兔子，而是活兔子、活羚羊，不知是改變了作風，還是特意為這次比試準備的。

確切地說，是為了這次參加比試的她準備的，東道主體貼她是大夏人，見不得血。

這些念頭在腦裡一閃而過，並不影響手上的動作，榮嬌有心一鳴驚人，自然是強勢出擊，這是她重現樓滿袖英姿的舞臺，至於十七公主，早已被她忽略。

耳邊突然傳來一陣鑼響。

這是第一次提醒的鑼聲，一盞茶後再有第二次提醒，三次鑼響之後，意即規定的時間到了，比試終止，場上所有參與比試的選手必須在此之前抵達終點，否則視為放棄。

第一次鑼響之後，所有活靶都被收起，在此之後射出的箭，皆不再計入成績。

差不多了——榮嬌調轉馬頭，向終點疾馳而去。

遠遠地，白馬紅衫的她速度極快，猶如一朵跳躍的小火焰，在高高低低起伏不平的場間劃出一道火線，直奔終點而去。

來了，是英王妃！

那如雷的掌聲與歡呼聲，讓策馬而歸的十七公主驚訝地盯著立在終點處的榮嬌。她居然先回來了？

只見英王妃端坐在馬背上，身形纖細，如一把出鞘的寶劍，劍指長空，氣勢如虹，雙眼明亮璀璨。

十七公主臉上穩操勝券的笑意僵住了，陰鬱地打量著，視線中不無審視與敵意。榮嬌不躲不閃，眸光明亮而平靜地直視她。

那雙眼睛，清亮如水洗過的黑曜岩，十七公主在這雙眼睛裡沒有看到任何沮喪與挫敗，她想像中的倉皇或絕望，更是不見分毫。

十七公主注視了好一會兒，心頭忽然浮現某種不詳的預感，她的目光從榮嬌身上移開，掃過觀眾席，彷彿想要否定什麼……

她失望了。她的視線急切地找到了十二皇子耶律古，在那雙熟悉的眼眸裡，她看到了失敗。

輸了？輸的是她?!

榮嬌淡淡地掃了十七公主一眼，沒理會，視線掃向觀眾，原先太后身邊屬於玄朗的位置空了，人呢？

榮嬌的視線與太后對上，她櫻唇輕翹，先行以微笑示意。

太后那雙塗抹了重彩、眼梢入鬢的鳳眸，如一泓秋潭，接收到榮嬌的微笑，她豔麗端莊的面龐浮現一抹矜持而讚賞的笑。

榮嬌在馬上微微頷首，以示回禮，神態從容，彷彿對自己先前展現的騎射習以為常，對眾人的驚豔亦是如此。

太后心中了然。難怪英王夫婦自始至終安之若素，人家根本沒將這場比試當回事，英王妃在宴上再三推辭，不是北遼人以為的不敢，而是提不起興趣，無心比試。

只是，英王妃身為大夏女子，雖然出身將門，家學淵源，擁有如此身手也著實罕見。

太后想起之前查到的關於榮嬌的情報。英王妃的娘家名聲不顯，其父雖曾任大樑城京東大營主帥，是嘉帝的心腹，卻非英勇善戰之故；其長兄泯然，其二兄倒頗有英名，在大夏年輕一輩中備受推崇，駐守百草城時間不久，已在遼人心中闖出好大的凶名；而三兄習文，拜在大儒莊煙生門下……

至於英王妃池大小姐，傳言生來體弱多病，在成為英王妃之前藏於深閨，無人聞其聲、識其面。

太后很難將傳說中的池大小姐與眼前的英王妃連起來，兩者似乎沒有任何相同之處，是天差地別的兩個人。

她目光又一次掃過榮嬌纖細的身影。據查，英王妃深居簡出、性情溫和，未嫁人前甚至不曾出過池府的大門，名符其實的大夏閨秀，千金小姐的做派。

昨日宴上初見，的確是小女子形象，細聲細氣，溫婉淡定，眼前馬上的紅衣女子，嬌小玲瓏，氣質亦無大區別，依舊溫雅，通身並無殺氣，但靜立在那裡，卻如峭壁上的雪蓮，縱使一言不發，也無人能夠忽視。

太后目光微斂，腦中浮現出當年那女子的英姿。無論是身形或樣貌，英王妃與她都無半分相似之處，除了碰巧相同的雪焰紅衣，以及堪稱神技的騎射之術……

英王妃二兄英勇無敵，她自幼隨兄習武，能達到這般精湛程度，雖然罕見，也是有可能的吧？

她若一無是處，宋濟深會娶她為妻？她既無顯赫家世，能令宋濟深許以妻位，自然是緣於自身條件，相貌秀美、性情溫婉又有一手神技，宋濟深是因此動心的？

太后心中千迴百轉，提醒自己要理智點，英王妃與那人不會有絲毫關係，甚至英王妃不會知曉有這麼一個人，她不能因這小小的相似之處就胡思亂想，漫說不是那人，就算今日她出現於眼前，又能如何？

如今不同往昔，自己是西柔的太后，執掌國政多年，早已不是當年的後宮小女人……

太后關注榮嬌的同時，榮嬌也裝作不經意地環視場下，目光落在年長些的貴婦身上。

不知道這裡面有多少人還記得樓滿袖，應該沒有人會忘記吧？她那樣的奇女子，若曾相識，又怎麼可能忘記呢？希望自己今天的表現，能令更多人想起當年的樓滿袖，不需要掀起多大的議論，只要私下談論就好。

玄朗說了，有今天的比試在，想要讓人想起樓滿袖並不難，稍加引導即可；若是都緘口不言，那就說明有鬼祟，誰在背後阻止這話題，順藤摸瓜，就能帶出更多線索。

正想著，耳邊傳來一道熟悉的聲音。「王妃英武——」那聲音透著笑，好聽得令人心頭發顫，綿綿情意讓人不禁面紅耳赤，榮嬌不用回頭也知道是誰。

玄朗來到她身邊，手裡拿著象徵贏家的花環，嘴角含笑，溫柔專注地看著她。

「多謝誇獎。」

聽他透著笑意的打趣，榮嬌不禁得意中透了點羞澀，美目輕抬，瞋了他一眼，又乖巧地垂首，任他將花環小心翼翼地戴到自己脖子上，細心整理好。

「怎麼被你拿來了？」這場比試的評判不是西柔太后嗎？由她來公布結果，親授花環。

「我主動請纓，替太后代勞。」玄朗輕笑，目光帶著溫柔與驕傲，手指借著整理花環之際，來回輕撫著她細嫩白皙的脖項。「這等機會，不想讓給任何人。」

「別鬧，癢……」

榮嬌輕輕避著他的手指，紅透了的小臉上明晃晃掛著求誇獎的神情。「怎樣，我的表現還不錯吧？」

「非常出色，以妳為傲。」

玄朗藉著替她整理額前的亂髮，身子更貼近了些，趁人不注意，迅速在她眉心處印了一吻。那吻如微風帶著羽毛拂過，稍縱即逝，只餘下漣漪，柔軟而溫熱的觸感從眉心蔓延至全身，餘韻綿綿。

「走吧，太后娘娘還等著給妳獎品呢！」玄朗親完立馬接話，不給榮嬌嗔怪的機會。

他動作雖隱蔽，又有身體遮掩，可此時榮嬌正是焦點，無數雙眼睛都盯著呢，這番小舉動還是落到了觀眾眼裡。西柔人本就開放，並不忌諱人前親近，尤其這是大夏英王，俊男美女，又是素來內斂的大夏人，比之他人更有衝擊，於是現場響起一陣陣善意的呼嘯與哄笑。

榮嬌白了他一眼，臉上卻佯裝鎮定。「哼，回去再算。」

玄朗笑而不語，只覺得怎麼看都看不夠，榮嬌運動了這一場，消耗了不少的體力，不過這一番酣暢淋漓之後，通身的舒坦，人也十分精神，臉蛋紅撲撲的，眼睛燦若明星，額頭有著微微的汗意。

對於玄朗偷襲般的輕吻，她內心裡更多的是歡喜，只是有點不習慣於人前親近的羞赧而已，被人一起鬨，反倒將心底的不自在沖散了不少，一時間竟覺得這種環境也不錯，人多，玄朗長得又養眼，當然自己也不差，如他們這般的神仙眷侶，讓人多看一會兒倒也無妨。

還有，等下應該讓玄朗再提起一次那把短劍，太后裝作不認識，其他人呢？也都沒見過嗎？

第一百一十八章

太后宣佈英王妃是贏家，又象徵地將裝滿彩頭的銀盤送到榮嬌手中，半開玩笑地打趣道：「不知英王妃如此神技，哀家拿一只玉鐲充數，著實汗顏，回頭定讓人補上。」

榮嬌婉拒。「太后言重，小小切磋，不足掛齒，況且玉鐲還是您心愛之物。」

玄朗輕笑，從銀盤拿起榮嬌的那柄短劍。「王妃所言非虛，昨夜國宴，太后便戴了這只玉鐲，她猜此必是太后的心愛物，若非如此，她豈會拿這柄短劍作押注？」

因為太后娘娘取下了貼身心愛之鐲，王妃只好拿出同等誠意，將心愛之物取出。

太后了然，因英王妃今日為騎射而來，梳的髮髻相對簡單，周身上下首飾釵環戴得不多，雖為精品，但不及她的玉鐲貴重，亦不及北遼公主的金釵意義重要。

隨著玄朗之言，眾人的目光落於那柄短劍上。

「先前本王曾言，此乃本王夫婦的定情之物，又是西柔王室舊物，其重要意義已遠超過劍本身。」言罷，抬手揚了揚短劍，對榮嬌溫柔一笑。「還好我深知王妃的能力，不會將它輸了出去，不然可要擔心一場。」

說著，他低頭，認真將短劍重新掛於榮嬌腰間的劍袋上。「仔細收著，不許再有下回。」

溫柔的語氣配上他俊雅的面容，明明手上做著體貼至極的動作，嘴裡說得卻霸道至極，這一刻，在場的女人無論年紀大小，皆被他的魅力所吸引，就連太后拉珍，心中也情不自禁地微微蕩漾，羨慕之心悄然而生。

英王妃真是好福氣，能得英王如此寵愛，但凡是女人，都會希望宋濟深這樣深情相待的對象是自己吧？同樣身為女人，為何自己就沒遇到如宋濟深這般能為自己遮擋風雨的男人，而只能櫛風沐雨，獨自砥礪前行？

「太后娘娘，本王與王妃有個不情之請，還請太后應允。」

玄朗完全沒察覺自己給榮嬌招來多少羨慕嫉妒，也不怪他，平常在家裡，榮嬌的日常起居多由他親力親為，諸如更衣、穿鞋、梳頭之類的事情，做過不知多少次，如現在這般的繫劍行為，實在是不足為道也。

「英王殿下但請直言。」太后收回思緒，暗定心神。

「是這些……」玄朗指了指銀盤中的各色物品，淡笑道：「榮耀與戰利品，我們收下，其他的歸還原主可好？心意本王夫婦心領了。」

意即，只打算收下太后的玉鐲與十七公主的金釵，其餘的物歸原主。

「當然可以，彩頭本就由贏家做主。」太后欣然應允，看向榮嬌。「王妃意下如何？」

「我聽王爺的。」

在外人面前，榮嬌永遠是一副夫唱婦隨的模樣，殊不知私下裡兩人相處時，她才是當家做主的那一個。

英王夫婦心懷感謝，自然要親自物歸原主，而太后在旁引薦，榮嬌借著一還一取的機會，將在場的西柔貴婦、貴女們認識了一圈。

「神射手啊，了不起。」

回程的馬車剛一駛動，玄朗就將榮嬌撈到懷裡，溫柔的唇密密地印了下來，額頭、臉頰、鼻尖一路流連著，最後落到了唇上。

輾轉廝磨，溫滑的舌探進去，絞纏著她的小舌吮吸著，溫柔中帶著狂野，整個人也莫名激動了許多，力度比之平時要重了幾分。

榮嬌軟軟地掛在他身上，腦子迷迷糊糊的，本能地回應他。好半天，玄朗才鬆開她，榮嬌全身發燙，大口大口喘息著，玄朗的呼吸也粗重異常。

他緊摟著榮嬌的腰，唇還貼在她的唇上，或輕或重地啄著，盯著她遍布紅暈的小臉、紅潤而微腫的櫻唇，又埋下頭深深一吻，大手從腰部向上游移，悄悄解開了她的腰帶，手從衣襟下襬探了進去，握住了她不算豐盈的柔軟，輕輕揉捏著。

「嗯……」

榮嬌本就被他的親吻迷得找不到方向，這樣一揉，少女的身子青澀而敏感，頓時全身發軟，整個人都軟成了一汪春水。

「又長大了……」玄朗的唇似貼非貼地壓在榮嬌的唇上，一向清淺的嗓音被情慾染上了嘶啞。「只喜歡妳的，大小都喜歡。」

「什麼？」

榮嬌神魂顛倒，反應也比平時慢了，濛濛的大眼睛滿是茫然。好好的，玄朗怎麼會在這個時候說起這個？

「這裡……」

溫熱的手掌托捏了兩下，食指與拇指在頂端的凸處來回揉捏著，感覺到那小小的凸點在自己的手指間俏生生地挺起變硬，越發心旌搖曳，喉結急促地滑動了幾下，全身的熱血都齊齊往下腹湧去。

摟著她腰身的手用力將懷裡軟軟的身子往自己一帶，似乎要揉進自己身體裡，另一手在胸前的柔軟處肆意揉捏著。

榮嬌忽然意識到他剛才說的大小指的是什麼，腦袋陡然一片空白，像煮熟的蝦，全身都紅了，簡直不敢相信那些話是出自玄朗之口！

「你、你——」

下流！色胚！榮嬌羞得用力推他。

她坐在玄朗的腿上，來回推了幾下，明顯感覺到他下身某處硬硬地抵著自己。

「別動。」玄朗啞著嗓子將她抱得更緊，身子不受控制地抵緊了她。

「快起來……」

榮嬌不敢再動。他們成親有段日子了，雖然一直沒圓房，但晚上睡在一起，少不得肌膚相親、摟摟抱抱，除了最後一步沒做之外，其他能做的都做了。

不過，自從出使西柔之後，這樣的親熱便很少了。一開始榮嬌身體不適，夜不安眠，玄朗心疼她，自不會不顧她的身體，只管自己放縱；接著是孵化牽機夢生蟲，兩人連最正常的身體接觸都不能有；之後好了，玄朗又憐惜她長途旅行的辛苦，晚上也不敢太鬧騰。

抵達西柔王城後，更是忙著熟悉情況，滿腦子都是關於樓滿袖的事情，說起來，也就是昨天晚上與牽機夢生蟲剛孵化成功的那兩天，他才稍微放縱了一回。

自己原先還打算這趟出來將人拆吃入腹呢，誰知連接茹素，連原先能夠享受的那點葷味都搆不著了。

之前在騎射場上，她一換上騎裝，他就想將人摟在懷裡好好親個夠，尤其是她策馬入場，挽弓搭箭的英姿燙得他心都醉了，除了濃濃的驕傲，還有深深的想要……想要昭告天下所有人，這個獨一無二絕代嬌女子，是屬於他的，是他一個人的嬌嬌。

當榮嬌輕鬆贏得勝利時，他激動得不能自已，向來不形於色的他，幾乎要用盡全身的力量克制自己，才不至於當場失態。那種心潮澎湃直逼得他眼底發酸，充盈在全身每一處的興奮與喜悅，其濃厚與激烈，如排江倒海般，一波猛似一波。

當年他第一次打勝仗，第一次被稱為戰神，情緒也不過有些高興，甚至稱不上興奮，遑論熱血沸騰，激動得幾欲落淚。

他既想驕傲地讓所有人都知道榮嬌的好，又想小氣地將她藏起來，只有自己一個人能看到她的美好。

不想承認，有那麼一會兒，他的心情異常複雜，糾結著、矛盾著。

最終還是決定，隨她喜歡。

她做什麼，都好，想飛，就給她足夠高闊遼遠的天空，想宅著，就將她護在自己的羽翼下，風雨吹淋不了。

眼下好不容易脫離了那些不相干的人，他豈有不抓緊時機之理？

「別說這個……」

玄朗不想從那張迷人的小嘴巴裡聽到類似拒絕的話，半推半就的也不想聽，直接用唇堵上，攬著榮嬌倒下，一個輕巧的翻身，將她放倒在車廂的厚毛毯上，欺身而上，將她壓在身下。

「這裡，要多揉揉，才長得快、長得大……」

玄朗邊親邊在她耳邊低語著，腰腹緊貼著她，一下一下磨蹭著。

榮嬌這才知道，先前自己對十七公主的波濤洶湧露出的複雜神色，一定是被他看透了，知道她多少還是有點羨慕人家，對自己不甚滿意。

隱秘的心思被看穿，榮嬌很是羞窘，鬼使神差就問了句。「你喜歡大的？」

問完了，羞得腳趾頭都不好意思地蜷縮起來。她真是瘋了！居然問他這個？還是在馬車上，隔著車廂，外面全是人！

「妳的，大小都好，我都喜歡……只喜歡妳的……」

玄朗上下其手，嘴巴也沒閒著，邊表衷心，邊忙著這裡親一口、那裡啄一下。

他突然翻了個身，將榮嬌抱到自己的身上，雙手緊攥著她的腰，一下一下聳動著。

「別、別，等、等晚上……」

榮嬌慌得不行，手忙腳亂地掙扎著要推他。他這樣動，在車子外面的人都能看出車廂的異樣，一下子就能猜出他倆在裡面做什麼，她還要不要見人了？

「等不及了……」玄朗說著，將頭埋在她的脖頸處不停地親舔著。「放心，我有控制不讓車亂動，不會看出來。我今天太高興了，乖……」

最後一個「乖」字說得千迴百轉，勾得榮嬌心都酥軟了，迷迷糊糊地就從了。

從騎射場到大夏驛館的路，明明很長，在玄朗與榮嬌的感覺中，卻短得連親近一次都意猶未盡。

榮嬌只覺得像作夢似的，被他摁在身上，摟在懷裡，柔軟的小手被他帶著，被蠱惑了似地握著他的硬燙，做了羞人的事情。

平素清風朗月般的男子，貼在她的耳邊說著令人心頭發顫的瘋語，嚇得她總擔心被外面的人聽到，恨不得捂住他的嘴，卻又因為處於緊張又興奮之中，身子格外敏感，被他弄得氣喘吁吁，軟做一團。

後來，他發出醉人的輕吟，釋放在她的手裡。

「嬌嬌兒，寶貝，辛苦妳了……」

小爽了一把的某人取了帕子將榮嬌的手擦乾淨，尚未將兩人身上衣物整理好，便發覺馬車的速度慢了，少頃停下了，有人在外稟報。「王爺，驛館到了。」

榮嬌慌張起身，急著推他，玄朗笑著親親她的手，將兩人的衣服整理好，知曉她臉皮薄，又將髒帕子收好，仔細檢查了身下的毯子與靠墊等物品，確定馬車裡沒有留下任何痕跡，這才罷手。

至於車廂裡曖昧的氣息……玄朗頓了下，從暗格中取出顆香丸，捏碎了彈開，一股濃郁的香味散開，將那股味道掩蓋，這才給榮嬌穿上大氅。她的髮髻亂了，一時半刻弄不好，玄朗乾脆直接將風帽扣上，小心翼翼扶她下車。

進了驛館，回到自己的院子，榮嬌洗了兩次手還覺得上面有他的味道，不由氣惱。「下次再也不信你了。」

「是我不好，沒忍住，下次不會了……乖，妳想我怎樣就怎樣，都聽妳的，好不好？」

玄朗低聲下氣地哄著。他也知道自己過分了，居然在車上就逼著她幫自己，換做以往沒認識她之前，作夢也想不到自己竟有隨時發情控制不住的一天。

「嬌嬌，別生氣了，好不好？」嗓音莫名有種小心翼翼的討好。

榮嬌忽然覺得自己有點矯情了，玄朗膩著她又不是從今天才開始的，何況他顧忌著自己年紀小，成親到現在也沒有圓房，平時忍得甚是辛苦。想到他正是血氣方剛的年紀，摟著心愛的女人卻不能有進一步的行為，平素總是憋著得不到抒解，不找她解決找誰？難得哄著她幫忙弄一次，事後還得陪著小心，低聲下氣。

榮嬌心疼他的同時，也多了幾分自責，不由低聲道：「我沒有生氣，我、我只是不習慣，我也想讓你開心的……」心裡的念頭脫口而出，軟軟糯糯的，像是在撒嬌。「你……下次不許在外面，不能是白天……」

還有下次？玄朗驚訝，繼而狂喜，眼神熾熱。「嬌嬌，妳——」

「不許說話！」榮嬌大羞，強硬地轉換話題。「今天你有什麼發現？我們現在來商量下一步的計劃。」

玄朗知她害羞，心中暗喜，面上卻順著她的意思。「認出短劍來歷的有幾個，還有妳那身騎裝，感興趣的也不少。今天之後，給妳下帖子的西柔貴族會更多，妳想先從哪幾家開始？」

說到正事，榮嬌的心思立刻被轉移了。「你也發現了？認出短劍不足為奇，當年這些人都見過樂可王子，當初知道賜劍這件事的應該不少，奇怪的是，竟沒有一個人道出來。」

玄朗兩次強調短劍，其想了解短劍來歷的心情不言而喻，卻沒有人出聲，是場合不對，還是因為之前太后的躲閃？或者，還有其他不為人知的原因？

按說樂可王子病逝一事，並非禁忌，之前他們已經知道世人鮮少談論樂可與樓滿袖兄妹，原以為只是時間遠去，被人遺忘而已，並未放在心上；畢竟樓樂可當年只是諸位王子之一，並無壯舉，而樓滿袖雖有第一貴女之稱，眼下西柔太后當政多年，同性相斥，女子尤甚，誰會不長眼地去談論另一名奇女子呢？

「我會讓人仔細再查。」

玄朗神色認真。若是有心人有意為之，故意做出引導，那麼人選已昭然若揭。

除了西柔太后，似乎別無他人。

當年有能力競爭王位的四位王子，兩死一殘，還有一個被先西柔王流放，終生不許回王城，王位因此才落到唯一完好健康的稚齡幼童樓立勳身上。

若太后或她的手下與樓滿袖兄妹之死毫無關係，不必有任何多餘之舉，順其自然，漠視即可。

所以，會與她有關嗎？

第一百一十九章

太后回到宮裡，腦海中始終縈繞著今天在騎射場發生的一切，特別是英王妃的衣服與射技，總在眼前徘徊，令她不由自主地想到那個人——

她清楚這只是巧合，英王妃與那個人不可能有關係，可她從這兩個完全不同的人身上領略到相同的感受。

那個策馬馳騁、挽弓搭箭的英王妃似曾相識，雖身形容貌不同，氣質卻頗為類似。

太后素來理智，不會感情用事，同時她極為相信自己的直覺，這種敏銳的感知，助她良多。

一個死去多年的西柔前公主，一個是年歲未滿二八的大夏英王妃，家世、容貌、品性皆不同，時空相隔甚遠，如何能有牽連？

她是太累了嗎？

這麼多年一直盼著陛下長大親政，如今大婚在即，對這一天，她等了太久，似乎並沒有感到如願以償。大婚後接踵而來的歸政問題，令人有種說不出的滋味，不覺矛盾。

太后有心事。

蘭其嬤嬤迅速地做了判斷。她是太后的第一心腹，一路貼身陪伴數十年，最受依賴與倚重。

太后心裡的事，可能會瞞著國君、會瞞著其他所有人，卻一定不會瞞著她。

「娘娘，御膳房新做的點心，您嚐嚐？聞著倒是怪香的。」

蘭其嬤嬤從剛擺上的點心盤裡取了一份出來，神情自然。太后娘娘從騎射場回來就有些心神不寧的，是出了什麼事，還是有什麼人惹她心煩了？

她年紀大了，太后素來體恤，凡是要出宮勞神勞力的差事，太后一般都不捨得讓她跟著，皇家騎射場在城外，天寒地凍的，因此太后沒帶她去。

蘭其嬤嬤只知今天的騎射比試結果顛覆了原來的預測，以為穩贏的北遼公主輸了，以為必輸的大夏英王妃贏了，據說其騎射精妙，已達神乎其技，太后娘娘是為此而有感觸？

銀盤裡的方塊小點，白色中摻著淡淡的粉，顏色十分清雅，散發著濃郁的奶香，看上去不錯。

太后半倚在暖榻上，神色懨懨，擺手道：「哀家吃不下，妳也別忙活了，過來陪哀家說說話。你們都下去吧！」

「是。」

殿內其他人低頭稱是，施禮後，悄悄地魚貫而出。

蘭其嬤嬤半跪在暖榻前，拿起之前宮女放下的玉錘，輕輕捶著太后的小腿，不輕不重力道正好。

「今天的事，妳都聽說了吧？」

太后起了頭。果然是為了騎射比試之事嗎？此事難道還有後續？

「只聽說是大夏的英王妃深藏不露，神乎其技，大勝了北遼十七公主，下頭那些孩子只知道看熱鬧，沒看出門道。」蘭其嬤嬤答得穩妥。

「深藏不露，神乎其技？」太后低低地重複了這八個字。「說得極對，英王妃是深藏不露，神乎其技。昨晚北遼公主幾次三番要與她切磋，她百般推諉，哀家也以為她是不敢應約，今天到了場上，哀家也以為贏的會是北遼公主。」

太后慢悠悠地說著，對自己的情緒並無掩飾，熟知她的蘭其嬤嬤卻察覺她心緒不定，看似平淡敘述，恰恰說明這件事有令她困惑之處，要藉著回顧整理思緒，平穩心情。

「英王說王妃箭術不錯，哀家只當是他自誇，原來言不錯兩字是自謙之詞。」

「英王妃居然這般厲害？」蘭其嬤嬤不是懷疑，只是單純地感嘆。「大夏女人會騎馬、能拉弓已是令人意外，還能達到她那種程度，實在罕見。說到底，是北遼公主太遜，若是換做咱們西柔貴女，情況定會不同。」

「沒有不同。」太后搖頭。「妳是沒看到，不是北遼公主太弱，是英王妃太強，今天上場的若是西柔貴女，也會輸……」

太后幽幽輕嘆，饒是蘭其嬤嬤，竟也聽不出她這番話氣帶了何種情緒。

「竟這麼強？」

蘭其嬤嬤順著話意重複了一遍。

但，就算英王妃如此厲害又如何？好鐵能打幾根釘？她一個人抵什麼用？況且，以大夏的國情，女子太強反不受待見，英王妃一介女流，終其一生也沒有上戰場的可能，她就是強上天也沒什麼關係，對西柔更不會有影響。

太后心緒這般複雜，所為何來？

要說真有什麼，也應該是北遼人更擔心吧？那兩家才是死仇，而今天被羞辱、被打臉的又是北遼公主。

「是很強，非常強……」

太后頓了頓，神色間似有恍惚，彷彿想起了什麼久遠的過去，雍容美豔的面龐如褪色的畫片，莫名呈現出詭異的頹色。

「娘娘您……」

蘭其嬤嬤見狀，不免有些驚慌。太后娘娘從不是悲秋傷春之人，最不屑多愁善感之輩，眼下這種唏噓感慨，著實與娘娘不搭。

反常總不免令人忐忑，何況眼下反常的還是娘娘？

「妳沒看到，今天，英王妃穿火紅色騎裝，鑲著雪白火焰紋邊，騎白馬，三珠連發，箭箭正中紅心。」太后的臉上露出罕見的恍惚與茫然，聲音平板，不見一絲起伏。「追射活靶木兔時，她射出二十箭，箭無虛發……妳說西柔女子中有誰可以做到？」

蘭其嬤嬤思索。今日騎射的場地她是知道的，能在那種地勢、地形下射擊活靶而無一落空，乍然間竟想不到有誰可以做到，況且還要能三珠連發，皆中紅心。

「她是大夏女子，據說成親前從未出過府門，西柔更是第一次來……年紀小，歲數對不上，容貌體型也不同，可有那麼一瞬，哀家怎麼覺得像是看到她了呢？」

她？誰呀？

蘭其屏住呼吸沒敢問，娘娘是睹人思人，將英王妃與誰連到一起了？

著紅衫、騎白馬、騎射精湛……會是誰呢？

西柔女子最喜紅、白兩色，著紅衫者甚眾；至於白馬與騎射，亦是放諸眾人皆準，唯能得太后精湛兩字評語的，倒是少見。

蘭其嬤嬤在記憶裡努力地挖掘，似乎有那麼一個隱隱約約的影了，待要仔細去想，卻又如氣泡似的，瞬間消逝。

「說十七公主是北遼第一貴女，哼！」太后輕蔑地冷哼了聲，忽然頓住了，停了好一會兒，像是潛在水底直到窒息才浮出水面，聲音裡透著濕漉漉的悶意。「第一貴女呵……妳可還記得，西柔第一貴女？」

西柔第一貴女？

佳麗代代有天驕，各領風騷幾花朝，這前前後後，王城裡得到過第一貴女稱號的可不少，蘭其嬤嬤卻在瞬間就明白太后所說的第一貴女是誰了。

火紅衫鑲雪白火焰邊，神乎其技——是她！

蘭其的臉色僵滯，手上輕重得當的力度，突然失了分寸。

太后「嘶」的一聲，蘭其這才意識到自己心神恍惚，以至於手上的玉錘用力過大，急忙放下玉錘，誠惶誠恐地道：「娘娘，有沒有傷了您？」

「罷了，妳也不是有心的，放那兒吧！」

太后知道是自己提起西柔第一貴女的話題，才讓蘭其亂了心。

「哀家也知道八竿子都打不著的兩個人，可心裡就是挺亂的……看著英王妃就像看到她似的……」

她明白這兩人不會有關係，可心裡就是發毛。她素來相信自己的直覺，今天在場上，有幾個瞬間，她真以為自己看到了當年的那個「她」。

身材、長相的確是沒有一絲相像，舉手投足間的氣度也截然不同，但當她策馬挽弓時，周身氣勢竟與記憶中的那個人如此相似——一樣的氣勢如虹，一樣的氣定神閒，無形中就有種高高在上的貴氣，讓人不覺間心生膜拜。

「或許，都是箭術高明之故？」

蘭其找著可以安慰自己的理由。那位之所以被稱為西柔第一貴女，不是因其尊貴的公主身分，而是因其騎射之精，不但貴女中無人能及，即便算上男子，能與她相拚並論的也不過一二。

是嗎？太后沈思，僅僅是騎射精湛之故嗎？

大夏驛館內，玄朗與榮嬌研究完送來的資料後，開始挑看邀請赴宴的帖子。

「先去左相府……明天緩一天，約後天。」玄朗從面前的幾疊帖子裡拿出一張，放在旁邊。「明天或許宮裡會有旨意來。」

「你說太后娘娘？」

對那位看似親切的太后，榮嬌有種本能的戒備與不喜，不單因為她有可能是樓滿袖的敵人，還因為自己不喜歡她對玄朗的態度。

不知道自己是不是太小心眼且太多疑了，總覺得太后看玄朗的眸光中，偶爾會流露出面對獵物時的躍躍欲試，雖然稍縱即逝，她或許看錯了也不一定，但總是感覺不好。

「對，她今天對妳讚賞有加，而且看妳的眼神有些特別，尤其是妳在場中展露鋒芒時，她的神色有些古怪，再加上短劍、騎裝，她有疑慮實屬正常，我估計她會再找妳。」

那種不明所以、帶著審視的眼神，好像是透過榮嬌看著某人，玄朗由此斷定榮嬌的策略是成功的，太后確實因為她想起了樓滿袖，會再找榮嬌也不足為奇。

「你說她有什麼目的？」榮嬌一臉的請教。「找樓滿袖敘舊？哦，不是，愛屋及烏？也不對。」

她是大夏英王妃，找她自然不是為了敘舊；至於愛屋及烏，在樓滿袖的記憶裡太后當年對她還是頗有善意的，不過是真善意還是假示好，她無從確定，反正這個女人非比尋常，搞不好當年就是裝的。

「若不是緬懷舊事，就是要再探虛實吧！」玄朗分析道：「若當年兩人是摯友，因似曾相識而對妳產生移情，是有可能的；若她曾做過手腳，因此心虛生疑也是可能。總之她要是問妳什麼，能說的直言無妨，那個女人看來城府頗深，不必與她打機鋒、多糾纏。」

不過太后再多想，也猜不到事情的真相，她想問什麼、想確認什麼，儘管來好了。

榮嬌懂的，她是英王妃、宋池榮嬌，她不信太后還會直言不諱問她是不是樓滿袖，若真如此，瘋的不是她，而是西柔太后。

不過，什麼叫不必與她打機鋒、多糾纏？玄朗的意思是提醒自己不要與太后玩心眼，是玩不過她嗎？

「你是說我沒心眼，繞不過她？」榮嬌有些不高興。「到底是哪國的，站哪一邊？」

哪一國、哪一邊的？玄朗笑了，小丫頭這氣生得莫名其妙，他說西柔太后心機深沈，這是讚美嗎？她是在吃醋？意識到這一點，心情頓時愉悅得像羽毛輕輕蕩漾。

他的笑，在榮嬌看來是矜持的，只是淺淺勾了一下唇角，可此時他坐在燈下，柔和的光將他罩上一圈暖暖光暈，配上他眸裡如水的柔情，便如四月的暖陽一般，驀然暖出一室的春光。

陌上人如玉，公子世無雙。

這句話突然跳到榮嬌的腦海。她微微歪著頭，認真仔細地看了又看，他怎麼長得這麼好看？怎麼會有這麼好看的人哪？

這麼好看的男人，是她的。

單是這麼想想，心頭就滿足得不得了，臉上的笑也滿得溢了出來。

「說啊，你是不是覺得我傻卻不好明說？」

「不會。」玄朗心情極好。

「好吧，那明天我就靜等貴客上門。除了左相府外，還有哪些要回的？」

榮嬌讓話題重歸正題，指著面前的帖子問。

「先與之前說好的那幾家約時間，但也別安排得太滿，累著自己，樓滿袖之事非一日之功。」

玄朗知她素來不喜應酬，為了樓滿袖，不但要應酬那些女人，還要費盡心力地套話，打聽陳年舊事。

「放心，不會累的，經過今天之事，想引導話題還是比較容易的。」

騎射遊玩是西柔貴女們最主要的交際內容，她們一般不像大夏的女人們，弄什麼賞花詩會品茗之類的，西柔貴女喜歡競技，騎射投壺打獵才是她們慣常的節目。

榮嬌經過今日之後，不能說被貴女圈接受，至少與之前「大夏來的英王妃」相比，所受的待遇會有所不同。

西柔與大夏不同，榮嬌若是在大樑城的貴女圈露了 手騎射功夫，第二天保准被暗嘲，但在西柔恰恰相反，貴女們只會樂於結交這樣的強者。

「不必刻意，順其自然。」

玄朗擔心她急於求成，嗓音不疾不徐，有種難以抵擋的安心。「妳是大夏英王妃，水到渠成，自是最好。」

不必緊張也不必強加掩飾，以她的身分，即使有些失常的舉動，也不會引起注意。她本就是他國之人，沒人知道她平常的言行舉止如何，何來正常與異常之說？

她說什麼就是什麼，即便真有人在她身上感到似曾相識與熟悉，也不會將她與當年的樓滿袖想到一起。

「嗯，我聽你的。」榮嬌乖巧點頭，又想起一事來。「北遼那邊，後面會不會有麻煩？」

怎麼看，十七公主也不像是能就此善罷甘休的模樣。

「隨她，耶律古也不會縱容她亂使手段的。」

事關榮嬌，眼下是樓滿袖的事情最重要，至於北遼人，暫時沒時間理會，不過對方若要出手，他也不會聽之、由之。

第一百二十章

玄朗素來算無遺策，這次卻沒全部猜對。

次日，太后果然有行動，但不是下旨請榮嬌進宮，而是送來了賞賜，還有一份吃食。

「……這種杏仁奶油小方糕，是太后娘娘平素最愛的，娘娘道西柔於吃食上向來不如大夏精細，這道點心尚可入口，希望王妃喜歡。」

宮裡來的是蘭其嬤嬤，榮嬌知她在太后身邊的地位，自是不會怠慢，端莊得體。「多謝太后娘娘盛情厚愛，娘娘實在太客氣，還請嬤嬤代我轉達謝意，辛苦嬤嬤了。」

「王妃客氣了。」

蘭其不動聲色地觀察榮嬌。這趟差事是她瞅準了太后的心思，主動開口討要的，目的有二，一是表達太后對大夏貴客的看重，二來自然是她想要見見榮嬌。

她想親眼見見英王妃，為何太后會將她與那位想到了一處？

榮嬌對她的打量裝作不知，蘭其嬤嬤的目光分寸得當，不會令人覺得不自在，榮嬌也任她去了。

她甚至有種感覺，這位蘭其嬤嬤是特意為她而來的，那種打量中隱含著一絲探究，似乎想要從她身上找出點什麼似的。

「這道杏仁奶油小方糕，趁新鮮時味道最是綿軟香甜，點心房剛做好，太后娘娘就打發下官出宮了，英王妃您嚐嚐看。」

蘭其嬤嬤語氣自然，似乎並不覺得自己的行為突兀。

榮嬌微頓。一般而言為了避諱，宮裡不應送吃食來，畢竟是異國親王妃，若是因為食物出了岔子，只會惹來一身腥，這是最基本的外事規矩，太后不會不懂，可她不但送了，其心腹女官居然示意她應當場品嚐。

事出反常，必有蹊蹺，且如她意好了，西柔太后想來也不會真在其中做手腳。榮嬌嘴角勾起一抹淡笑，依言用銀勺取了一小塊，放到嘴裡細細品嚐。

「嗯，不錯，難怪太后娘娘喜歡。」

榮嬌很給面子地讚賞，味道確實還不錯，香濃綿密，奶甜中帶點杏仁的清苦，口感層次分明，滋味甚是特別。

「您喜歡就好，論起食不厭精，哪有比得上大夏的。」

蘭其嬤嬤笑得端方，神態自如，榮嬌卻敏銳地發覺，在自己品嚐那塊點心時，她似乎提了口氣，目光中隱有緊張之色，彷彿自己對這杏仁奶糕的評定很是重要。

她吃與不吃，或者說好或不好，有那麼重要？

「……或許，她在意的不是妳的評價。」

因為太后的旨意是給榮嬌的，玄朗只是象徵性地露了個面，並沒有多做逗留。

聽榮嬌詳細描述了一遍後，他的腦子也轉開了。身處在這等層面與高度，做任何事都不會是無目的的。太后把持西柔朝政多年，行事不可能簡單，她派了最信任的女官來頒旨，甚至以點心做為賞賜，必是另有深意。

「我覺得也是，她總不會是單純地想分享自己喜歡吃的點心吧？」

榮嬌說完，自己就噗哧笑了。雖然身居高位的人，也會有純粹情感流露的時候，不是說人家西柔太后就不是性情中人，而是她知道自己不會是太后想要分享的對象。

對於那位手段了得、雍容華貴的太后娘娘，榮嬌有種下意識的排斥。

玄朗也微微翹了翹嘴角，這小丫頭，真可愛。

西柔太后與她分享美食？不大可能，即便太后真是一時心血來潮，單憑她大夏英王妃的身分，也不會找她啊！

「嗯，也許呢……她被妳的魅力征服了？」玄朗的話裡帶笑，一聽就是在調侃。

「也說不定呢，我這麼優秀，大夏的戰神英王能被我折服，西柔太后又如何？不戰而屈人之兵，我不是頭一個，也不會是最後一個……」榮嬌接著他的話意，笑咪咪地開玩笑。

「是，在我眼裡，誰也不及妳好。」

看她得意洋洋的小模樣，真令人心癢難耐，玄朗於是伸手將人摟住。

太后此舉一定有她的深意，而那位女官要榮嬌當面品嚐，必然也有其原因，結合太后昨天的神色，或許這糕點有什麼故事？她要藉此試探什麼？

「這點心會不會與樓滿袖有關？」玄朗提醒道：「是她喜歡的還是討厭的？或者有別的來歷？」

「我想想。」

榮嬌現在基本已有了樓滿袖近八成的記憶，杏仁奶糕這種點心，她的感覺應該平平，談不上喜厭。

回宮覆命的蘭其嬤嬤正在向太后彙報在驛館的所見所聞。「……見到杏仁奶糕，英王妃的神情並無異樣之處，嚐了一塊，說了幾句味道不錯的客套話，旁的並無異常。」

蘭其嬤嬤很確定自己的觀察，她沒看出英王妃與那位有絲毫相同之處，從頭到腳，言行舉止，身形容貌，沒一處相似。

「哀家這些天太過忙累，眼花了……」

太后長舒了口氣，想想也覺得自己是魔障了，怎麼就鬼迷心竅地將這兩人想到一塊兒了呢？錯了、錯了。

錯了好，陳年舊事，就合該忘了不要再想……

榮嬌最後也沒想到杏仁奶糕有什麼秘密，或者意味著什麼，不就是一種常見的點心嗎？普普通通無所感。

算了，反正她也不是樓滿袖，不管太后是不是試探之舉，她只要按正常反應就好，多想反而不妙。

遂放下此事，按照原計劃去西柔左相府拜訪。

左相白山位高權重，是西柔股肱之臣，除了宮裡那對母子外，接下來就應該數到白左相了。

白左相有三兒一女，女兒白彩虹年方十六，貌美如花，喜刀槍，善騎射，被譽為西柔第一貴女。

「王妃姊姊，可是把妳盼來了，我都催問幾回了，還以為妳臨時有事不能來了呢！」

白彩虹是自來熟，第一次見榮嬌之後就視她為朋友，三天兩頭下帖子邀她玩耍。

可榮嬌頂著英王妃的身分，於公於私都不能只與左相一家來往，將其他重臣府第撇開。白彩虹也知道，榮嬌去哪家應酬，她就跟到哪家，反正以她左相之女的身分去誰家都是受歡迎的，即便有與左相面合心不合的，也不能明著將她拒於門外。

「哪能呢，都說好了的……」榮嬌笑著任由她迎上來，親熱地挽著自己的胳膊。「我來晚了？」

不會吧？她明明出門前看過時間的，這丫頭為何這副翹首盼望的模樣？

「沒有，是我太想妳了嘛！」

白彩虹撒嬌，就像隻討好主人的小狗，只差後面裝條尾巴了。

「不是昨天剛見過嗎？」

雖已見識到她的熱情，榮嬌還是有點招架不住。

她自己也經常撒嬌，但卻是分對象的，只有最親近、最信賴的人，也只有玄朗、二哥、小哥哥和欒嬤嬤能得到這種待遇。在他們的面前，她會撒嬌和各種膩歪，在其他人面前卻是做不出來，沒辦法輕鬆自如。

白彩虹的撒嬌技能，榮嬌還是很佩服。

「昨天是在豐標府上，人多，都沒說上幾句話……」嘸了嘸嘴巴，白彩虹半真半假地抱怨著。

「英王妃，她向來小孩子脾氣，您別見怪。」一旁同時迎客的白家大嫂略帶歉意地對榮嬌解釋著，嘴裡說著，手上還趁榮嬌不注意，偷偷拽了拽小姑子的衣袖。

榮嬌剛想開口，就聽白彩虹說：「大嫂，妳拉我幹麼？王妃姊姊才不會介意呢！」

白大嫂臉上閃過窘意，這個丫頭，也忒實誠了。

「是啊，彩虹這樣挺好的，我很喜歡她的率真。」

榮嬌笑道，雖然她接觸白府是有原因的，但對白彩虹倒是真心喜歡。這姑娘一看就是在無憂無慮、備受寵愛的環境下長大的，而且，最重要的是沒有長歪。

「看吧，我說得對吧？」白彩虹笑嘻嘻地搖了搖她大嫂的胳膊，討好道：「不過，我知道大嫂最疼我。」

「妳呀。」白大嫂哭笑不得，臉上卻帶著寵溺。「也不怕王妃笑話。」

小姑子被家裡人寵上天，十六、七歲的大姑娘了，遇到自己喜歡的人事，還像小孩子似的。家裡人一開始以為她是迷戀英王，她正當芳齡尚未訂親，對清俊雅逸的英王心生愛慕，實屬常情，尤其自從英王來到王城後，暗戀、明戀他的貴女們，不知凡幾。

或許彩虹是為了接近英王，才故意對英王妃示好的？不然家裡人實在不能理解，她對英王妃一見如故的熱情從何而來。

以她的身分，在王城，也沒有幾個人身分高到需要她討好。大夏英王妃地位雖不低，但是大夏的王妃與西柔可沒什麼關係，左相府的大小姐不需要對她格外禮遇，甚至低聲下氣。

「你們亂說什麼呀，我喜歡王妃姊姊，關英王什麼事呀？」當家裡人隱晦地提醒她英王有正妃了，且他對王妃甚是寵愛，並無另娶之意，即便有聯姻的可能，也是做側妃，西柔左相府的大小姐，怎麼可能遠嫁人夏聯姻，給人做小？任英王再好，也是不成的。

白彩虹知道家裡人的猜想，急得臉紅脖子粗，恨不能馬上找榮嬌解釋。她沒有啊！她就是喜歡王妃本人，與英王無關。

「王妃姊姊，我真沒有覬覦英王。」

趁著沒人，白彩虹期期艾艾地向榮嬌解釋。雖然母親與嫂子們都叮囑她這種事不需要多說，更不用解釋，容易越描越黑，她既無此意，時間一長，英王妃自然會明白。

「我就是喜歡妳呀，與英王殿下可沒任何關係。」

白彩虹一想到榮嬌可能懷疑自己是為了英王才接近她，就覺得心裡鬱悶。「我是看妳騎射厲害，才誠心與妳交朋友的。妳們大夏女人不是整天不出門的嗎？妳怎麼可以比我還強？」

榮嬌見她率直嬌憨，不由心生好感。交朋友嗎？她似乎不曾交過女性朋友，那種女人間的友誼，是她從未體驗過的。

「哪裡強了？聽說妳是西柔第一貴女，騎射無雙，這般自謙，不是也要與我約戰吧？」榮嬌開玩笑。

「王妃姊姊取笑我，約戰是不必了，我們私下裡去騎射場玩玩吧？」

白彩虹覥著臉，微微有些不好意思。她就是見之心喜，想一同玩耍。

「好呀。」榮嬌應允。「西柔多美女，治容多姿鬟，白山出彩虹，翩若飛驚鴻。彩虹相約，我豈有不陪之理？」

「王妃姊姊連這個都知道？」白彩虹露出羞澀驚訝的笑容。「都是他們亂寫的……王妃姊姊，其實我這個第一貴女是別人亂喊的，並非貨真價實，不當真的。聽我娘說，這麼多年，唯一名符其實的第一貴女，只有先公主樓滿袖，其他後來的所謂第一貴女，都算不上什麼。」

「先公主樓滿袖？沒聽說過。」榮嬌面露疑色。

「噓，都死了好些年了，王妃姊姊自然是不可能聽說過。據說她英勇過人、騎射無雙，與姊姊差不多哦！」

白彩虹鬼鬼祟祟地四下看了看，壓低聲音，湊到榮嬌耳邊講悄悄話。「妳和北遼公主比試那天，我偷聽到我娘與祖母的談話，說是彷彿看到了先公主的風采，兩人好一頓唏噓。聽說先公主當年也能三珠連發，最愛紅衫白馬，連那雪白火焰邊都是她的專用……王妃姊姊，妳那身騎裝的款式真好看。」

「喜歡就做一套，那是專門為這次出使設計的樣子，沒想到與先公士雷同，要我讓人拿衣裳樣子給妳嗎？」榮嬌有些興致勃勃。

「好啊！不過我不能用白色火焰紋，不知道做出來什麼效果。」

「為什麼不用？我覺得好看又別緻。」

「不知道，反正我從小到大就沒用過這樣的花邊，也沒見別人用過。」白彩虹一臉茫然。「等回頭找我娘問問去。」

「她還說了什麼？」

玄朗聽了榮嬌轉述白彩虹的話，頗有興趣。

他在西柔的手下多是男子，打探起舊消息有點差強人意，而且樓滿袖的事情似乎被人刻意掩飾過，能探聽到的極少；而榮嬌根據樓滿袖記憶中、當年服侍她的宮人消息，這麼多年過去，物是人非，不是非死即亡就是暫無下落。

「她說樓滿袖騎射無雙、性情直爽，為人熱情頗有俠義之風，不過沒心眼。」

雖然說的不完全是自己，榮嬌還是有些不好意思。被白彩虹說沒心眼，還真讓人難為情的。

「不過這麼多年來，從來沒有在正式場合聽到誰談論樓滿袖，原因不清楚，可能是家裡大人都不說，她們年紀小的沒聽說過也無從談起。我想她會去打聽，若是她母親知道的話，下次見面她會說。」

榮嬌的嘴角勾起笑意。「我沒讓她問，只是適當地表示感興趣，這不能說是算計人家小姑娘吧？」

她有點不確定的心虛。白彩虹太純真了，對於這樣單純的小姑娘，有一絲的刻意為之都覺得對不起她。

「不算。」玄朗說得篤定。「陳年舊事，若是機密，白夫人自有分寸，否則閒話一二算不得什麼。」

能說不能說，左相夫人怎會沒有判斷？

不過，這也算是一種試探，若白夫人有所保留，正表明當年樓滿袖的事別有內情，若白夫人暢所欲言，則能多了解情況。

「彩虹誠心待我，我不想……」榮嬌略感內疚。

「我知道。」榮嬌在池府的處境，導致她不曾有過同齡且同性的朋友，難得白彩虹一片赤忱。「不過這也算不得利用，只是打聽些舊事而已。太后能坐穩朝政，白家功不可沒，白夫人當年與樓滿袖來往較為親近，所以白家可能會知曉些內情。白彩虹是白彩虹，白家是白家。」

玄朗雖不認為這算利用，但如果榮嬌心裡有壓力，他自然捨不得。牽上白府這條線，除去白彩虹，也可以透過別的方式、別的人來探查的。

白府是他刻意選的目標之一，白彩虹卻不是，她是意外，亦是條捷徑，沒有誰比她更適合從白夫人和白家祖母那裡套話了。

不過，什麼都比不上榮嬌的心情重要。

「嬌嬌，白彩虹那裡順其自然，順從心意，不是非她不可，妳不要多想，為難自己。」

第一百二十一章

白彩虹像隻快樂的小鳥，嘰嘰喳喳說個不停。

「妳看我新做的騎裝，漂亮吧？不過我娘不讓我用白色火焰邊，非改成這樣的。」她嘟起嘴巴，臉上頗有些不情願。

榮嬌看了看她身上的紅色騎裝，鑲的是海浪紋，不由輕笑。「這樣也很好看啊，我當時原打算用金線繡火焰的，因為貴國尚白嘛，就直接改成白色了，還擔心貽笑大方呢！」

「怎麼會？」白彩虹湊到榮嬌耳邊悄聲道：「我娘說，早些年白火焰邊雖少見還是有人用的，袖公主尤其喜愛，自她去後，太后每回見到這個都會睹物思人，心情鬱鬱，慢慢地大家都會儘量避免，時間久了，就沒人敢用了。」

「那我豈不是無意間犯了太后娘娘的忌諱？」榮嬌面帶歉意。

「不會，妳是大夏人嘛，不知者不怪；不過妳千萬不要在太后面前提起袖公主，就當什麼都不知曉就是。」白彩虹不以為意。

「聽妳的。哦，對了，妳知道太后娘娘喜歡什麼點心嗎？」榮嬌突然認真問道。

「怎麼了？」

「比試次日，太后賞了些東西，其中有一道點心，蘭其女官道是太后最喜歡的。」

「有這事？什麼點心？」

「杏仁奶糕，太后最喜歡這個？」

「欸，妳家王爺把妳保護得太好了吧？」白彩虹半真半假地打趣。「身為皇家媳，居然不知道貴人們的吃食喜好是秘密，說是最喜歡的，妳就當真啦？」堂堂王妃居然這麼單純？連她都知道，宮裡人的喜好能讓外人知曉的，都是假的。

「不是嗎？蘭其女官還非要我當面品嚐。」榮嬌表示出小小的不悅。「杏仁奶糕有什麼說法不成？為何賞這個？」

「沒有啊！」白彩虹蹙眉。「很平常，在我們家也是常備點心。」

「宮裡的配方比較特別？」榮嬌猜測。

「不會吧，奶糕用料簡單，沒什麼特別的，無非是選材精良些，味道都差不多。」白彩虹否定了榮嬌的猜想。

「或許是沒別的意思，湊巧吧！」

白彩虹眨眨眼。不會啊，太后娘娘從來不會作無用之功，像賜點心當面品嚐這種失禮的事情，一定有其深意的。

「妳覺得味道怎麼樣？」

「還好吧，就是杏仁與奶味，沒別的。」榮嬌漫不經心答道。

「也不盡然啊，若是用了青若菊杏仁，會嚐到桃子味。」白彩虹被榮嬌的不以為意刺激到了，西柔也是有好東西的！

「青若菊？是什麼？」

榮嬌好奇了。桃子味的杏仁？她怎麼不知道？不對，是樓滿袖怎麼不知道？

「是一種杏，據說熟透的時候表皮也是青色的，有類似菊花瓣的暗紋，極其罕見，味道似杏又似桃，用這種杏的杏仁做的奶糕，有股桃子味。」白彩虹細細解釋道。「我也沒見過，小時候無意中聽我祖母說起過，有機會倒是想嚐嚐鮮……」

桃子味的杏仁糕？這個樓滿袖好像吃過。

青若菊？

樓滿袖吃過青若菊做的杏仁奶糕？

玄朗的長眸如深井，眸光涼如薄刃，抬眸間猶有劍氣縱橫，寒光十里，再細看，又恍若錯覺，他只是端坐在那裡，清雅脫俗。

「你知道？」榮嬌催促，最看不得他高深莫測的樣了。

「別急，容我再順順。」

玄朗笑著將她柔軟細白的小手拿在手裡，這裡捏捏、那裡揉揉，玩得不亦樂乎。

「樓滿袖是在樂可王子府上出的事，當天她吃過有桃子味的杏仁奶糕，還喝了帶甜味的沙菊茶，之後中毒的，是嗎？」他整理著榮嬌之前提供的訊息。

「沒錯，吃了兩塊，不過她也吃了別的點心。」榮嬌補充道。

「準備點心的是樂可王子寵愛的侍妾，這個人阿水已經查過，她與蘭其出自同一部落。」

吧？

蘭其？太后身邊的那個人？榮嬌略感意外，這個樓滿袖不知情，不過，這也不算什麼

「是，這說明不了什麼。」玄朗點頭。「妳熟知藥材，可知五年以上老沙菊用沸水煮會有甘味？」

「知道。」榮嬌點頭。「所以，帶甜味的沙菊茶是因為用了老沙菊的原因？」

這與中毒有何關係？對喉嚨不適，老沙菊藥效更強。

「青若菊是西柔人對鮮果的叫法，乾果可入藥，通常切片曬乾磨粉後使用，在大夏的醫書中，稱為綠三非。」

「綠三非！」榮嬌驀然驚呼，綠三非的鮮果是青若菊?!

「嗯，手段很高明。」玄朗神態淡然，嗓音中卻含了兩分冷意。「以綠三非為主料的點心，無毒，老沙菊亦無毒，樓滿袖吃的另一味點心必是用了甜椒葉增加甜度。」

榮嬌心底發寒。果然高明……殺人於無形中！

綠三非、老沙菊、甜椒葉這三者單獨食用皆無毒，若短時內同時食用，藥效互衝，會產生劇毒。

樓滿袖的死因大白，榮嬌的心情卻越發沈重。這等心機深沈的手段，令她毛骨悚然。

「是太后。」榮嬌肯定。「目前她嫌疑最大。」

她是最大的獲益者，之前的杏仁奶糕更增加其嫌疑。

榮嬌抿嘴不語。太后用杏仁奶糕要試探什麼？她以為自己是樓滿袖？

「那是作賊心虛，為求心安，無須理會。」玄朗斷然否定。嬌嬌又不是樓滿袖，管她如何試探。

「難受嗎？」玄朗將她抱在自己懷裡，低頭親了親她的頭頂。

「嗯。」榮嬌點點頭，讓自己偎在他懷裡。「渾身難受，憋悶……」

鼻子發酸，想哭。腦袋蹭了蹭他的脖頸，他身上的味道很好聞，溫暖又摻雜了些許的冷香，聞上去像初冬清冽的空氣，又透著幽遠的暖意……

「我想去樂可的府邸看看。」

「好，我陪妳。」

幕後之人下的一盤好棋，環環相扣，做棋子的未必知道自己是被人利用了，至少將沙菊茶親自遞給樓滿袖的樂可王子，絕對是不知情的。

樓滿袖的哥哥不會有害她的理由。

「生在天家皇族，什麼都有可能。」玄朗溫潤的語氣有絲涼意。

身為皇族中人，他顯然更不為親情所囿，以自身做評論，不為否定或肯定，只為提醒。天地君親，在皇族，親情是排在最後，最容易被捨棄的。

「不可能，公主又不能當太后……」榮嬌底氣不足地反駁著。

「個人能力強悍的公主是助力或阻力，影響很大。」

尤其是樓滿袖這樣，性子直、沒心眼，個人武功高，是好用的尖刀。

玄朗摟了摟懷中香香軟軟的榮嬌，忽然想笑。嬌嬌不像樓滿袖，也不像原來的池大小姐，她現在的性情，再好不過。

「嬌嬌……」

她在這裡，帶著一絲羞意地笑著，什麼都不用說、什麼都不用做，周身就有甜美靜謐的氣息圍繞，她好像是神秘而不可測的寶藏，揭開一層美麗，是驚喜，再掀開一層，還是無邊的驚喜。

先時初識，以為她是特立獨行的小公子，內心充滿不甘與抗爭，有情有義，年紀雖小，也能稱之為真漢子。就在他為了自己擁有這樣的弟弟而高興時，她搖身一變，竟成了狡黠的小姑娘。面對被識破的尷尬，坦然又裝糊塗，令他意外又讚嘆。

接著，他看到了勇敢堅韌、臨危不懼的她，為親人不顧己身，不輕言放棄，卻又能思索反省。

人生最難的選擇從來不是親人遇上危險時將他拉回，那是本能反應，難的是明知他走的那條路會有危險，又必須理智而痛苦地尊重，然後竭盡全力地保衛護航，這份克制的守護，令他動容。

沒有遇到她之前，玄朗以為自己是不會愛的。他從未想過，這世間會有集剽悍與溫柔於一身的女子，就像他未想過，有一天自己會愛她愛到願意將自己的一切，包括性命都交到她的手裡，還擔心自己會因為不夠好而被拒絕。

她這般堅韌冷靜、心智強悍，偏偏又嬌軟若三月花，溫柔似四月水，一顰一笑，柔得讓人不敢大聲呼吸。

以為她是溫柔好欺，能任意揉搓的人，最終都會見識到她的利爪；她的悍，不是霸道或凶悍，更像是一種堅持與努力，凡事竭盡全力不敷衍，是對生命無比的珍惜與虔誠，用生命守護自己愛的人，將每一天、每一分鐘都過得充實且豐盈。

「怎麼這樣看我？」

榮嬌見他叫了自己一聲後，不出聲，只是那樣目不轉睛地看著，目光溫柔而專注，彷彿是溫暖的泉水，將她浸泡其中。

「喜歡看妳。」

玄朗低緩的聲音拂在榮嬌的耳邊，她的臉開始發燙，心情變好。她喜歡這樣被他看著，好像她就是整個天地，他的全部心神裡只有她一個。

榮嬌鬼使神差地回了句。「你以後出門戴面具吧……」

「什麼？」玄朗愣了，完全跟不上她的思緒。這哪兒跟哪兒啊？

榮嬌下意識地捂住了嘴巴，又發現自己的動作比掩耳盜鈴還可笑，話都說出口了，再捂嘴有什麼用？還能收回來嗎？

對上玄朗不解的目光，她羞愧難當。她是怎麼了，這種不經腦子的話也說得出來？不過也不能怪她吧，以前怎麼沒發現他這麼能招蜂引蝶？自從到了西柔後，就沒消停過。

雖然長得好看不是他的錯，西柔女人喜歡盯著他看也不是他的錯，但這世間有種不講理的情緒叫遷怒——不是他的錯，難道還是她的錯？

「什麼什麼？」

榮嬌被他慣壞了，尤其是在他面前，彷彿她越是驕縱，他越有成就感。她本來就在懊惱自己口無遮攔，又見他不解的眼神，不禁惱羞成怒，明明他是始作俑者，還讓她說出這麼白癡的話來。

「你長成這樣，還好意思出門？」很是理直氣壯地數落著，語氣裡有著一絲氣急敗壞。「我又不能挖別人的眼珠子，只能退而求其次，出門戴面具把你這臉遮掩起來。」

「哦……」玄朗突然笑了，如三月風起花開滿枝頭，整個人洋溢著難言的愉悅。「好，以後出門戴面具。」

他喜歡她的霸道埋怨，喜歡這種昭然若揭的獨占與主權宣告，她認為他是屬於她的，別的女人看都不能看，嗯，這感覺——真是妙不可言。

自從去過樂可王子府後，一連幾日，榮嬌都去一品堂喝茶。

坐在樓上，打開窗，能望見蒼茫的天空及對面府邸的後花園。那園子很大，有高大的樹，瘋長的藤蔓，氣勢洶洶地糾纏著疑似花木的植物，扭曲出奇怪的形態，枯草過膝，厚重如綿密的草毯，風似乎都吹不透。

還有那棵銀杏樹，榮嬌的目光不知在樹身流連了多久，從樹的根部沿著樹幹一路向上直到樹梢，凡是她目力所及之處，皆仔仔細細看過，認真專注，好像在用目光撫摸那些樹枝，或者說，用目光盡可能地表達自己的善意與友好。

她不是為喝茶而來，為的是看對面園子裡的樹。

那座有後花園的大宅子就是樂可王子的府邸，如今是空宅。樂可無子嗣，死後內宅女人被安置他處，府邸被收回，未曾另賜他人，偌大一座府邸被遺忘了似的，就這般空了若干年。

即便處於城中，周邊人聲鼎沸，終是抵不過時間與自然之力，一年一年，繁華與荒蕪，熱鬧與冷寂，一牆之隔，牆裡牆外，天差地別。

縈嬌那日去過後，除了替樓滿袖唏噓感嘆之外，沒有任何發現。

只是轉悠到荒蕪的後花園時，被一棵極大的銀杏樹所吸引。自從有之前魚魚的先例，她見到樹齡高的大樹，總會猜測其是否與魚魚一樣已經有靈性。

或許找不到張嘴的人，還可以找知情的樹。

她不知如何主動與有靈的生物溝通，只好用心看著，心中默唸，盡可能發揮想像去溝通，然後期待夜裡有夢。

遺憾的是，不管她如何希望，每晚都會在玄朗暖暖的懷抱裡一覺睡到天亮，期待中的精怪不曾出現過。

莫非是因為牽機夢生蟲之故，她失去了這項能力？

「我們夜裡去看看，好不好？」或許是白天不行。

可玄朗不大贊同。夜裡去倒沒什麼，問題是她想去找樹精鬼怪的存在，不論真假抑或是有沒有，他都不想。

非人的東西，能不招惹儘量不要招惹，它們不是人，不能用人的心思與是非想法去考量，誰知道會不會一個不小心犯了忌諱？

還是那句話，能在人身上解決的問題，哪怕花費些力氣與時間，也不要去打非人的主意。

「我不刻意去找或者試圖召喚，就是想身臨其境，找找感覺。」榮嬌當然明白玄朗的擔心，聲音放柔，軟軟地求他。「讓我去看看吧，你陪我一起，不會有事的。」

求了好一會兒，見玄朗不為所動，榮嬌轉轉眼珠。「你不陪，我就自己去。」

以她的身手，隨便找個僻靜地方，翻牆頭就進去了。說起翻牆頭，她最是熟門熟路，以前在池府的三省居，每回小樓公子出門都是以牆為路的。

「好，我陪妳。」

玄朗沒辦法，與其讓她想方設法瞞著自己偷跑出去，不如陪她一起。

「王氣與煞氣同存處，最難生養精怪。」

他提前潑冷水。有過魚魚的先例，他不奇怪榮嬌有這念頭，只是覺得太過縹緲，所付代價不可知，不可取。

「歷來西柔王族，沒有不上戰場、不沾血的，這樣的地方若還能有靈智開啟，絕非泛泛，若真有了糾纏，福禍難料。」玄朗的語氣溫和卻異常認真。「嬌嬌，線索正在查……」所以，不需要妳涉險。

第一百二十二章

那晚，榮嬌去了王子府，抱著銀杏樹絮叨了半天，不管有用沒用，百般懇求、萬般拜託，請它入夢一敘。

唉，不會是真因為夢生蟲，她這項奇異的能力消失了吧？

但是，回來之後，榮嬌覺得自己又作夢了——確切地說，她並不清楚是身在夢中，還是旁觀了一場戲。

她看到一齣工心計，一場奪嫡戰，看一個女子如何不動聲色、步步為營，輕易而舉地去除眼中釘，談笑間，數條人命灰飛煙滅，自己卻能置身事外。

她看到另一個女子似長錯地方的樹、開錯時間的花，在無情的宮闈中如何從幼小走向茁壯，如何在蒼白的親情中保留住內心的溫暖，她日以繼夜付出辛勤血汗，成為當之無愧的天之嬌女，恣意灑脫，被人寵、為人厭，被人喜、為人惡，被人懼、為人斥……

一夜長夢，透著刀光劍影、驚心動魄的慘烈，無辜的樓滿袖因為太過優秀，在最美的綻放瞬間，被無聲無息地算計了。

榮嬌呆坐在榻前，看著窗外的天空。幾朵形貌怪異的雲朵，身不由己地飄在空中，時而被拉扯成長條，時而交疊黏合在一起，時而又各自分散。

唉……幽幽地嘆了口長氣，說不出的悵然。

「怎麼了？」

從早上起來，玄朗就發現她的不對勁，幾度欲張口詢問，終是噤回，等她想說的時候，自然會說的。

悵然若失了一個早晨加半個上午，他終於忍不住，先問了出來。

榮嬌抬眼看了看他，抿抿唇。她現在已經知道了，可是，要跟他說嗎？

不是不能告訴他，而是說了之後呢？

比起過往的仇恨，她更希望現下安好……可是她來西柔的目的，不就是為了查明真相報仇嗎？這是樓滿袖的執念與心願，再說幕後的人之前早有猜測，現在無非是確定了而已，可是這仇要怎麼報呢？

榮嬌忽然意識到自己忽略了一個非常重要的問題，凶手是太后，西柔當權者，這個仇怎麼報？如果她不需要玄朗插手，自己來做這件事呢？會給玄朗惹多大的麻煩？

「又作夢了？」

玄朗想不出還有別的原因會令她這麼神不守舍，昨天還好好的，從昨晚到現在，沒有發生任何能引起她情緒變化的事情，唯一無法知曉的，也就只有她的夢境了。

而她不能在第一時間裡告知自己的夢，定然有著令她為難的內容，而這為難的原因，多半是與他有關……

「是太后。」

榮嬌有些猶豫，但在他溫和的眼眸注視下，也知道自己別想蒙混過關。

「哦。」玄朗一副了然，微挑眉，原來那棵樹真有靈，真託夢了。「它有所求，讓妳為難了？」

魚魚是為了吃麵，這位呢？

「不是，沒有。」榮嬌被他一打岔，情緒莫名好了一點。

「是借刀殺人？還是別的？」真相似乎不難猜測，無非是那一個、兩個，玄朗捏了捏她粉嫩的臉頰。「說說看？」

明明是詢問的問句，卻是陳述的語氣。

「你不是都猜到了？」榮嬌瞟了他一眼。「她鋒芒太露，太得西柔王寵愛，阻了別人的路……」

前西柔王對樓滿袖的偏愛，令人擔心在她的影響下，樂可會上位。說白了，都是王位惹的禍，被捲入爭權奪位而送了性命的，樓滿袖不是第一個，也不會是最後一個。

不僅如此，樓滿袖還在無意中撞見了現今太后的隱私而不自知，對太后的示好拉攏未能及時回應，最終招來殺身之禍，死於親哥哥之手。

樓滿袖耿直卻不魯莽，她防備心一直很強，鮮少在外進食，唯一例外的地方是在哥哥府上，她不曾有過戒備。

至於樂可，妹妹死於自己之手，這理由足以令他崩潰，對方又故意讓他知曉，便沒想讓他繼續活下去。

至於太后的隱私……

「太后與人有染。」

玄朗不意外，先王年紀大，後宮女人又多，雨露非但不能均霑，還是杯水車薪。西柔人在這方面比較豪放，雖然有規矩在，也總有心懷僥倖以身犯險的，何況太后所圖甚大，與宮中侍衛首領有私情，並不值得驚訝。

樓滿袖甚至沒注意到她的曖昧私情，但心虛的那個總是想得多，雖然知道以她的性子不喜嚼舌根，但也難保哪天她在哪個場合無意間洩漏出去。

把柄握在別人手裡，即便這個人不是嘴碎的，總不如沒有這個人來得令人放心；而太后與侍衛首領相好，當然不僅是為男歡女愛、排解閨中寂寞。

所以，這個樓滿袖沒上心的偶遇，在太后眼中，已是天大的把柄。

單是這一個理由就足矣，何況不止這一個？

樓滿袖太過特立獨行，本人實力強悍，西柔雖沒有公主主政的先例，卻有女人上戰場的慣例，以她的能力要在軍中有所建樹是輕易而舉，樂可有她相助，漸得西柔王之心。

一個太過強悍、軟硬不吃，又無法掌控、知曉己方秘密的人，不能拉攏做朋友，只能是敵人——

敵人，就是要死的。

要一個人死，有無數種方法，不需要自己親自動手。

做杏仁奶糕的樂可王子的侍妾、樂可府上點心房的廚娘，包括樂可王子本人，沒有誰是太后的人，只是在有心地計算推動下，不知不覺問成為她手中的刀，共同奪了樓滿袖的命。

「妳想怎樣仇怨兩清？一命還一命？」

如今事過境遷，其他人早化做了塵土，只有主謀太后與幫凶蘭其還在。

「我不知道。」

榮嬌有幾分不知所措的茫然，需要好好想想。

調查了這麼久，終於，所有的前塵往事水落石出之後，應該做什麼呢？

她感覺不到強烈的憤怒與復仇念頭，好像隔了這麼多年，她心心念念的，只是想要知道哥哥到底是不是凶手，似乎知曉了這個，她就釋懷了，那滿腔的執念，所剩不多。

這不像是樓滿袖的性格，她應該是快意恩仇，有恩報恩，有仇報仇，乾脆俐落，絕不拖泥帶水。

玄朗了然。應該是受了嬌嬌的影響，或者說是嬌嬌心有顧忌，又占據情緒主導地位之故。

「不要被雜念干擾，也不要管能否成功，靜下來捫心自問，想不想？如果想，是希望她一命還一命，還是付出其他的代價？之後，再論其他的。」

找西柔太后報仇，難度自然是有，但不能因為這個就瞻前顧後，誤會了樓滿袖真正的意思，給榮嬌留下可怕的隱患。

一個人，死去多年執念不消，怎麼會一朝得知真相，恬淡無欲？

玄朗覺得前世的榮嬌會這樣，但樓滿袖不會，她是那種被別人打了一巴掌，一定要還回兩巴掌的主，忍氣吞聲、忍辱負重這類的詞，與她素來是沒有關係的。
想不想報仇？
榮嬌皺眉，應該是想的吧？
不考慮樓滿袖的性情，單以她池榮嬌之性格，撇開可能對大夏、對玄朗的影響，也是想的；不必以命相抵，可利息是要收的。
「那就好。」玄朗眉目清朗。「不要命，要什麼？」
西柔太后的確死不得，尤其是不好死在他的手上，但若是只有她死，才能換來榮嬌此後的太平無事，那他也不介意將天捅了。
「真要報仇？」榮嬌皺眉。
那是西柔太后啊！宮裡戒備森嚴，如何下手？
「自然。」這種事能是說笑的？「妳想她如何？」
榮嬌有些呆愣。他的語氣太過隨意自然，不像開玩笑，但也沒多正式，平淡得就像與她日常閒聊。
「不急，慢慢想。」
她有些不在狀態裡，清澈的眼眸帶著幾絲茫然，玄朗的心頭發軟，語調不疾不徐。
「妳想想，她最在意什麼？」
如果不要命，自然要拿走她最在意的，若是不痛不癢地來一下，這樣的復仇意義不大。
「權勢嗎？」

女人最看重的是什麼，玄朗並不十分清楚，不過對於西柔太后，習慣站在巔峰，唯我獨尊的女人，想要的自然還是手中的權勢吧？兒子做國君，也不如自己權力在手來得更好。

「還有美麗和死亡。」榮嬌補充著。「沒有不愛美的女人，她怕美人遲暮的蒼老。」因為蒼老意味著醜陋，這幾次接觸，讓榮嬌察覺到太后對自己美貌的看重，對不老容顏的重視。

「我想，讓她成為一個普通的老婦人。」

從權力的巔峰，成為普通的後宮女人，從不老絕豔到鶴髮雞皮，這樣的結局，會比殺了她還要難過。

「爭權的事情我不會，讓你來，另一件，我要自己動手。」

「好。」

對於榮嬌的決定，玄朗沒有反對，生死大仇，的確是應該親手報仇的。

「我來安排。」

書房裡一片靜謐，阿水聽完玄朗的任務，神色不變，語氣一如既往地輕鬆。「公子，這個……有點難度。」

目標是太后，不是普通的官家太太。

玄朗淡然掃了他一眼，目光中的意思再明顯不過。

「宮裡的眼線近不了目標的身，婚禮是個好機會，人多手亂，不會留下線索，只是時間緊張，來不及佈置周全。」

婚禮那天，四方客如雲集，各家女眷齊聚，有資格到太后跟前的不在少數，最是容易下手又不受關注。

「就在婚宴上。」玄朗拍板定案，人多手亂，才好混水摸魚。「不必刻意安排，越自然越好。」

以嬌嬌的身手，接近太后時要不著痕跡地在她衣物上動些手腳，可以做到避人耳目，沒必要畫蛇添足地做太多安排。

「太后倒了，會不會有變故？」

太后傾向於大夏，而國君樓立勳，似乎更欣賞與西柔相似的北遼。

阿水不介意西柔誰當政，但作為大夏人，他自然是希望邊境太平、戰事不興。

「有變故最好，樓立勳野心勃勃，對大夏覬覦已久，與其等他一邊享用大夏給的好處，一邊惦記著羽翼豐滿時效法北遼，用武力進犯，倒不如推他一把……」

玄朗語調冷冽。有時候，不爭不搶會被視為軟弱可欺，大夏是不願與西柔興戰火，但不意味著怕他，每年給西柔好處只是小心翼翼地買和平。

「狠打他一下，讓他知道痛了，至少會太平數十年。」

新舊交替，權力更迭，樓立勳沒那麼快樹立權威，並且坐穩位置；而他年輕氣盛，甫一親政，自然想盡快擺脫太后的束縛，急於做一、兩件驚天動地能載入史冊的大事，這個時機恰恰好，推他一把，慫恿他膨脹的野心，再給予迎頭重擊，便能讓他老實很久。

阿水張了張嘴，忽然覺得無話可說。

公子這般將國事與戰爭當兒戲，真的好嗎？

不過聽起來似乎滿有道理的……

「這是什麼？」榮嬌好奇地問道。

玄朗說他會準備藥，可拿來的這個是……如果她沒看錯的話，白玉小盒裡綠豆粒大的黑色藥丸似乎一直在動……在動？

是蟲子?!

榮嬌陡然瞪大了眼睛，縮成一團的蟲子！

「嗯。」玄朗笑著誇她。「好眼力，現在確實是蟲子。」

時間短，能配製的藥太少還在其次，而是如何神不知、鬼不覺下到太后身上。

無論何時，太后入口的東西不會有一絲放鬆，婚宴上，近身的可能是有的，但要在眾目睽睽之下做手腳，還要掩人耳目，很難。

玄朗於是想到餵養藥蟲的方法。

「需要取妳四滴的心頭血來餵養它。」玄朗簡單向榮嬌解釋一番，然後用探金針取了需要的血，滴在那小小的黑豆上，血珠慢慢將整個蟲身浸在其中。「兩天後，牠會變成白色，體形縮小如米粒。」

按西柔風俗，在國君的婚禮，身為母親的太后一定會穿雪白的禮服，白色的米粒附在白色的禮服上，不顯眼。

「這……是蟲蟲？」

抽了四滴心頭血，榮嬌的小臉發白，精神明顯萎靡。

「差不多，只是沒有蟲蟲忠誠，一旦它找到合適的目標就會自動解除與餵養者的聯繫。等明天早上，妳就能發覺自己與它微弱的感應，屆時只須將它彈到太后的衣服上，就完成了。」

這倒是不難，近距離接觸時，只須輕輕不經意地抖抖手就能辦到，只是……

「它會不會掉下來？」

這麼個小東西，成不成啊？

玄朗說得太過輕描淡寫，讓人不敢相信，這也太容易了些吧？

容易？玄朗微笑，這個小東西可來之不易，撇去榮嬌的心頭血不說，單就他，若說是為了這蟲去掉了半條命也不為過，論起代價，不比他直接殺進宮裡要少。

當然，這些就不必讓嬌嬌知道了。

「不會，它附著之力很強，絕不會掉下來，能迅速鑽到衣服下，自行找到適合的肌膚處下口，幾乎沒有痛感，之後便會融於血肉中，不會留下痕跡。當妳感受到與它的聯繫消失之時，就是它有了新的宿體。」

玄朗解釋著。「大約一到兩天藥效便會發作，一開始是疲憊倦怠，正常的勞累症狀，三、四日後疲倦加重，從脈象上看，會有輕微的氣血不足之狀，之後容顏會緩慢衰老，不過脈象上仍會顯示健康，是聖醫妙手也阻止不了的正常衰老。大約要一年之後，才能達到妳想要的效果。」

鶴髮雞皮，就是需要這樣的循序漸進，若一夕白頭，太過反常。

「你好狡猾哦！」清如水洗的明眸中透著不容掩飾的欽佩與讚賞。

玄朗捏了捏她的臉頰。狡猾？這是誇獎吧？能另外換個詞嗎？

「我還想去趟那裡……去道謝。」

那裡是指樂可的府邸，玄朗了然。

「要準備什麼？」

「香燭，還有玉液泉的水，能弄到嗎？」

萬物有靈，榮嬌深有體會。她清楚地記得在夢的最後，有一道聲音說，它要她的祭品，這才借助同伴們的幫助，搜集到她需要的訊息，圓她所求。

玄朗頓了頓。「能，我陪妳去，多備些祭品。」

他已經接受了榮嬌身上與眾不同之處，總之，只要她能好好的，再不正常的事情也都是正常的。

第一百二十三章

國君樓立勳的大婚盛典，舉國同慶，王城上下張燈結綵，處處彰顯著熱鬧。

國君大婚，休朝三天。

第四天正式上朝時，太后與國君同時出現，太后語重心長地說了幾句場面話，便乾脆俐落地撤了。

十幾年來，大臣們已習慣龍椅上方坐著兩位，如今只坐了國君一人——說好的婚後親政，竟是真的啊！

大臣們不動聲色，私下裡互換神色，更多是忐忑不安。

太后如此乾脆俐落，真的是徹底還政於國君？

可她的臉色著實是有些蒼白，精神也不濟，莫非太后病了？還是有心病？

心病啊……

大臣們視線交錯，傳遞著心照不宣的眼神。這還用說嗎？兒子再孝順，也不如自己做主來得自由，何況在最近這兩年，隨著國君年歲漸長，母子兩人在政見上時有不同的意見，雖然最終多是太后占了上風，國君妥協，但誰都看得出來，待國君大婚之後親政，必然按照自己的主張行事，大刀闊斧地進行革新。

若太后支持的話，天下太平；若太后反對，母子間的對弈且不論勝負如何，總有人會成為犧牲的棋子。
若有心病，為何還是乾脆地還政了？
沒有人知道，太后心中不甘，可是她現在確實心有餘而力不足。
自從兒子大婚後，她就像繃得太緊的弦，一下子鬆下來，整個人都懶洋洋的，全身無力，打不起精神。
她咬著牙堅持這麼多年，就是為了替兒子守住王座，為了這個目標，遇佛殺佛，遇鬼殺鬼，不管多苦多難，不論要付出何等代價，哪怕踏著無數人的血肉白骨，她都在所不惜。
十幾年心心念念，殫精竭慮，一朝得償所願，便失去了動力，心中累積了十數年的疲憊才一股腦兒地湧上來，填滿四肢百骸……
太醫如是說，太后不願接受，卻只能暫時休息將養。
太后在國君親政後徹底退出，超出太后一派官員的意料。之前所謂的還政是逐步歸還、慢慢放權，怎麼在國君婚後立刻撒手，將權力還於國君？
婚禮後，觀禮的嘉賓陸續離開，大夏使團與西柔的合作還膠著在細節洽談上，歸期暫時未定。
「不是說西柔會等不及嗎？」
榮嬌與玄朗在王城東門外的白山頂，眺望著下方的城池。
西柔堅持獅子大開口，要求大夏贈加援助的銀糧財物，又不肯承諾合作，換言之，就是白拿錢不幹活，甚至連大夏之前提出象徵地拿一些物品做為互換都不肯，大有一言不合就翻臉的無謂。

「他們覺得可以等，就等好了。」

玄朗並不在意，西柔人不著急，他更不著急，等米下鍋的又不是他的家人、朋友，何況西柔國君傾向明顯，正欲大刀闊斧地找人立威。

他早將西柔朝政權力的變化彙報給嘉帝，亦提醒嘉帝盡快準備戰備事宜。

「這幾日感覺如何？」

王城多白色建築，現在是冬末初春，天地仍是一片蒼黃，卻與寒冬季節的蕭瑟有著微妙的不同，彷彿蒼黃間透著即將萌動的綠意。

因國君大婚，王城的建築外觀亦重新清潔，不似往日風吹日曬的灰頭土臉，白得耀眼，尤其是內城王宮那一片雄偉的建築，更是白得閃閃發光。

看得久了，眼睛有些微微刺痛，榮嬌收回了視線。「很好，無事一身輕，裡外通透，好得不能再好。」

她說的是真心話。婚宴上了結與太后的恩怨，當晚趁著忙亂，她對蘭其嬤嬤如法炮製，不過是將蠱蟲換成了無色無味的藥，同樣沒有取其性命，只是藥效會引發她原本就有的風濕寒腿症狀，使其加重，最後無法行走。

比起樓滿袖兄妹的性命，太后與蘭其只是付出衰老與疾病，這份復仇的懲戒，不過分。

「這幾天，我將所有的過往想了許多遍，池榮嬌的、樓滿袖的、我的，大大小小能想起來的事情，都想了幾遍，深有感悟……」

榮嬌面向王城，目光有些渙散。白山地勢高，向下看去，王城的屋舍建築像排列得大小不一的盒子，有的錯落有致，明顯設計過擺放位置；有的挨挨蹭蹭，不用心地胡亂堆砌著，這每一個盒子裡，都活著鮮活的生命，上演著柴米油鹽與悲歡離合。

玄朗靜靜地注視著她的側臉，默默傾聽，不動聲色之下卻有著小小的波瀾。

她說的是池榮嬌、樓滿袖、我。

這是不是意味著，於她而言，了卻恩怨脫胎換骨，我就是我，是新生的我，不再是誰的重生、誰的殘魂？

「活著是一種修行，要對得起自己的生命，不要把別人對自己的放棄，變成自己對自己的放棄，哪怕這個別人是自己的親生父母，這種厭惡與徹底遺棄，毫無道理可言……池榮嬌的種種遭遇，還不及她太早對自己放棄來得關鍵。彎腰與接受，不意味著逆來順受，越在意便越是怕，越怕，失去得越多，越退讓，越是退無可退……

「不過，她有一顆良善感恩之心，記得別人給予的絲毫善意，寬容慈悲，再醜陋悲慘的遭遇，也沒有把她心底的美好榨乾。」

或許，這才是她能得以重生的根源吧？

她的悲哀是在從幼年起，就用康氏等人的錯誤來懲罰自己、放棄自己，可即便置身風雨中，她的心底始終有一份寬容。

不談報復，只看重守護與愛。

更確切地說，她不是放棄了自己，而是選擇了毫無原則地退讓。

「之前覺得樓滿袖與池榮嬌是完全不同的兩個人，一個永遠被動接受退讓，一個即便一意孤行，也要勇往直前。現在忽然覺得，進退不過是表象，是她們不同的行事方式，她倆骨子裡是一樣的，對親情無比執著……仔細想想，不爭與爭，都是勇氣。」

樓滿袖心心念念的，是真相比復仇更重要，哥哥知情與否比真凶還令她執著。

「而我，一直盯著那個提前預知的結果，不敢有一刻的放鬆，忐忑不安，筋疲力盡，生怕做錯了、不盡力而又重蹈覆轍，是為活而活，為結果而結果。」

榮嬌轉頭微笑著看向玄朗，眼底的笑比四月的風還軟。「我卻忘記了，怕什麼來什麼，越是擔心，越會亂了分寸；預知了某種結果，可以敬畏，卻不可以懼怕，在恐懼命中注定的同時，命運其實已經發生了變數，而這些變數本身就是命運的一部分，你，是我最關鍵的變數……」

重生至今，需要感謝的太多，而最應該感謝的這一位，卻不需要說謝謝。

很早以前，玄朗就對還是小樓的她說過，對自己，永遠無須言謝。

所以，她不說謝謝。

榮嬌如乳燕投林般將自己送入玄朗的懷裡，雙手環抱著他的腰身。「這一生有你，真好……」

有他，這一生才變得不同，昨天經歷的軟弱與苦痛，癡怨與仇恨，都可以看做是磨礪，沒有刻意固執的強求，卻有了更完美、更適合的結果……

三年後。

大樑城，英王府。

一陣急促凌亂的腳步聲，伴著一道因緊張而略顯尖細的聲音。「慢點、慢點！您現在不能快走，頭三個月千萬注意，要注意！」

欒嬤嬤抹了一把額角的汗，雙手小心翼翼地扶著榮嬌，神色嚴肅，緊繃的下巴顯得有幾分不悅。

「要是再不聽話，嬤嬤就告訴王爺，明天您哪兒也別想去。」

榮嬌輕輕晃了晃嬤嬤的胳膊，討好地笑，撒著嬌。「嬤嬤，沒事，就走了兩步，妳別告訴他。明天是二哥凱旋進城的日子，我一定、肯定、必須得去接他，難道妳不想一起去啦？」

三年的時間內，發生了許多事情。

先是西柔國君單方面毀了與大夏的盟約，舉兵進犯，戰神英王再度出山，短短月餘，逼得西柔休戰，重新再度和談。

在北遼邊境，另一顆帥星冉冉升起，英王妃二哥池榮勇數度重創北遼大軍，捷報頻傳，屢立戰功，弱冠之年即擢升為邊軍副帥，殊榮無邊。

原本平平的將門池家出了元帥與王妃還不算，拜在莊大儒門下的池家三少爺池榮厚從鄉試起連中三元，是大夏開國以來第一位出自將門的文狀元。

喜報傳來，榮嬌一時激動，竟然暈倒了，嚇得玄朗臉色蒼白、手足無措。過了三年舒心幸福的日子，他已淡忘榮嬌的異常，甫一聽到榮嬌暈倒的消息，腦中的第一個念頭就是她神魂隱患並未徹底消除，著實大受驚嚇。

趕回內宅時，身體都在微微顫抖，結果春大夫卻一臉喜色，笑呵呵地向他討賞，道是王妃有喜了。

素來睿智的英王殿下當場一臉懵相。有、有喜了？不是隱患未除？

大悲大喜的玄朗抱著榮嬌好半天說不出話來。

嬌嬌有孩兒了，他要做父親了！

恢復正常的玄朗緊急召了欒嬤嬤商量，嬌嬌有喜，衣食住行都要重新安排，尤其是吃食，一點都馬虎不得。欒嬤嬤頻頻稱是，對、對，如今不比以往，凡事都要十二分地用心。

於是榮升為母親的榮嬌發現，人人都是母以子貴，孕婦最大，到她這裡，怎麼地位還下降了？

向來對她百依百順的玄朗與欒嬤嬤都變了，這兩個人成了同盟，整天盯著她要這樣、不要那樣。

溫柔縱容起來是越發沒個邊際，要星星不給摘月亮，玄朗幾乎足不出府，天天陪在她身邊，一應事物不假手他人；嬤嬤更是按照玄朗列的適合進補的單子，想著法子琢磨各種合她口味的吃食，多喝一口湯，都會高興地樂上半天。

可是，但凡她有一點點沒有注意到肚子裡有個小東西的時候……

其實她很注意，對一點都沒顯懷的肚子十分注意，只是肚子畢竟還是平的，偶爾被忽略也很正常，起坐時還是原來的動作，玄朗與嬤嬤就急了，緊張得不得了，好像她做了什麼了不得的大事。

也不會罵她或教訓她，就是反覆提醒。玄朗是溫和如僧人唸經似的，反覆耳提面命，自己說完了還要找嬤嬤來再說一次；若是嬤嬤先發現的，則是嘮叨式的，一點小事嘮叨半天之後，還會找玄朗告狀。

榮嬌苦不堪言。有必要這麼緊張嗎？心裡卻也是滿滿的被在意的幸福。

因為尚不足三個月，她被設了門禁，可平時倒罷了，她也不是喜歡出門的人，只有明天不行，明天是二哥凱旋進城的日子。

北遼與大夏的戰爭，最終以北遼戰敗，請求和談而暫且休兵。

戰爭造就英雄，池榮勇軍功顯赫，無人能及。

嘉帝也難得硬氣了一回，停戰可以，和談也行，先慶功獻俘，之後再談不遲。回京授獎獻俘的名單裡，副帥池榮勇排在第二位，是三軍主帥之下的第一人。

這樣的榮耀時刻，榮嬌焉能錯過？

「二少爺英雄蓋世，凱旋而歸，嬤嬤自然是想去的，但若是您不好好聽話，外頭人多容易出亂子，不去也行。」欒嬤嬤不吃榮嬌的軟套子，繼續有板有眼道：「反正二少爺見過皇上、回過池府，最遲第三站就會來王府。」

池府裡有祖母與父親，長輩在，二少爺不能失了孝道，見完這兩位，肯定是要來王府看妹妹的；而且二少爺或許出宮之後會直接過來，於公而言，他先來拜訪英王殿下也沒什麼，所以說，不去街上親眼觀看雖有些遺憾，卻也不耽誤見面。在欒嬤嬤心裡，什麼也比不上榮嬌的肚子來得重要，二少爺也不行。

「那不一樣！」榮嬌急了。「好嬤嬤，我保證聽話，妳別告訴王爺——」

「別告訴王爺什麼？」影壁外傳來熟悉的說笑聲。「嬌嬌，是不是妳又不聽話了？」

「小哥哥，你來了？」

榮嬌轉頭，影壁後，玄朗與池榮厚一前一後走進來。

說話的是池榮厚。「都要當娘了，怎麼還不如小時候聽話？嬤嬤，她又淘氣了？」

榮嬌撫額，又來了一個。

首次升格做舅舅的小哥哥，論緊張、在意的程度，絕對也很可怕。

玄朗的關心直接轉為行動，已經扶著她的肩頭，將人半攬在懷裡。「現在應該多臥床靜養，還不到需要走動的月份。」

「對、對，現在不能多走動，你快抱她進去。」池榮厚忙不迭地附和道：「我看明天妳也別去接二哥了，街上人多，雖說訂了雅間，茶樓裡閒雜人也多。」

「我一定要去，小哥哥放心吧，已經包下三樓一整層，不會有閒雜人等。」

榮嬌已經可以確定，自己肚子裡的這個小東西，不論是男是女，將來生下來不知要有多幸福。

還沒出生就這般受期待與重視，比她幸運了無數倍。

榮嬌想起自己從是胎兒起就不被期待，甚至被親娘厭惡憎恨，心頭猝然湧起濃濃的酸楚。她一手緊緊環著玄朗的脖頸，一手無意識地撫在自己平坦的小腹上，目光掃過嬤嬤與三哥關切的臉龐，眼眶微紅，鼻子一酸，眼淚不由分說地就流了出來。

「怎麼哭了，哪裡不舒服？」玄朗的身體瞬間僵直，緊張地問道。

「欸，你別停下來啊，快抱回屋裡，趕緊把脈——」池榮厚的聲音繃得有點破音。

「王妃，肚子疼嗎？」欒嬤嬤張著手，急得想要衝上來。

「沒有，我沒有不舒服……」榮嬌一邊掉淚一邊笑。「我只是，覺得太幸福了……」

感動得不知所措，幸福得只有淚水才能表達。

想要守護的人都幸福健康，曾經未曾奢望的也意外擁有，親人、愛人、友人，應我所願，一切都是最好的安排。

——全書完

水上風光　溫情無限／翦曉

2017年1月出版

船娘好威

穿越也要各憑運氣！
一個小孤女、一艘破船、一個受了傷的禍水相公……
就算再厲害的穿越女也大嘆難為，
幸好辦法是人想出來的，且看她小小船娘大顯神威！

文創風 483 **1**

允瓔本以為以船為家，遊歷江河之中，是多逍遙自在的美事，
殊不知一朝穿越成船家女兒，才發現根本沒那麼容易——
原主邵英娘的父母雙雙遇賊丟了性命，留給她的唯一家當是破船一艘，
鎮日為生計奔波、被土財主欺凌的日子真是苦不堪言，
偏偏她一名小小船娘又拖著個受了腳傷的「藍顏禍水」……

文創風 484 **2**

別以為她初來乍到，又只有破船一艘就難以施展拳腳，
她那「暫時相公」雖然有傷在身，卻也是個有擔當的主，
不論是擺渡、打魚、合夥開貨行，小倆口「婦唱夫隨」真可謂合作無間，
還憑著一條小船、一口小灶開了間水上麵館，好廚藝在身，經營得有聲有色，
哪怕水上生活過得清苦，但總有盼頭在，還怕賺不到第一桶金？

文創風 485 **3**

瞧這烏承橋白淨斯文，笑起來還十分「妖豔」，根本不似一般船家漢，
一舉手一投足更是優雅從容，分明是某富貴人家的公子哥兒，
如此謎一般的男子竟會與她這小小船娘成親，未免離奇，
孰料真相尚未水落石出，她竟也難敵這藍顏禍水的魅力，
不但被他的美容電得一場糊塗，體貼言行更是大大加分，
看在他這麼有潛力的分上，只能把他留下，培養成古代新好男人了！

文創風 486 **4**

隨著麵館、貨行生意蒸蒸日上，烏承橋不為人知的往事也逐漸浮出水面，
原來他竟是喬家大公子，因撞見喬家醜事，才遭誣陷、逐出家門！
過去關於喬大公子的流言蜚語，允瓔不甚在意，也不想了解，
她只知道，她的相公是個扛得起事、撐得起家的男子漢，
既然他決定一步一步奪回喬家家產，不讓其落入小人的手裡，
她自然要為相公分憂解勞，助上一臂之力，當個好娘子啊！

文創風 487 **5** 完

過去的喬大公子，鮮衣怒馬、流連花叢，日子過得渾渾噩噩；
如今的烏承橋不惜起早貪黑、走南闖北，只為奪回父親辛苦建立的家業，
若不是因為與允瓔相遇，不會換來這番痛定思痛的覺悟，
這樁婚姻也早已從當初的無可奈何，變為如今的真情實意，他更明白——
自從踏上她家的船，他的家就只有一個，她在哪兒，哪兒就是他的家，
今後無論依舊貧寒，抑或東山再起，他烏承橋的妻，只能是她！

文創風 521

嬌妻至上 4 完

國家圖書館出版品預行編目資料

嬌妻至上 / 東堂桂著. --
初版. -- 臺北市 : 狗屋, 2017.05
冊 ; 公分. --（文創風）
ISBN 978-986-328-726-1（第4冊：平裝）. --

857.7　　106003599

著作者　東堂桂
編輯　張蕙芸
校對　沈毓萍　黃亭蓁
發行所　狗屋出版社有限公司
地址　台北市104中山區龍江路71巷15號1樓
電話　02-2776-5889～0
發行字號　局版台業字845號
法律顧問　蕭雄淋律師
總經銷　知遠文化事業有限公司
電話　02-2664-8800
初版　2017年5月
國際書碼　ISBN-13　978-986-328-726-1

本著作物由起點中文網（www.qidian.com）授權出版

定價250元
狗屋劃撥帳號：19001626
網址：love.doghouse.com.tw　E-mail：love@doghouse.com.tw